Zu diesem Buch

Der kleine Bruder hat seine Ideale verraten, denn nicht nur die Integrität war sein Lebenscredo. Der Politiker wurde ein Opfer der Korruption und von der Spekulantenmafia als Sündenbock geschlachtet. Aber Pepe Carvalho kapituliert nicht vor der Macht der Mächtigen, er kennt die Spielregeln der Gewalt nur zu gut. Nachdem das moralische Gleichgewicht wiederhergestellt ist, leidet der Privatdetektiv an der *Einsamkeit in Gesellschaft des gebratenen Truthahns.* Charo hat ihn verlassen, Bromuro ist tot, sein Lieblingsgastronom auf Reisen, und sein Nachbar Fuster feiert im Kreise der Familie. Auch das Faktotum Biscuter gibt sich nebulösen Neigungen hin, ebenso wie der *Exhibitionist* aus dem Jardin du Luxembourg. Eine Französin beauftragt Carvalho mit der Suche nach dem Mann an jenen Orten Barcelonas, die in der französischen Literatur eine Rolle spielen. Ihr Trenchcoat ist genauso real wie der Brief des *Sammlers.* Sein Werdegang endete im Irrenhaus. Kein Wunder, war er doch als Angestellter der CIA in das Kennedy-Attentat und den Mord an Marilyn Monroe verwickelt. Doch wer ist dieser Mann, der von sich behauptet, Pepe Carvalho zu sein? Die Frage der eigenen Identität stellt sich der genußfreudige Schnüffler immer dann, wenn ihn Revolutionäre (*Das waren noch Zeiten!*) aus alten Tagen mit einem Auftrag beehren. Denn eine unglückliche Liebe, Heroin und falsch verstandener Fanatismus führen stets zur Katastrophe.

Zwei weitere *Puzzles* löst Carvalho, als eine Art Hommage an Agatha Christie, unter der Zuhilfenahme seiner kleinen grauen Gehirnzellen. Während er *wegen einer Schlampe* alles aufs Spiel setzt, nur um einen komplizenhaften Blick des schönen Vamps zu ergattern.

Der Lyriker, Romancier, Essayist und Journalist Manuel Vázquez Montalbán, Jahrgang 1939, gehört seit langer Zeit zu den profiliertesten spanischen Gegenwartsautoren. Für seine Romane erhielt er zahlreiche Auszeichnungen. In der Reihe der rororo thriller liegen vor: Carvalho und der Mord im Zentralkomitee (Nr. 3116), Carvalho und die tätowierte Leiche (Nr. 2732), Carvalho und der tote Manager (Nr. 3087), Der fliegende Spanier. Stories (Nr. 2923), Ich tötete Kennedy (Nr. 2893), Manche gehen baden (Nr. 2834), Die Rose von Alexandria (Nr. 3218), Schuß aus dem Hinterhalt (Nr. 2955), Tahiti liegt bei Barcelona (Nr. 2995), Verloren im Labyrinth (Nr. 3055), Die Vögel von Bangkok (Nr. 2772), Das Zeichen des Zorro. Stories (Nr. 2945), Zur Wahrheit durch Mord. Stories (Nr. 2930), Zweikampf. Stories (Nr. 2909), Krieg um Olympia (Nr. 3166) und das Carvalho-Kochbuch Die Leidenschaft des Schnüfflers (Nr. 3060).

Manuel Vázquez Montalbán

Der Bruder des Todes

Acht Carvalho-Stories

Deutsch von
Bernhard Straub

Rowohlt

rororo thriller
Herausgegeben von Bernd Jost

Deutsche Erstausgabe
Veröffentlicht im Rowohlt Taschenbuch Verlag GmbH,
Reinbek bei Hamburg, November 1995
Copyright © 1995 by Rowohlt Taschenbuch Verlag GmbH,
Reinbek bei Hamburg
Die Originalausgabe erschien 1994 unter dem Titel
«El hermano pequeño»
bei Editorial Planeta, S. A., Barcelona
Copyright © Manuel Vázquez Montalbán, 1994
Copyright © Editorial Planeta, S. A., 1994
Redaktion Jutta Schwarz
Umschlagfoto Lawrence Schiller / dpa / Camera Press
Umschlagtypographie Peter Wippermann / Susanne Müller
Satz Garamond (Linotronic 500)
Gesamtherstellung Clausen & Bosse, Leck
Printed in Germany
990-ISBN 3 499 43193 9

Für Ferran Monegal

Inhalt

Der kleine Bruder

Vier Wochen lang war Leocadio Mínguez für die Lokalpresse informative Ware von Titelseitenqualität. In der fünften Woche erschienen seine Irrungen und Wirrungen auf zweiten oder dritten Seiten, waren aber immer noch für fette Überschriften gut. Diese wurden nach und nach kleiner, und Leocadio Mínguez war bereits in der rechten unteren Ecke einer linken Seite verschwunden, die nicht einmal numeriert war, als er plötzlich aus eigener Kraft die Titelseiten zurückeroberte, und das mit einer Schlagzeile, die niemand übersehen konnte:

«LEOCADIO MÍNGUEZ BEGEHT SELBSTMORD»

Carvalho nahm Schlagzeilen normalerweise nur aus den Augenwinkeln und im Vorbeigehen wahr, wenn er die Ramblas hinabeilte; diesmal aber registrierte er nicht nur die informativen Nachrichten des kurzlebigen Medienstars – acht Wochen eines untergehenden Sterns –, sondern verfolgte mit steigendem Interesse, wie die Presse von den Kiosken aus nach Verurteilung des mutmaßlichen Verbrechers schrie; er hatte als «Maulwurf» Informationen für Spekulationsgeschäfte geliefert, in die namhafte Politiker verwickelt waren. Vor den Schlagzeilen des Todes blieb Carvalho stehen und spürte, wie in seinem Magen ein Gefühl kämpfte, das aus ferner Vergangenheit hochkam, während er murmelte: «Der kleine Bruder.»

Mínguez hatte zwei Röhrchen Schlaftabletten geschluckt, dann den Kopf in eine Plastiktüte gesteckt und diese mit einem gewissen Selbsthaß am Hals zugeschnürt: der Gerichtsmediziner konstatierte einen ringförmigen Bluterguß, der von der Wut des Stricks zeugte – zwei entschlossene Hände hatten ihn erbarmungslos zugeschnürt. Diese Feststellung weckte Carvalhos

Mitleid. Das ganze Land schwelgte in einer Hexenjagd auf Leute, die mit guten Beziehungen gutes Geld machten; Leocadio Mínguez war einer unter vielen, aber der einzige, der sich das Leben nahm und eine Gesellschaft schuldbewußt aufhorchen ließ, die ihn geohrfeigt, verhöhnt und ausweglos in die Enge getrieben hatte. Als ein Mann, der es in wenigen Jahren zu Reichtum gebracht hatte, hatte er sowohl den Neid derer erregt, denen es nicht gelungen war, aus ihrem Nichts aufzusteigen, als auch den Neid jener, die schon ihr Leben lang reich waren, zumindest aber lange genug, um das Prestige eines abgelagerten Reichtums zu genießen, an dessen Herkunft sich niemand mehr erinnert.

«Biscuter, fast alle, die wirklich reich sind, sind entweder Gauner oder Nachkommen von Gaunern.»

Carvalhos Assistent schwieg zustimmend.

Dem Selbstmord folgte ein einhelliger Chor von Verständnis und Lobeshymnen auf den Sühnewillen, der darin zum Ausdruck komme. Leocadio sei sicherlich auf atypische Weise reich geworden, und obwohl die Gerichte das Ermittlungsverfahren ohne die Möglichkeit einer exemplarischen Bestrafung einstellen würden, sei sein – zweifellos bedauerlicher – Selbstmord doch ein Zeichen der Rückkehr in den Schoß der revolutionären Reinheit und Armut, dem er entstamme und den er niemals hätte verlassen dürfen. In dieser Einschätzung trafen sich seine linken Freunde und rechten Feinde. Bei einer von der *Vanguardia* durchgeführten Meinungsumfrage zum Thema sagte der Präsident des Arbeitgeberverbandes: «Sie sehen mich überrascht, aber auch gerührt, angesichts dieser Bekundung des Willens, zur Unschuld der Ursprünge zurückzukehren.» Der Chef der Partei, der Leocadio angehört hatte, gab sich mangels dichterischer Begabung weniger lyrisch, aber im eigenen Interesse verständnisvoll: «Leocadio ist zerbrochen, und mit seinem Tod hat er versucht, der Sache einen Dienst zu erweisen, die immer schon seine Sache war.» Immer schon, murmelte Carvalho und erinnerte sich an die Zeit vor dreißig, fünfunddreißig Jahren, als Leocadio ein drahtiger, noch fast jugendlicher Agitator im Metallbereich gewesen war.

«Der kleine Bruder.»

So hatten ihn auch die hartgesottensten Genossen genannt; es war zugleich «Kampfname» und Anerkennung seiner Frühreife. Sie erinnerten sich genau, wie er auf den Maschinen gestanden und den nationalen, vierundzwanzigstündigen, friedlichen Streik gepredigt hatte, und sie erwiesen ihm auf den Galerien des Modelo-Zuchthauses einen Respekt, den er sich in seiner Lehrzeit als Fräser und Revolutionär verdient hatte. Der Junge war aus einem anderen Anlaß festgenommen worden als Carvalho, und als sich ihre Wege trennten, verfolgte Carvalho von fern sein weiteres Schicksal; er saß zunächst in Cáceres, dann in Soria ein. Carvalho tauchte in den Tunnel des politischen Vergessens, und als er während der Demokratisierung wieder auftauchte, erkannte er im Schaufenster der politischen Häftlinge, die aus den Katakomben katapultiert worden waren, einige Gesichter ehemaliger Genossen und Mitkonspiratoren, Leocadio inbegriffen. Er galt nicht als erstrangiger politischer Kämpfer, aber als guter Organisator, und Carvalho beklagte den Verlust an Phantasie und Verrücktheit, den dieser vitale, unschuldige Junge erlitten haben mußte; anders hätte er es nie zum guten Organisator gebracht. Ein Vermögen von 3 000 000 000 Peseten. In fünf Jahren. Ein begnadeter Organisator, kein Zweifel. Normalerweise hätte Carvalho zu dem Desinteresse, das Organisatoren verdienten, noch das Desinteresse addiert, das Spekulanten in ihm weckten. Aber der «kleine Bruder» hatte sich umgebracht. Und dabei eine radikale Grausamkeit gegen sich selbst an den Tag gelegt. Carvalho war plötzlich um dreißig, fünfunddreißig Jahre zurückversetzt. Leocadio putzte die Vierte Galerie des Modelo-Gefängnisses, wobei er sich dem Tempo des Obersaubermanns anpaßte, eines Veteranen der Blauen Division, des Schuhputzers Bromuro – armer Bromuro, tot und begraben. Dabei kam Leocadio an Carvalhos Zellentür vorbei, die weit offen stand, weil es Sommer war und einer der drei Insassen gerade in den Kübel des gemeinsamen Aborts geschissen hatte. Aus dem Mundwinkel, damit ihn die diensthabenden Bummelanten nicht hörten, zischelte ihm der «kleine Bruder» die aufrüttelnde historische Neuigkeit zu: «In Asturien wird wieder gestreikt!» Carvalho war etwas älter als der Junge. Alt genug, um an diesem Vormittag im Juni 1962 zu grinsen und zu denken: Hoffentlich verläuft die geschichtliche Entwicklung, wie wir es verdient haben!

«Hast du davon gewußt?»

Centellas' Augen fallen beinahe in die violetten Tränensäcke,
Wangen und Doppelkinn sind ebenfalls erschlafft, aber er hat
sich schlank gehalten und steckt jetzt in einem teuren Anzug – so
teuer, daß Carvalho nie den Preis erraten, ja nicht einmal wagen
würde, eine Schneiderei zu betreten, wo man solche Anzüge fertigt.

«Du fragst einem wirklich Löcher in den Bauch.»

Immer noch ganz der alte. Er suchte Zeit zu gewinnen, um sich
die Antwort zu überlegen, wie früher bei Zellensitzungen, als er
weder die Solidarität mit den kritischen Elementen aufgeben
noch sich mit der Leitung überwerfen wollte. Er hatte sich wohl
diese Fähigkeit bewahrt, Zeit und Raum in die richtige Relation
zu setzen, um die passendste Antwort zu finden – und dies war
ihm jetzt in der PSOE von größerem Nutzen als damals in der
PSUC, so nützlich, daß er seit Jahren auf der Liste der möglichen
Minister stand, «als Vertreter des basisnahen Flügels der Partei
und Gegengewicht gegen die Vorherrschaft der *beautiful people*
in der Regierung».

«Hast du's nun gewußt oder nicht?»

«Ich hatte davon gehört.»

«Hast du's gewußt?»

«Mach mir nicht die Hölle heiß, Pepe! Es tut mir schon fast
leid, daß ich gekommen bin. Ich sag's dir noch mal: größtmögliche Diskretion! Man würde es nicht gern sehen, wenn ich meine
Nase in Dinge stecke, die mich nichts angehen. Alle Welt ist interessiert, daß der Fall Mínguez vom Tisch kommt, und es hätte
gerade noch gefehlt, daß sich ausgerechnet der rote Centellas mit
aller Welt anlegt.»

«Warum wendest du dich gerade an mich?»

«Das fragst du noch? Ich stehe zu meiner Vergangenheit. Ich
bin und bleibe ein Roter, ich glaube an die revolutionäre Ethik,
und es paßt mir nicht, daß der arme Leocadio der Sündenbock

sein soll. Einen Tag bevor er ‹selbstermordet› aufgefunden wurde – dabei bleibe ich, ‹selbstermordet› –, war ich bei ihm. Ich war einer der wenigen aus der Partei, die noch mit dem Aussätzigen verkehrten, und ich hatte nicht den Eindruck, mit einem potentiellen Selbstmörder zu sprechen. Im Gegenteil. Er war putzmunter. Er dachte, der Skandal würde im Sande verlaufen, und wollte ins Ausland fahren, um Gras über die Sache wachsen zu lassen.»

Zuviel Gras würde bald über ihm selbst wachsen. Centellas fuhr fort mit seinen Eröffnungen: «Ich bezahle, was du verlangst, aber wenn mich einer fragt, ob ich hinter deinen Nachforschungen stecke, werde ich dich dreimal verleugnen.»

«Bekomme ich keine Quittung von dir?»

«Geld ja, Quittung nein.»

«Und das findest du ethisch vertretbar?»

«Manchmal. Der Zweck heiligt fast nie die Mittel, aber manchmal doch. Ekelst du dich vor Schwarzgeld?»

«Wenn es wenig ist, schon.»

Centellas besaß ein kompliziertes ethisches Denkvermögen. «Es ist wichtig, daß ich das Vertrauen der Staatsgewalt nicht verliere. Die Leute mit weißem Kragen und die mit schmutzigem Hemd bekämpfen sich bis aufs Messer, und ich gehöre zu denen mit dem schmutzigen Hemd.» Kein Zweifel, der alte Kämpe hatte das moralisch gemeint, denn Carvalho fragte sich vergebens, ob sein Hemd aus Natur- oder Kunstseide war und ob seine Krawatte wohl aus Italien oder aus dem Duty-free-Shop am Flughafen stammte. Beide waren hübsch, aber nichtssagend. Centellas wollte alles. Das Vertrauen der Staatsgewalt und das Vertrauen seiner selbst.

«Für den armen Leocadio entwickelte sich die Geschichte nicht, wie er es verdient hätte. Aber ich finde es unmöglich, wie die Rechte auf der Ethik herumreitet. Denen paßt es einfach nicht, daß ein Habenichts es geschafft hat, genauso reich zu werden wie sie selbst, und zwar mit Methoden, wie sie in diesem Lande seit der Aufhebung der lehensrechtlichen Vermögensbindung gang und gäbe sind.»

«Alles begann mit dem Tag, an dem ihr angefangen habt, die-

selben Anzüge zu tragen wie die und dieselben Markenweine zu
trinken wie die, um die Rechten zu beruhigen.»

«Ich trinke keinen Alkohol. Meine Leber ist ruiniert, weil mir
dauernd die Galle überläuft. Spiel hier bloß nicht den Säulenhei-
ligen, Pepe! Du schnüffelst auch nur in der Scheiße der Bourgeoisie herum. Wie viele Gewerkschafter gehören zu deinen
Klienten?»

Die Bemerkung brachte Centellas einen fünfzigprozentigen
Aufschlag auf den Normaltarif ein. Aber Carvalho las, sobald er
das Büro verlassen hatte, die Notizen durch, die er ihm gegeben
hatte, und grinste in sich hinein, als er sich an die kriminologischen Spitzfindigkeiten des ehemaligen Rechnungsführers der
Partei erinnerte. «Man beachte, daß die Plastiktüte im Nacken
verknotet war! Wie kann man einen Strick im eigenen Nacken
verknoten? Versetze dich an seine Stelle, in seine Lage, und du
wirst sehen, es ist logischer, den Knoten vorne zu knüpfen, an
der Kehle, und nicht hinten im Genick. Die Polizei sagt, er habe
ihn vorn geknüpft und dann erst nach hinten gedreht, um nicht in
Versuchung zu kommen, ihn wieder aufzuknüpfen. Aber angesichts des blauen Striemens um seinen Hals hätte er die Tüte niemals drehen können; der Strick war tief in die Haut eingeschnit-
ten.» Die anatomische Untersuchung ergab, daß Leocadio kurz
vor seinem Selbstmord Verkehr gehabt hatte, aber seine Partnerin war unauffindbar. Er lebte seit Jahren getrennt von seiner
Familie, seit es mit ihm finanziell bergauf ging, und suchte sich
seine Lebens- und Bettgefährtinnen passend zu seinen neuen
Achtzigtausend-Peseten-Anzügen und seinem 1000er Saab mit
Direkteinspritzung. Er versuchte sogar, seine Herkunft zu verleugnen, indem er seinen verwitweten alten Vater in die teuerste
Seniorenresidenz Barcelonas steckte.

«Wohin hättest du deinen denn gebracht, in die billigste?»

«Ich habe noch nie mit meiner Herkunft angegeben.»

Wenn man seine Haut wechselt, müssen auch die Menschen
um einen herum wechseln. «Nach unseren Quellen», hieß es in
dem Memorandum, das ihm Centellas hinterlassen hatte, «handelte Leocadio mit Informationen über die Umschreibung von
Bauland, und zwar für den Multi Inyecta S. A. und den ein-

heimischen Torrens-Guardiola-Konzern, ein Immobilien-Unternehmen, das den Grundstein zu seinem Reichtum in der Franco-Zeit legte, im Goldenen Zeitalter der Spekulation unter Bürgermeister Porcioles.» Von der Engelsschen Theorie des Wohnungsbaus zum Immobilien-Konzern Torrens-Guardiola.

«Biscuter, wärst du gerne reich?»

«Sehr gerne, Chef. Manche sagen, sie wüßten nicht, wohin mit dem Geld. Sollen sie's mir geben! Eine Insel in der Karibik, ein paar braungebrannte Schwedinnen, jawohl, und ein Neger, der mir Luft zufächelt.»

«In der Karibik gibt es Klimaanlagen.»

«In Kuba auch?»

«Jawohl. Als ich dort war, gab es welche.»

«Die haben sich bestimmt die Russen unter den Nagel gerissen.»

Biscuter hatte rohe, in Estragonöl gebeizte Wolfsbarschfilets, Salat mit Limonenessig – «aus Italien natürlich» – und mit Gemüse gefüllte Kalbsbrust zubereitet. Eine stilvoll gestaltete Flasche Blanc Tranquil von Raventós Blanc suggerierte Carvalho eher Durst als Hunger; außerdem kam erschwerend hinzu, daß Biscuter gespannt jeden seiner Bissen zählte und mit den Augen begleitete. «Kalorienarm, Chef, ganz kalorienarm!» Aus Centellas' Aufzeichnungen sprangen ihm die Großbuchstaben der Namen in die Augen. Etliche Bürgermeister von Städten, wo Leocadio als Mittelsmann fungiert hatte; seine Ehefrau Joanna Bosch, seine beiden sukzessiven ständigen Geliebten, Mar Riudoms und Esperanza Piedra – «...Esperanza hat vor kurzem einen leitenden Angestellten der Firma Repsol geheiratet...» –, der Beauftragte für Stadt- und Regionalplanung der Partei, Marc Orowitz... Namen, Namen, Namen, die die Recherchen weit über die Dimensionen hinaustrieben, von denen Carvalho bei seinem Investigations-Voranschlag ausgegangen war.

«Verdammt, Pepe, gibst du mir keinen Rabatt?»

«Wieso? Auf frühere ideologische Affinitäten?»

«Nein. Auf die gemeinsame Erinnerung.»

«Ich besitze keine Erinnerung. Nicht mal ein Fotoalbum.»

Gelogen. Er hatte gelogen. Er besaß ein mentales Fotoalbum,

und jetzt, beim letzten Glas Wein, war auf der ersten Seite des Albums dieser blonde, kräftige Bursche zu sehen, einen Besen in der Hand, umgeben von metallischem Grün, weißen Kacheln, Zement, der dunkel war wie Tristesse und Wut, Muff von altem Staub, der auf der tiefen Seele des Gefängnisses lastete, und einer Luft, in der keine Freiheit war, nicht einmal auf Bewährung. «In Asturien wird wieder gestreikt!» Heute war es nicht mehr dasselbe. Es waren Streiks gegen die sozialistische Regierung. Gegen Leocadio.

Als der Skandal ruchbar geworden war, hatte sich Leocadio, von vier Leibwächtern beschützt, in seiner Wohnung in Horta eingeschlossen, und wenn er das Haus verlassen hatte, dann nur, um das Gericht aufzusuchen, bei dem sein Ermittlungsverfahren anhängig war. Er hatte nicht einmal an den vereinbarten Tagen seine Kinder abgeholt. Diese hatten statt dessen den Vater besucht, waren ein paar Stunden geblieben und dann im Schutz der Gorillas von der Haustür zum Auto gehastet, das sie mit laufendem Motor erwartete. Je seltener er auf den Titelseiten erschien, um so mehr Leibwächter entließ er, ohne aber dafür häufiger auszugehen. Am Tag des Selbstmords forderte er die beiden verbliebenen Bodyguards auf, diese Nacht freizunehmen. Er habe den Belagerungszustand satt und wolle mal wieder ein normales Leben führen. Da er sein eigener Sicherheitschef war, gehorchten die Leibwächter, und einer der beiden fand am nächsten Tag die Leiche, als er seinen Dienst wieder antreten wollte. Genau dieser Mann war es, der die Fäuste ballte, als ihn Carvalho am Eingang des Sicherheitsdienstes Protexa ansprach, und seine Miene wurde noch finsterer, als der Detektiv sagte, er sei Journalist und arbeite an einer Reportage über die katastrophalen Arbeitsbedingungen bei den neuen privaten Polizeidiensten.

«Singen Sie Ihre Arie anderswo! Wer in der Zeitung steht, ist am anderen Tag seinen Job los.»

«Wie ich hörte, arbeiten Sie ohne Netz und doppelten Boden. Von der Polizei gepiesackt, ohne feste Anstellung, ohne Sozialversicherung.»

«Alles richtig. Aber aus mir kriegen Sie kein Wort raus!»

«Wenn einer von euch ums Leben kommt, weint ihm keiner eine Träne nach, na ja, was heißt keiner, die Witwe und die Kinder natürlich.»

«Stimmt genau.»

«Man hält euch wie Sklaven. Und zu allem Überfluß seid ihr auch noch Rechenschaft schuldig, wenn ihr einen Todesfall habt oder die Person, die ihr beschützen sollt.»

«Es gibt Leute, die können sich nicht beschützen lassen.»

«Leocadio Mínguez hat euch ganz schön Ärger gemacht.»

«Sah nicht gut aus, die Sache.»

«Der hatte das alles doch vorgeplant.»

«Den Selbstmord? Nein. Dafür hatte er zuviel Spaß am Pimpern. Wer gerne bumst und gut ißt, denkt nicht daran, sich umzubringen.»

«Hatte er eine Freundin?»

«Callgirls waren ihm lieber.»

«Hatte er eine Vorliebe für eine bestimmte Agentur?»

«Ich will nicht, daß Sie mir alles über den Toten aus der Nase ziehen. Mach die Flatter, Geier, ihr Journalisten seid alle Aasgeier!»

Der Gorilla hatte den Respekt vor ihm verloren und war zu jung und zu kräftig gebaut, als daß er ihm wieder eingebleut werden könnte.

Wenn jemand vor einem den Respekt verliert und man ihn ihm nicht aufzwingen kann, ist es am besten, die Sache zu vergessen. Das Gedächtnis ist ein großartiger Filter zugunsten der Selbstachtung. Carvalho verschob die Frage nach der Agentur für weibliche Begleitung auf später, und rein assoziativ trugen ihn seine Füße zur ehelichen Wohnung von Mínguez, wo dessen verschmähte, aber würdevolle Witwe residierte, die ihrem Gatten im Leben und im Tode verziehen hatte. Zu Lebzeiten hatte sie sich gewisse Vorwürfe erlaubt: «Die Macht ist ihm zu Kopf gestiegen.» Nach seinem Tod blieb sie dem besten Requiem nichts schuldig. «Er war seiner selbst überdrüssig. Möge er in Frieden

ruhen!» Die Witwe Mínguez war jung. Zumindest noch vor kur-
zer Zeit; aber die Blondtönung hatte nachgelassen und die silbernen Haarwurzeln freigelegt. Ihr kleines, schön geschnittenes Gesicht war eher durch Diät als Alter faltig geworden. Ihre Bewegungen waren geschmeidig, und ihre Figur weckte Träume von
einer Frau, die man auf den Arm nehmen und wegtragen konnte.
«Ich bin krank geschrieben, deshalb treffen Sie mich zu Hause
an. Ich gehe arbeiten. Ich arbeite hart. Bis die Sache mit Leocadios Nachlaß geklärt ist, muß ich ja auch von etwas leben. Ich
habe die schlechten Zeiten mit ihm geteilt, als er auf allen
Schwarzen Listen von Barcelona stand und die Genossen uns
unter die Arme greifen mußten. Die Partei? Die tat damals, als
hätte sie keinen Céntimo, wenigstens nicht für die Unterstützung der eigenen Leute. Ein bißchen half sie schon, aber wirklich
nur das Allernotwendigste. Solidarität gab es, aber nur von Genosse zu Genosse. Dann, als Franco starb, ging er zu den Sozialisten, und ich mit. Ich war in der Kommunistischen Partei, weil er
dabei war, und ich trat aus, als er austrat. Ich sag's, wie's ist. Ich
will mich nicht besser machen, als ich bin. Leocadio holte mich
aus einer Parfümerie, wo ich arbeitete, seit ich vierzehn war,
noch nicht mal ganz vierzehn, und er holte mich in seine Welt,
die für mich aus Besuchen bei der *Brigada Político Social** oder
im Knast bestand. Ich war praktisch schon Witwe, bevor ich die
verlassene Ehefrau wurde. Was soll's! Er war ein junger Held,
ein jugendlicher Führer der Arbeiterklasse, und ich war zuerst
nur eine dumme kleine Braut und dann eine Frau, die mit der
Karawane der anderen Frauen zum Besuch in Gefängnisse und
Zuchthäuser zog. Ab und zu mal ein wenig Gefummel, wenn wir
uns im Gericht sehen durften, im Sprechzimmer der Richter, und
dann wieder Hunderte von Nächten nichts als die Zimmerdecke
über mir und eine Angst wie ein Stein in den Eierstöcken. Dann
hat er mich gegen eine Frau eingetauscht, die gebildeter war, die
ihn in seiner politischen Veränderung und allen sonstigen Verän-
derungen bestätigen konnte. Und dabei habe ich ihm nie vorge-
worfen, daß er reich geworden war. Wenn es andere können,

---

* Francos politische Polizei

warum nicht er? Aber ich war der Spiegel der alten Zeiten, und jedesmal, wenn er mich ansah, sah er sich selbst, wie er noch ein Hungerleider war... ein Hungerleider mit Schneid, das war er, aber ein Hungerleider. So viele Worte, so viele Ideen, und am Ende entdeckst du, daß alles nur darum geht, ob du ein Hungerleider bist oder nicht. Haben Sie gesehen, was er uns für eine Wohnung eingerichtet hat, als er sich von mir und den Kindern trennte? Die Wohnung einer Verkäuferin, die's zu was gebracht hat, aber nicht zuviel. Für welche Zeitschrift arbeiten Sie? Für *Interviú*? Sind doch alle gleich. Und fürs Auspacken krieg ich nichts? Helfe ich Ihnen vielleicht nicht, Ihre Seiten vollzukriegen? Wetten, ich weiß, wie die Schlagzeile heißt! ‹Die verlassene Ehefrau vergibt, aber vergißt nicht!›»

«Und den Vater, haben Sie den vergessen?»

«Meinen?»

«Nein, den von Leocadio. Wußten Sie, daß er in einer Seniorenresidenz wohnt?»

«Ja, meine Kinder besuchten ihn manchmal, die paar Male, wenn Leocadio sie mitnahm. Ich konnte meine Eltern nicht in einem Luxusheim unterbringen. Sie starben, wie die Armen immer gestorben sind. Konnten nicht mal das Grab bezahlen.»

«War es Selbstmord oder Mord?»

«Wie bitte?»

«Ich fragte, ob Ihr Mann sich selbst umbrachte oder umgebracht wurde.»

Sie begriff nicht gleich, aber als sie verstanden hatte, schoß ihr das Blut ins kleine Gesicht und entstellte ihre Züge, und die Augen einer Wahnsinnigen fuhren auf Carvalho los, schneller als ihre Fingernägel.

«Bastard! Willst du noch mehr Scheiße auf ihn werfen?» Zwanzig Jahre früher hätte ihr Carvalho ein paar Ohrfeigen versetzt, damit sie sich beruhigte, aber jetzt wich er zurück und hatte ihr nichts entgegenzusetzen als ein Grinsen, das ironisch sein sollte. Draußen auf der Treppe dachte er über seine Flucht nach und fand, sie sei ein Zeichen von Alter, weshalb er aufhörte, weiter die Treppe hinabzusteigen, kehrtmachte und auf den Klingelknopf drückte. Er ließ der Frau keine Zeit, sich wieder in

Rage und Beschimpfungen hineinzusteigern. Er versetzte ihr einen Stoß, sie landete mitten im Korridor als Vogelscheuche, die, nach Gleichgewicht suchend, mit Armen ruderte, die so weit ausgebreitet waren wie ihre Augen aufgerissen.

«Werden Sie nicht hysterisch! Es lohnt sich nicht, sich wegen einer Liebe, die nichts taugte, so aufzuführen!»

«Wollen Sie sich über meine Gefühle lustig machen?»

«Es sind jetzt über fünf Jahre, daß Ihr Mann Sie verlassen hat. Zu lange, um alten Gefühlen nachzuhängen. Früher war das anders. Aber heute hat man die Wahl zwischen Gefühlen und Fernsehen. Ich will Ihnen einen Fall aus meiner persönlichen Bekanntschaft erzählen, der Sie vielleicht trösten wird. Ein Mann hatte seine Mutter verloren. Er liebte sie sehr, aber ausgerechnet in derselben Nacht wurde ein wichtiges Fußballspiel übertragen, im Fernsehen, versteht sich. Der Mann weinte, bis das Spiel begann, dann sah er sich das Spiel an, aß irgendwas, während er falsche Eide schwor, daß er keinen Appetit habe, und dann beweinte er wieder seine Mutter, mit Pausen, bis in die frühen Morgenstunden. Als sie beerdigt wurde, war er etwas erleichtert. Die Routine. Im Fernsehen kam an diesem Tag vielleicht ein Film, der ihn an seine Kindheit erinnerte. Seine Mutter hatte ihm damals ein paar Peseten zugesteckt, damit er ihn sich ansehen konnte, sogar vielleicht hinter dem Rücken des Vaters. Er schaute sich den Film an und war hingerissen. Er gefiel ihm. Gefiel ihm auch wieder nicht. Dann brach er in Tränen aus. Dabei war er doch noch am Leben.»

«Sind Sie verrückt? Was soll der ganze Quatsch?»

«Das Fernsehen ist ein guter Tröster. Nach fünf Jahren der Trennung finde ich es völlig in Ordnung, Sie zu fragen: War es Selbstmord oder Mord?»

«Wenn es Mord war, ist es dann einfacher, das Geld von der Versicherung zu bekommen?»

«Klar.»

Carvalho fühlte, daß dies der Beginn einer wunderbaren Freundschaft war.

Die *Residencia Geriátrica Cap i Casal* lag am Ende einer Sackgasse der Stadt, im Schatten der schönsten Linden des ehemaligen Parks der Patriziervilla der Familie Foix i Codina, einer jener
katalanischen Familien, deren Vermögen ursprünglich aus dem
Handel mit Sklaven und später mit katalanischen Bauern
stammte, die, auf der Flucht vor den Hungersnöten des XIX.
Jahrhunderts, der Werbetrommel der Industriellen Revolution
folgten. Carvalho liebte die Bäume, die dort, wo er arbeitete,
selten waren, und vor allem Linden, Akazien und Eschen. In
seinem Garten in Vallvidrera überragte eine riesige, von der Be-
wässerung verwöhnte Roßkastanie alles andere und wollte ihm
im Frühling und Sommer mit ihrem Riesenhaupt die Aussicht in
die Ferne verwehren. Je älter er wurde, desto mehr empfand er
Bäume als Wesen, die ebenso lebendig waren wie die Tiere, und
er streichelte die Linden, während er gemächlich auf die Mar-
mortreppe zuging, die zum Eingangsportal aus geschnitztem
Holz führte. Die vielfarbigen Glasfenster des Portals zierte immer noch das Familienwappen. Kunstvoll bearbeitetes Holz und
vielfarbige Fenster hatten über fünfzig Jahre lang im wohlhaben-
den Barcelona als Kennzeichen eines schönen Patrizierportals
gegolten.

Eine Empfangshalle wie im *Ritz*, mit einer Dame an der Rezeption, die im Stil der Gesellschafterinnen angelsächsischer
Filme der vierziger Jahre gekleidet war, etwa wie Joan Fontaine
in *Rebecca*. Sie meldete ihn per Haustelefon weiter, dann
schwebte eine Melodie aus *Nußknacker* vom Himmel, bei der
man einen Hauch von Parfum zu riechen glaubte. Dieses Heim
stank nicht nach Pisse wie diejenigen, die sich Charo angesehen
hatte, als sie einen Platz für Bromuro suchte, sondern duftete
nach Canadian Woods; zumindest behauptete das die Werbe-
broschüre, die Carvalho durchblätterte, während er darauf wartete, zu dem Alten geführt zu werden. Er hatte sich als dessen
Patensohn ausgegeben. Nun kam die Hausdame, die die Besu-
cher zu ihrem Ziel brachte; diese glich eher jenen Damen aus den
angelsächsischen Filmen der vierziger Jahre, die sich Gesellschafterinnen hielten. Sie ging mit einer solchen Distinguiertheit
vor ihm her, daß man sie für die Kammerzofe der unglücklichen

Prinzessin Anastasia halten konnte, und während er dies dachte, führte sie ihn in ihr elegantes Büro, dessen lackierte Oberflächen ganz in Blau und Weiß gehalten waren. Von dem alten Mínguez keine Spur.

«Gleich bringe ich Sie zu Ihrem Paten, aber zuvor möchte ich mich unter vier Augen mit Ihnen unterhalten… es ist eine delikate Angelegenheit… aber Sie scheinen mir ein Mann von Welt.»

«Das war ich einmal, Señora.»

«Was man einmal war, das bleibt man. Sie werden sehen. Wir führen ein erstklassiges Fünf-Sterne-Heim, vorbildlich in seiner Art, privat und… teuer. Wenn wir die alten Menschen gut versorgen wollen, dürfen wir es nicht an Mitteln fehlen lassen.»

«Nach einem arbeitsreichen Leben…»

«Ich bin ganz Ihrer Meinung. Wir haben Señor Mínguez so taktvoll wie möglich den Tod seines Sohnes nahegebracht, aber nicht seinen Kontostand… Sein Sohn hinterließ uns Mittel, die noch drei Monate reichen… Wer wird sich danach für die Rechnung zuständig fühlen?»

«Leocadio hatte keine Geschwister.»

«Es gibt eine Schwester, die in Australien lebt und die finanziell nicht gut gestellt ist.»

«Natürlich… Wie konnte ich sie vergessen! Aber wenn man so weit weg ist…»

«Sie reagierte nicht auf meine Telegramme. Auch die Schwiegertochter von Señor Mínguez antwortete nicht. Sie telefonierte kurz mit unserem Geschäftsführer und schien nicht gewillt, diese Verantwortung zu übernehmen. Können Sie etwas für Ihren Paten tun?»

«Die Frage kommt für mich ganz unerwartet.»

«Das verstehe ich selbstverständlich. Wir verfolgen eine Politik der offenen Tür. Sehen Sie sich alles an, und Sie werden die Lebensqualität zu schätzen wissen, die diese alten Menschen genießen. Wäre es nicht grausam, ihn jetzt zu einem öffentlichen Heim zu verurteilen, wo man nicht leben und nicht sterben kann?»

Ohne Zweifel war man hier in einem privaten Heim, wo man gut leben und gut sterben konnte. Das Zimmer des alten Mínguez wirkte wie ein Vier-Sterne-Hotelzimmer, mit Fernseher, Hausbar, Sitzecke und Sekretär, um Briefe an niemanden zu schreiben; das Fenster war gierig zum Garten hinaus geöffnet, wo sich bereits der Herbst bemerkbar machte. Der Alte, der seinen leichten Vogelkörper in einen gutgeschnittenen Schlafrock gehüllt hatte und ein Paar gefütterter Lederpantoffeln trug, betrachtete den frischgebackenen Patensohn eher melancholisch als erstaunt.

«Bist du der Sohn von Adelaida?»

«Sozusagen, ja.»

«Dreißig Jahre lang habe ich sie nicht gesehen! Hast du das mit dem Jungen erfahren? Er ist mir weggestorben.»

Die Stimme des Alten brach, und er begann halb lustvoll, halb lustlos zu weinen.

«Dabei hat er soviel gearbeitet, und dann so ein Ende! Wir sind eine fleißige Familie... Ich habe schon mit acht Jahren meinen Eltern geholfen, in einem kleinen Dorf bei Soria... dann fing ich bei der Eisenbahn an... nach dem Bürgerkrieg ein Disziplinarverfahren... ich machte alles mögliche, viele Jahre war ich bei der Firma Elizalde, und Leocadio war mein ganzer Stolz. Als er eingesperrt wurde, war ich stolz auf ihn. Als er reich wurde, hörte ich nicht auf, stolz auf ihn zu sein. Und er war, wie ein guter Sohn sein soll, gut zu mir und zu seiner Mutter – sie ruhe in Frieden. Da siehst du's. Mir fehlt es an nichts. Mach mal den Schrank auf!»

Vier Maßanzüge hingen dort; einer davon ein Smoking.

«Weißt du, was das ist?»

«Ich glaube, ein Smoking.»

«Den hat mir der liebe Junge gekauft, damit ich ihn bei feierlichen Anlässen trage, zum Beispiel letztes Silvester. Er wollte nicht, daß ich mich vor diesem Pack von reichen Alten schämen muß, obwohl, irgendwann kommt die Zeit, wo ein Alter einfach alt ist und nicht mehr reich oder arm.»

«Aber alt und arm ist schlimmer.»

«Scheiße... natürlich... Hier werde ich wie ein Herr behandelt, und dabei habe ich mich am Anfang unter den ganzen alten Ausbeutern nicht wohl gefühlt; ich wollte noch nie ein Kleinbürger sein, aber dann habe ich mir gedacht: Das alles bezahlt mein Sohn… die können mich alle mal… Weißt du, wieviel ich Rente kriege, nach siebzig Jahren Arbeit? Sag mal, was meinst du… Ja, dein Vater wird gleich alt sein… was kriegt der an Rente?»

«Er ist tot.»

«Und Adelaida, deine Mutter?»

«Lebt auch nicht mehr.»

«Na, dann kriegen sie verdammt wenig.»

Er war sehr traurig geworden, und Carvalho fühlte sich außerstande, ihn über seinen Sohn auszuhorchen. Der hatte ihm bestimmt nie erzählt, womit er sein Geld verdiente; er hatte ihm ein erfolgreiches Leben im Paradies der Arrivierten vorgespielt und nie vom geringsten Problem erzählt. Aber Carvalho war schließlich Profi.

«Hatte Leocadio in letzter Zeit Sorgen?»

«Sorgen? Der lebte doch in Saus und Braus! Er hat mir seine Kontoauszüge gezeigt, damit ich mir keine Sorgen mache; wo er doch soviel zahlen mußte für dieses Heim. Wenn er Sorgen hatte, dann wegen seiner Kinder, die brachte er manchmal mit, und er sagte immer: ‹Denen fällt alles in den Schoß!› Damit hatte er verdammt recht.»

Im Geist sah er den Smoking immer noch wie die Haut eines reichen Pinguins im Schrank hängen, als er, nachdem ihn der Alte noch geküßt hatte, zum Ausgang ging, und dieses Bild konnte auch der Pomp der Einrichtung nicht vertreiben. Die Einrichtung wirkte wie eine Demonstration der Güte der Kinder, die sich für *Cap i Casal* entschieden hatten, damit ihre Eltern gut sterben konnten. An der Pforte erwartete ihn die Hausdame. «Denken Sie daran, was ich Ihnen sagte! Diese alten Menschen reagieren sehr sensibel auf einen Wechsel der Umgebung…»

Marc Orowitz war drei Jahre lang Bauführer gewesen. Während dieser Zeit las er Zeitschriften über Städtebau, in denen die Stadt als Terrain kapitalistischer Spekulation dargestellt wurde, und er veröffentlichte Aufgüsse dieser Frage in regimekritischen technischen Zeitschriften. Mit diesem «Gepäck» war klar, daß er zum politischen Stadtplanungsexperten der Partei ernannt wurde, als diese noch in der Opposition war, und ebenso später, als sie die Macht erobert hatte. Er hob seine schönste Braue, als sich Carvalho als Mitarbeiter der spanischen Ausgabe von *Espace et Société* vorstellte.

«Ich wußte gar nicht, daß *Espace et Société* in Spanien herauskommen sollte, und ich bin überrascht, denn es gibt kein neues kulturelles Projekt, das uns nicht um Unterstützung angeht.»

«Eine Gruppe der nostalgischen Fraktion.»

«Was hat Ihre Zeitschrift mit dem Fall Mínguez zu tun?»

«Wir wollen uns nicht nur mit der Neuorientierung des Klassenkampfs im städtischen Raum beschäftigen…»

«Ah! Es gibt also einen Klassenkampf im städtischen Raum?»

«Ich denke, Sie selbst haben viel über diese Frage geschrieben.»

«Die Stadt ist heute ein Markt, glücklicherweise. Und kein anarchischer, sondern ein rationaler Markt. Diese Ratio verdankt er den demokratischen Institutionen, die die Stadt regieren. Es handelt sich um den kontrolliertesten Markt, der existiert. Von allen Plänen wird die Öffentlichkeit informiert, sie können in den Plenarsitzungen des Rathauses diskutiert werden… Nein, von Klassenkampf kann nicht die Rede sein, höchstens von Wettbewerb. Die Frage wird nicht mehr in der Art eines Konflikts gelöst, sondern im Wettbewerb. Infolge der Wirtschaftskrise und durch den Katzenjammer des olympischen Expansionismus ist der Markt heute zwar geschwächt… aber…»

«Ich verstehe Ihren Gedankengang vollkommen und möchte Sie bitten, mir zu erklären, welche Rolle ein Vermittler wie Mínguez bei dieser Idylle spielte? War er der Markt? War er das Gehirn des Marktes? Oder ein Handlanger des Marktgehirns?»

«Wenn er soviel abgesahnt hat, wie man sagt, war er schlicht und einfach ein Gauner, der seine politischen Kontakte ausnutzte, um *pressure groups* aus dem Immobiliensektor Informationen zuzuspielen. Seine Geschäfte beruhten darauf, daß er Informationen über Bebauungspläne weitergab, nicht darauf, daß er seine Beziehungen spielen ließ, um verbilligtes Bauland zu bekommen. Ersteres konnte er unbemerkt oder fast unbemerkt tun. Das zweite hätte die Komplizenschaft sehr komplexer und widersprüchlicher politischer Strukturen impliziert. Preisnachlässe werden im Licht der Öffentlichkeit und der Stenografen gewährt, aber niemand kann verhindern, daß ein gutinformierter Mensch kauft, was er kaufen muß, bevor sich der Preis vervielfacht.»

«Und Señor Mínguez tat nichts weiter, als in den Fluren der Macht umherzuspazieren, sich dumm zu stellen und die Ohren zu spitzen.»

«Ich wiederhole, ich verstehe nicht, was ein Fall mutmaßlicher Gaunerei in einer seriösen Zeitschrift, und das will *Espacio y Sociedad* ja wohl sein, zu suchen hat.»

«Haben Sie davon gewußt?»

«Wovon?»

«Daß Mínguez' Konto anschwoll, als würde er es mit der Luftpumpe aufblasen?»

«Ich pflege nicht in den Kontoauszügen meiner Parteigenossen zu schnüffeln.»

«Die äußeren Anzeichen waren skandalös.»

«Rockefeller hat auch als Zeitungsjunge angefangen.»

«Das waren andere Zeiten. Dieser Fall hat sich später nie wiederholt, und seitdem sind über hundert Jahre vergangen.»

«Sie sind kein Stadtplaner... nicht einmal Journalist... Sind Sie Privatdetektiv?»

«Ja.»

«Wer bezahlt Sie?»

«Sagen wir mal, eine Gruppe, die auf Mínguez böse ist, weil er nicht fair gespielt hat, und die entschlossen ist, schmutzige Wäsche zu waschen.»

«Torrens-Guardiola? Inyecta S. A.?»

«Was ist Ihnen lieber?»

«Torrens-Guardiola oder Inyecta S. A.?»

Er fing an zu lachen.

«Man merkt, daß Sie nicht aus der Branche sind. Die eine oder die andere, das ist Jacke wie Hose. Die erste Firma ist die Muttergesellschaft der zweiten, die als multinationaler Konzern auftritt, und das ist sie in gewissem Sinne, weil sie ihren Sitz was weiß ich wo hat. Wo der Arm von Torrens-Guardiola zu kurz ist, ist der Arm von Inyecta S. A. lang genug... und umgekehrt. Das erste ist ein kerngesundes Familienunternehmen, das die katalanische Fahne aufziehen kann, wenn ihm die Bauaufträge zugeschlagen werden...»

«Und welche Fahne hißt die andere Firma?»

«Ebenfalls die katalanische... aber mit einem kosmopolitischeren Flattern.»

Ein echter Zyniker. Carvalho legte anerkennend zwei Finger an die Schläfe und schickte sich an zu gehen. Der Mann sprang wie elektrisiert auf und rief ihm hinter der Brüstung seines Palisanderschreibtisches nach: «Einen Moment mal! Legen Sie mir nichts in den Mund, was ich nicht gesagt habe!»

«Sie überraschen mich. Sie haben überhaupt nichts gesagt.»

«Nur damit das ganz klar ist!»

«Die Rechten sind sauer, daß es nicht dieselben wie immer sind, die klauen.» Der Taxifahrer brachte die Sache auf den Punkt. Er schlug sich auf die Seite der Regierung und hatte die ganze Demagogie über den Mißbrauch von Beziehungen satt. Der erste regierungsfreundliche Taxifahrer seit zehn Jahren.

«Sagen Sie selbst. Wenn Sie einen Sohn haben, der zum Militär muß, und Sie kennen einen Offizier vom Oberkommando – würden Sie den einschalten oder nicht? Wenn Ihr Bruder oder Ihre Schwester arbeitslos sind, und Sie kennen einen dicken Fisch, der ihnen Arbeit verschaffen kann – würden Sie ihm oder ihr ein Empfehlungsschreiben geben oder nicht?»

Im Radio, das im Taxi läuft, analysieren Teilnehmer einer Gesprächsrunde das erbärmliche moralische Panorama des Landes und zitieren Aranguren als moralische Autorität. Im Empfangszimmer von Torrens-Guardiola versucht man Carvalho klarzumachen, daß Journalisten ohne Krawatte nicht gerne gesehen seien. Die Sekretärin läßt den Blick nicht von seinem offenen Hemdkragen, und als sie ihn mit einem umfassenden Blick taxiert, ist das Ergebnis nicht zufriedenstellend. Señor Torrens-

Guardiola habe Besseres zu tun, als Leute von der Presse zu empfangen. Er gebe alle sechs Monate eine Pressekonferenz. Sie sei auch nicht sicher, ob sein PR-Assistent ihn empfangen werde.

«Sagen Sie ihm, es gehe um eine Information über Sexorgien, an denen Torrens-Guardiola und Leocadio Mínguez beteiligt gewesen sein sollen.»

Der Vorzimmerdame ist die Lust vergangen, Carvalhos ungepflegtes Äußeres zu kritisieren. Sie drückt den Knopf der Sprechanlage und verkündet mit ironischem Unterton: «Hier ist jemand von der Presse, der etwas über Sexorgien gehört haben will. Nein, so sieht er nicht aus. Er wirkt weder betrunken noch verrückt.» Das ist wahrscheinlich der Grund, warum sich der Imageberater sofort genötigt fühlt, herbeizueilen. Gepflegt und leichtfüßig entsteigt er einem durchsichtigen Plastikaufzug, und der Detektiv fragt sich zweifelnd, ob sein Blond echt oder Ergebnis einer Phantasietönung ist. Er geht ihm über den Flur voraus, so prophylaktisch, daß er fast durchsichtig wirkt, und fordert ihn auf, in einem harten Sessel Platz zu nehmen, in einem Büro von harter Ästhetik, wo dem Gastgeber nichts anderes übrigbleibt, als eine harte Haltung einzunehmen, während er die Beine übereinanderschlägt und die weich erscheinenden Arme verschränkt.

«Ich erinnere mich weder an Ihr Gesicht, noch sagt mir Ihr Name etwas. Für welche Zeitung arbeiten Sie?»

«Ich bin freier Journalist.»

Ein ironisches Lächeln sagt mehr als tausend Worte.

«Das mit der Sexorgie war ein Vorwand.»

Der Imageberater strahlt negative Schwingungen aus.

«Für mich steht fest, daß Leocadio Mínguez ein Schwein war.»

«Bitte! Ich kann meine Zeit nicht damit vertrödeln, mich mit Ihnen über die Attribute zu einigen oder zu streiten, die Señor Mínguez – er ruhe in Frieden – vielleicht zustehen.»

«Soviel ich weiß, profitierte Señor Torrens-Guardiola von vielen Informationen, die Señor Mínguez beschafft hat, bis zu einem Zeitpunkt, von dem ab diese Informationen in andere Kanäle flossen.»

«Torrens Guardiola war nicht auf die Informationen von Señor Mínguez angewiesen.»

«Er firmierte als Minderheitsaktionär in vier Verträgen, die zwischen der Regierung und dem von Ihnen vertretenen Unternehmen abgeschlossen wurden.»

«Ich vertrete kein Unternehmen. Ich bin selbständig und arbeite auf der Basis persönlicher vertraglicher Verpflichtung mit Señor Torrens-Guardiola zusammen.»

«Dann braucht er wohl das, was er Ihnen zahlt, nicht zu versteuern?»

«Das geht Sie nichts an.»

«Vielleicht fragen Sie mich lieber, was ich weiß und welche Vermutungen ich in meinem Artikel äußern werde!»

«Wenn Sie so liebenswürdig wären, mir eine Probe davon zu geben.»

«Leocadio Mínguez hat möglicherweise keinen Selbstmord begangen, sondern wurde umgebracht. Ist diese Hypothese einmal gesichert, muß man fragen, wem seine Ermordung nützte. Einem, der ihm vor dem voraussichtlich auf das Ermittlungsverfahren folgenden Prozeß den Mund schließen wollte. Die Liste derer, die in Mínguez' Machenschaften verwickelt sind, ist nicht unendlich, und Torrens-Guardiola nimmt darin einen Ehrenplatz ein. Genau wie die Inyecta S. A. Pflegen Sie auch das Image der Inyecta?»

«Zwischen unseren Unternehmen besteht eine Mutter-Tochter-Beziehung, aber der Service ist getrennt. Die Berater der Inyecta S. A. sind normalerweise nordamerikanische Universitätsabsolventen, die den beiden Söhnen von Torrens-Guardiola unterstehen.»

Plötzlich hat der weiche Mann wieder Rückgrat gewonnen und drückt einen Knopf. Ein vorprogrammierter Anruf, der keine Antwort erfordert, während der imaginäre Imageberater erklärt: «Auf dieser Ebene braucht unser Gespräch Zeugen.»

Der Zeuge erscheint. Carvalhos Erinnerung spuckt einen verblaßten Steckbrief aus, der sich über den Neuankömmling legt, ihn identifiziert, ohne ihm jedoch einen Namen zu geben, bis der Imagedirektor sie miteinander bekannt macht.

«Unser juristischer Berater, Doktor Ventura Rosés. Der Journalist, Herr...»

«Carvalho.»

Ventura Rosés reicht ihm die Hand wie einem Unbekannten. Er sieht immer noch aus wie ein junger Herr aus gutem Hause, nur dreißig Jahre älter. Mit wem hatte Ventura Rosés damals im Sommer 1962 die Zelle geteilt, im Modelo-Knast, Vierte Galerie? Er war zusammen mit Leocadio Mínguez verhaftet worden, hatte aber wie ein feiner Herr vom Mars gewirkt, inmitten eines Haufens von Proletariern, die irgendwie die Macht ergreifen wollten. Er brachte seine kurze Haftzeit damit zu, über die viele Arbeit zu klagen, die ihm dadurch entging. Er hatte damals eben sein Jurastudium abgeschlossen und war bereits – dank eines einflußreichen Vaters – Berater einer Werbeagentur, die kurz vor dem Abschluß ungeheuer bedeutender Verträge mit *TV Española* stand. «Mein Verfahren wird diesen Vertrag zum Platzen bringen! Welcher Teufel hat mich geritten, daß ich mich so in die Tinte setzen mußte? Und alles nur, weil ich den asturischen Bergarbeitern meine Solidarität ausdrücken wollte! Die Revolution wird eines Tages kommen», versicherte er mit dem ganzen Selbstbewußtsein des politischen Wissenschaftlers und seiner sozialen Klasse; sein gelenkiger Knabenkörper schien es förmlich auszustrahlen; er war gut gekleidet, wie es, auch auf dem Hof eines Gefängnisses voller Gauner, Roter und Schwuchteln, die Pflicht des Gentleman ist. «Man muß aber das richtige Instrument einsetzen, zum richtigen Zeitpunkt, wie Lenin so treffend bemerkte, als er in den Aprilthesen seine Strategie änderte.» Ventura Rosés, der Goldmund, wurde nach drei Monaten von seinem Vater aus dem Knast geholt; er hatte seinen «Einfluß geltend gemacht», was bei den Genossen übel vermerkt wurde, obwohl ihnen Ventura seine restlichen teuren Konserven überlassen und versprochen hatte, auf höchster Ebene zu intervenieren, um ihr voraussichtlich schweres Schicksal zu mildern. Carvalho erfuhr nie, ob er noch rechtzeitig auf freien Fuß gekommen war, um den Vertrag mit TVE zu retten.

«Señor… Carvalho behauptet, Leocadio Mínguez sei ermordet worden.»

«Kein Grund zur Aufregung! Señor Carvalho handelt ganz im Sinne der Logik seines Berufsstandes. Die Presse braucht Neuigkeiten.»

Aber der Manager, der endlich zu einer harten Linie gefunden hatte, war nicht versöhnungsbereit.

«Wir haben mit der Polizei gesprochen, und das werden wir wieder tun. Sie werden Ihre Geschichte der Polizei erläutern müssen. Ich darf sagen, alles, was Sie da behaupten, erscheint mir geradezu surrealistisch.»

Schon begann er, mit Adjektiven um sich zu werfen. Der Anwalt dagegen blieb still, sagte aber das Richtige und zum richtigen Zeitpunkt.

«Wieviel bezahlt man Ihnen für diese Reportage?»

Ventura Rosés warf mit Substantiven um sich.

Das Angebot des Anwalts Rosés überstieg bei weitem das, was er aus seinem Klienten herausholen könnte. Daß man ihm etwas bezahlte, was er nie schreiben würde, übte auf Carvalho eine perverse Anziehungskraft aus, aber er wußte, daß die Wirklichkeit an seine Tür klopfen würde, und erwartete in den darauffolgenden Stunden eine Warnung von Comisario Contreras. Er kannte Venturas Werdegang nicht, aber er roch in ihm den Experten für eine Mischung aus Gesellschafts- und Bandenrecht, der folglich mit der Polizei auf sehr gutem Fuß stand. Carvalhos Beziehungen zu Contreras hatten sich nach dem Fall des Mittelstürmers, der in der Abenddämmerung ermordet wurde, ernstlich verschlechtert, und die Bilanz ihrer früheren Beziehungen war ebensowenig hilfreich. Aber es war nicht Contreras, der sich als erster bei ihm meldete. Als er den bewachten Parkplatz an den Ramblas verließ, fand er sich plötzlich von zwei Männern flankiert, die es nicht nötig hatten, auf einen der abgedroschenen Sätze im Stil von «Der Chef will dich sprechen» zurückzugreifen. Drehbuchautoren sollten ihre Dialoge neu überdenken. Diese Männer brauchten nur ihre Schultern gegen die seinen zu stemmen, um ihn unwiderstehlich zu dem Auto zu geleiten, das mit laufendem Motor wartete. Als er zwischen den beiden saß, schob er sie mit den Ellbogen auf Distanz, als brauche er Platz, um sich wohl zu fühlen. «Wird es ein langer Ausflug?» Sie antworteten ihm nicht. Sie verbanden ihm auch nicht die Augen. Es war ihnen gleichgültig, ob er sich die Route merkte. Sie hatten ihn nicht einmal entwaffnet und zuckten mit keiner Wimper, als Carvalho nach der Pistole im Schulterhalfter unter der Jacke griff. Das Auto fuhr auf die Ausfallstraße zum Maresme, bog in Höhe von Masnou links ab und brachte sie zu einer Neubausiedlung auf einem Hügel, der nach Norden die Küste überblickte. Ein Sandstreifen parallel zur Eisenbahn und zu Neuansiedlungen, die sich ohne Grenzen ausbreiteten. Sie hielten vor dem Restaurant *El Asador*, die beiden Stummen bedeuteten ihm, auszusteigen, und folgten ihm zum Eingang des Lokals. Das Trio ging wortlos an der Bar vorbei, und Carvalho ahnte, daß ein reservierter Tisch auf sie wartete. Ein beleibter Mann am anderen Ende des Tisches mit geröteten Wangen, die sehr viel Gesundheit ausstrahlten, empfing ihn beinahe lächelnd.

«Ihr könnt gehen, Jungs. Ich habe nur ein Milchlamm für zwei Leute bestellt.»

Er war nicht schlecht gekleidet, wenn man sich damit abfinden konnte, daß er als wohlhabender kastilischer Merinozüchter kostümiert war; selbst die Baskenmütze fehlte nicht, sie hing an einem Stuhl. Carvalho eröffnete das Verhör.

«Vertreten Sie den Multi Inyecta S. A.?»

«Nein, die Salus Infirmorum * S. A.»

«Ist das ein frommer Spruch, oder nehmen Sie mich auf den Arm?»

«Ein frommer Spruch oder was mir eben gerade einfiel, als ich nach einem Namen für die Firma suchte. Ich heiße Salustiano, meine Freunde nennen mich Salus. Im übrigen habe ich mich auf Bautätigkeit im Gesundheitsbereich spezialisiert.»

Salustiano Almansa war vom Handlanger zum Bauunternehmer aufgestiegen und hatte es schließlich zur rechten Hand eines franquistischen Bürgermeisters gebracht, der ganz Barcelona in einen Parkplatz verwandelt hatte. Jetzt zog er auf eigene Rechnung wie ein Geier seine Kreise über dem aufgerissenen Fleisch der renovierten Stadt, als wolle er unter der Erde vergrabene olympische Bauten heben.

---

* Das Heil der Kranken

«Ich stamme aus Aranda, und in ganz Katalonien ißt man nirgends so gut Lamm *à la castellana*** wie in diesem Grillrestaurant hier. Ich habe für Sie ein paar ebenfalls bodenständige Vorspeisen bestellt: *morcilla de arroz*****, *chorizo* und Gehacktes. Wie ich hörte, sind Sie ein wackerer Esser. Sind Sie mit einem Ribera de Duero zum Essen einverstanden? Oder lieber einen Valduero Reserva? Gut. Ohne Ribera kann ich nicht leben, er erinnert mich an meine Kindheit; damals gab es noch keine Markenweine, aber der Wein war so gut wie heute: Moro, Pesquera, Mauro, Protos, Pedrosa, Yllera… herrlich. Sogar der Wein des Marqués de Griñón, der mal mit Isabel Preysler verheiratet war, schmeckt mir gut.»

«Ab und an genehmige ich mir eine Flasche des Herrn Marquis, um mein Scherflein zur Apanage von Doña Isabel beizusteuern.»

«Man soll ja ein Herz für die Armen haben, aber man darf es nicht übertreiben.»

Er wartete nicht ab, bis Carvalho das erste Stück *morcilla de arroz* verzehrt hatte, sondern kam sofort zur Sache.

«Wer bezahlt Sie dafür, daß Sie Ihre Nase in den Fall Mínguez stecken?»

«Berufsgeheimnis.»

«Die Witwe? Vielleicht hofft sie ja, auf diese Weise mehr herauszuschlagen. Ich kenne den Wortlaut der Lebensversicherungs-Police oder -Policen nicht, aber viele Gesellschaften verweigern bei Selbstmord die Zahlung. Zur Sache. Ich unterhielt gewisse Beziehungen zu Señor Mínguez. Er war ein bewundernswerter Typ. Er wußte genau, was er wollte und was ich wollte. Niemand kann beweisen, daß das, was Mínguez tat, gesetzwidrig war. Ich will Ihnen ein Beispiel nennen: Ich baute einmal eine Klinik, irgendwo auf dem Land, wo, tut nichts zur Sache, für eine Kooperative. Die Kooperative ging den Bach runter und bezahlte mir lediglich fünfzig Prozent. Also gut, ich

---

* kastilische Art: mit Kartoffelkroketten in Nestform, gefüllt mit geschmolzenen Tomaten, gebackenen Zwiebelringen, dazu Tomatensauce;
** typisch katalanische Blutwurst, mit Reis gefüllt

setzte mich mit Mínguez in Verbindung und erkundigte mich,
wie die Chancen standen, daß eine öffentliche Institution sich
dieses überaus gemeinnützigen Gebäudes annahm, um in dieser
Gegend Wählerstimmen zu bekommen. Mínguez hatte sofort
verstanden. Mit der Gewißheit im Hintergrund, daß sich ein
Käufer finden würde, teilte ich meinen Schuldnern, der Kooperative, mit, ich würde ihnen die Restschuld erlassen, wenn sie das
Eigentum an der Klinik an mich abtraten. Da sie es mir nicht
abschlagen konnten, stimmten sie zu. Was mich fünfzig Prozent
der Bausumme gekostet hatte, konnte ich für hundert Prozent an
eine öffentliche Einrichtung weiterverkaufen und stand dabei
noch als Wohltäter da, als ein Unternehmer, der dem Bankrott
eines Kunden mit heiterer Gelassenheit und Bürgersinn begegnet
sei – sie sagten wirklich ‹Bürgersinn›, das weiß ich, weil ich es mir
notiert habe und zitiere, sooft ich kann. Bürgersinn. Mínguez
ging sehr taktvoll zu Werke. Er hatte eine philanthropische
Ader, der Bursche, und er sagte zu mir: ‹Eine Klinik haben oder
keine haben – was ist das Positive?› Menschen, die den Wohlstand nicht zerstören, sondern vermehren wollen, verstehen sich
immer. Ich kann sehr wohl zwischen einem Demagogen und
einem echten Revolutionär unterscheiden.»

Das Lamm war so gut, daß sich Carvalho das Lokal merken
mußte, um eines Tages wiederzukommen. Ich werde Charo mitnehmen, dachte er und stellte plötzlich fest, wie lange sie schon
fort war und daß er nie an sie dachte, ja, auch das Bedürfnis un-
terdrückt hatte, sie anzurufen; es war völlig unmöglich, sie wieder Gegenwart werden zu lassen. Warum nur brachte er das Essen stets mit den Frauen seines Lebens in Verbindung, mit seiner
Mutter oder Charo?

«Halten Sie sich aus dieser schmutzigen Geschichte heraus,
Carvalho! Arbeiten Sie für mich! Ich brauche einen Sicherheits-
experten und jemanden, der mich über die Absichten der Konkurrenz auf dem laufenden hält. Privatdetektive aus Kriminalromanen haben keine Zukunft.»

«Bauunternehmer aus Kriminalromanen anscheinend um so
mehr! Sie sind glaubwürdiger denn je, wie es ein Literaturkriti-
ker ausdrücken würde.»

«Ich bin immer glaubwürdig gewesen. Als ich noch ein junger Bursche war, konnte ich mir über den Bauch streichen, und er war leer, so leer, daß ich unglaubwürdig war. Wenn ich mir heute über den Bauch streiche, ist er mit gutem Lammbraten gefüllt. Ich bin glaubwürdig.»

«Hat Mínguez Sie aufs Kreuz gelegt?»

«Das eine oder andere Mal sicher. Das war normal, er war zu sehr Geier, und es gab zu viele appetitliche Bauaufträge in einer Stadt, die sich selbst innerhalb von fünf oder sechs Jahren neu aufbaute. Jetzt haben wir uns in der Depression eingerichtet. Aber wer damals aufgeweckt war, konnte Goldgruben auftun, wahre Goldgruben. Und damit ist's noch nicht vorbei. Es heißt zwar, es gebe keinen Baugrund mehr, aber man wird noch aus den Kloaken Bauland hervorzaubern!»

Carvalho dachte an Höhlenforscher wie Emilio Rey, die sich unter die Erde begaben, um Langzeitrekorde aufzustellen, und dabei einen wissenschaftlichen Eifer an den Tag legten, der schließlich der Spekulation mit dem Untergrund dienen würde. Sie könnten den unterirdischen Aufenthalt nutzen, um dort Parzellen abzustecken und sie im Namen von Salustiano Campos, Torrens-Guardiola, Inyecta S.A. und allen Immobiliengesellschaften, die es verstanden hatten, sich den neuen Zeiten anzupassen, in Besitz zu nehmen.

«Sie müssen allerdings dafür sorgen, daß die Stadt heiter und zuversichtlich bleibt.»

«Ich bin schon zufrieden, wenn mir die Stadt nicht ins Handwerk pfuscht. Da gibt es eine Menge Schlaumeier, die einem mit einem bißchen Demagogie Finanzierungen über Hunderte Millionen von Peseten ruinieren können. Rühren Sie die Scheiße nicht noch mit dem Stock auf!»

Das Dessert war typisch kastilisch und hieß *natillas**. Salus vertilgte einen ganzen Suppenteller dieses aromatischen gelben Meeres aus Kastilien.

«Im Paradies wird es jeden Tag *natillas* geben. Für alle.»

«Ob Sie wohl in den Himmel kommen?»

---

* Cremespeise aus Eiern, Milch und Zucker

«Wie sollte ein Unternehmen mit dem Namen Salus Infirmorum nicht in den Himmel kommen? Ich habe eine Statue der Heiligen Jungfrau, die die Kranken beschützt, im Eingang meines Hauptbüros stehen. Aus Keramik. Sie stammt von Lladró, einem bekannten Bildhauer. Mehrere religiöse Vereinigungen sind bei mir Aktionäre. Und da glauben Sie, ich würde nicht in den Himmel kommen? Sie bekommen von mir ein Kontingent kastilischer Lebensmittel und nochmals eine Warnung. Aber nehmen Sie es nicht als Warnung! Es ist ein guter Rat.»

Die Gorillas, die ihn gebracht hatten, schienen ebenfalls gegessen zu haben, denn sie hatten an Liebenswürdigkeit gewonnen. Rein gestisch. Ansonsten sprachen sie nicht mehr als vorher und ließen sich von Intelligenz nichts anmerken; dafür waren sie grimmig und muskulös. Es bestätigte sich wieder einmal, daß einer, der nichts sagt, auch nichts zu sagen hat.

«Also, wenn du als Kunde kommst, bezahlst du auch!»

Carvalhos Augen schickten überraschte Signale der Verwirrung ans Gehirn – oder war es umgekehrt? La Andaluza füllte den Türrahmen von Charos ehemaliger Wohnung aus, Schutzengel eines Paradieses, das die nach Andorra geflüchtete Freundin vorübergehend verlassen hatte. Er mußte sie unbedingt beruhigen, denn La Andaluza hatte die Statur einer hochschwangeren Kuh, war äußerst schlechter Laune, und noch schlechter war mit ihr zu diskutieren.

«Aber doch nicht als Kunde! Ich komme, weil du Charos Freundin bist. Wir hatten ein Abkommen, daß sie für mich Informationen beschafft.»

«Informationen will der Kunde! Informationen, die anscheinend nur eine Nutte wie ich beschaffen kann! Also gut, wenn du als Kunde kommst, bezahlst du auch!»

«Das ist meine kleinste Sorge, Andaluza! Ich bezahle, was du verlangst, aber schnaub mich nicht an wie ein alter Drachen!»

«Deine Mutter ist vielleicht ein alter Drachen! Bei mir hast du ziemlich verschissen, Pepe. Du liebst keinen Menschen, und was du Charo angetan hast, das kann dir niemand verzeihen. Vor allem, du kannst dich ja nicht mal selbst leiden; du gehst durchs Leben, ohne zu wissen, wohin, und ich lasse mich von dir nirgendwohin mitnehmen!»

Aus welchem Fernsehfilm hatte La Andaluza diese Tirade? Bei den vielen Kanälen, die in letzter Zeit dazugekommen waren, fiel es schwer, die philosophischen Quellen der Frau ausfindig zu machen.

«Was ist bloß los mit euch Weibern, mit Charo und mit dir?»

«Ist diese Frage vielleicht nicht aus einem Film? Soll ich dir verraten, was mit uns los ist? Hast du eine Ahnung, wie alt ich bin? Nein. Ist dir auch völlig schnuppe. Wie alt bist du?»

«Ich bezahle dir, was du verlangst, und du sparst etwas für deine alten Tage.»

«Für mich ist es zu spät, an die alten Tage zu denken. Aber her damit! Besser als gar nichts. Was willst du wissen?»

Carvalho hoffte, daß La Andaluza eine Verbindung zu den Mädchen aus der Telefon- und Luxusprostitution besaß oder eine der Agenturen kannte, die Leocadio Mínguez beliefert hatten, und ihn so zu der Frau führen konnte, die in den Stunden vor seinem Selbstmord bei ihm gewesen war.

«Dieser Strich ist eine andere Welt. Es ist wie auf den Antipoden. Aber etwas kann ich schon tun. Ich berechne es dir nach Stunden. Zum gleichen Tarif wie das Vögeln. Obwohl, bei dem miesen Geschäft weiß ich gar nicht mehr, was ich beim letztenmal genommen habe. Weißt du, wie viele Stammkunden mir noch geblieben sind? Aids hat gerade noch gefehlt. Die blöden Kerle glauben, die Mädels aus den Luxushäusern seien disziplinierter. Sie würden das Kondom schon in der Möse mit sich herumtragen und es ihnen überziehen, ohne daß sie es merken. Diese verdammten Nutten, nichts gelernt und nichts auf der Kante, und das einzige, was sie können, ist, ein Kondom überziehen, ohne daß man es merkt. Bis über beide Ohren mit Viren verseucht und rettungslos drogenabhängig, aber einen Pariser überstülpen, das können sie. Ich gehe in Rente, Pepe. Man hat mir eine sehr gute Stellung angeboten, und nachdem Charo es uns vorgemacht hat, haben sich viele von uns nach etwas anderem umgesehen.»

«Du willst hoffentlich nicht als Blauhelm nach Bosnien?»

«Du kannst dich ruhig lustig machen, aber ich hab eine Chance, die ich nicht ausschlagen kann. Kontrolle der öffentlichen Moral in einem Bingosalon! Ich muß aufpassen, daß drinnen nicht angeschafft wird. Draußen auf der Straße können sie die Straßenlaternen anmachen... Drei Monate Probezeit, dann fest angestellt. Planstelle. Voll versichert. Eine Rente für später. Ein Freier wie der, der Charo nach Andorra geholt hat, hat mir den Posten verschafft. Wenn die Kerle es nicht mehr schaffen, suchen sie dir Arbeit.»

Von diesem Punkt an begann ihm das Gespräch peinlich zu werden. Sie nötigte ihn, sich die Spuren zu betrachten, die die Zeit bei ihr hinterlassen hatte, dieselben, die er bei Charo sehen würde, wenn sie da wäre, Vorzeichen des Rentenalters, bei La Andaluza und ihm selbst.

«Man wird an dem Tag Rentner, an dem man anfängt, ans Rentenalter zu denken.»

«Wann machst du endlich die Augen auf? Dein lumpiges Sparbuch bei der *Caja de Ahorros* reicht nicht mal für eine Bude in einer runtergekommenen Absteige im Barrio Chino – wenn es das bis dahin überhaupt noch gibt, so schnell, wie die alles abreißen und als Nobelviertel wieder aufbauen. Du kümmerst dich nicht mal um die Zinsen. Wieviel kriegst du eigentlich?»

Carvalho verließ sie türenknallend. Aber er war wütend auf sich selbst. Auch Biscuter heiterte ihn nicht auf. Der häßliche Zwerg hatte seinen Tag des alten Mannes und übergab ihm ein Schreiben des Journalistenverbandes. Eine Mitteilung des juristischen Dienstes: «Wie wir erfuhren, geben Sie sich als Berufsjournalist aus, um Ihre Nachforschungen durchzuführen. Unter Vorbehalt der uns zustehenden Rechtsmittel fordern wir Sie auf, von dieser bedauerlichen Titelanmaßung Abstand zu nehmen, die geeignet ist, den guten Ruf der Journalisten des Katalanischen Journalistenverbandes zu schädigen.»

Beknackte Berufsgenossenschaftler. Oben in Vallvidrera entzündete Carvalho das Kaminfeuer mit dem Papier eines der wenigen Werke über Journalistik, das er besaß: *Mass Communications* von einem gewissen Juan Beneyto; er hatte es wahrscheinlich nicht einmal damals in seiner Zeit als Propagandabeauftragter der Partei gelesen, als er sich Inhaltsangaben von Lenins Äußerungen zum Thema angelegt hatte, die über die damals übliche klassisch marxistische Theoriebildung hinausgingen. Er brauchte jetzt einen starken, lange nicht geschmeckten Geschmack in der Art einer aus dem Geschmacksgedächtnis wiedergewonnenen Muttermilch und bereitete einen *caldo gallego* * – viel zu schwer, viel zu sehr Futter –, und als er den Topf vom Feuer genommen hatte, saß er da und starrte ihn an wie eine verschlossene Kiste, die nichts als Melancholie enthielt. Er schüttete den Inhalt in die Kloschüssel und begnügte sich mit einem Bocadillo mit Käse, das den Bodensatz seiner Erinnerung in gleicher Weise aufrührte. Nach dem Bürgerkrieg. Montjuïc. Sein Vater, frisch aus dem Gefängnis, liegt unter den Pinien des immer noch wild überwucherten Berges. Der Junge, in dem er sich selbst wiedererkennt, verschlingt ein Bocadillo mit Käse, während der Vater mit Andacht einzelne überreife Weintrauben verzehrt. Plötzlich bröckelt der Käse, ein Stück fällt zwischen die Piniennadeln, und der Junge, erschrocken über die damals verbotene Verschwendung, versucht, die Krümel einzeln wieder aufzusammeln. «Laß sie liegen! Die Ameisen haben auch was verdient.» Damit gibt ihm der Vater die restlichen Trauben. Die Geschichte war mit diesem Mann nicht gut umgesprungen; er hatte aus der Geschichte aussteigen wollen und war trotzdem in ihren Sog geraten. Das Telefon schrillte.

«Entschuldigen Sie bitte, daß ich um diese Zeit anrufe! Ich bin die Witwe von Leocadio. Die erste. Die echte. Mir fiel gerade ein, daß ich Ihnen das Interessanteste noch gar nicht gesagt habe. Als er mich verlassen hatte, lebte Leocadio eine Zeitlang mit einer Parteigenossin zusammen. Eine von diesen Pädagoginnen, die jetzt im Fernsehen auftreten und über Gott und die Welt schwafeln. Wenn Sie fernsehen, erkennen Sie sie sofort. Sie spielt Mädchen für alles. Schalten Sie heute abend ein, bestimmt taucht sie auf und spricht über das Wetter oder Sex oder Kindererziehung. Und dabei hat sie gar keine Kinder!»

* Suppentopf mit Rindfleisch, Kohl und Kartoffeln

Er notierte den Namen der Frau. Mar Riudoms. Sie war bereits in den Notizen von Centellas erwähnt, aber jetzt hatte er ihre Telefonnummer, und für den Fall, daß sie an diesem Abend nicht im Fernsehen auftreten sollte, um der Bevölkerung im allgemeinen etwas beizubringen, rief er sie an. Manche Menschen besitzen die Fähigkeit, einem über kilometerlange Entfernungen das Ohr einfrieren zu lassen und wie Statuen aus Eis zu wirken. Erst als Carvalho das Wort «Mord» aussprach, begann das Eis zu knistern, ohne jedoch zu schmelzen.

«Soll das ein Witz sein?»

«Nein. Ein Verdacht.»

«Ich muß morgen in der Fortbildungsschule von Nou Barris einen Vortrag halten. Warten Sie doch am Ausgang auf mich! Eine halbe Stunde später habe ich eine Sitzung der Parlamentarischen Kommission der Partei. Eine halbe Stunde reicht.»

«Es gibt halbe Stunden, die ein ganzes Leben dauern.»

Der Satz war nicht sehr glücklich gewählt. Vielleicht hatte die Dame deshalb aufgehängt und ihm ein unangenehmes Gefühl im Gehirn hinterlasssen, als sei es voller abgenutzter oder schrottreifer Gedanken. Eine Umschulung. Du bräuchtest mal ein Recycling, Pepe. Ein Jahr lang in einem anderen Beruf. Zwölf Monate, ohne jemandem irgendwelche Fragen zu stellen. Ohne jemanden wegen irgend etwas zu verdächtigen. Was wäre er gerne geworden? Lehrer. Nein. Ein Führer der Massen. Wahrscheinlich. Nichts. Das war's. Am liebsten wärst du gar nichts geworden und man hätte dir ein Stipendium dafür zahlen müssen, daß du nicht um den Arbeitsplatz konkurrierst, den du frei gelassen hast. Und überhaupt, seine Welt ging unter, je mehr hygienische Freiräume die Spitzhacke in die alten Weichteile der Stadt seiner Kindheit schlug. Nicht einmal Bromuro hatte die Rippenstöße dieser kannibalischen Gesellschaft ausgehalten und war von innen heraus gestorben, bis ihm der Tod zu den entzündeten Vogelaugen herausgekommen war; die Geschichte hatte ihm übel mitgespielt; wenigstens war er ein paar Jahre lang Sieger eines Bürgerkrieges gewesen. In der Geschichte gewinnen nur die, die

Macht besitzen, egal was für eine, und Carvalho besaß nur die Macht, einen ganzen Topf *caldo gallego* ins Klo zu schütten. Oder schlafen zu gehen. Allerdings hatte ihn die Macht schon wieder verlassen, als er den Schlaf herbeirufen wollte, und er war stundenlang von Phantomen umgeben, die nur er selbst sah, von Musik, die nur er hörte, und von Stimmen aus schrecklichen unterirdischen Räumen.

Er weigerte sich, aufzustehen, obwohl sich die Helligkeit des warmen Winters seiner Nachtwache bemächtigt hatte. Er könnte den Vormittag weiterhin ignorieren, auch den Nachmittag und den Abend und immer so weiter, bis Biscuter, Charo oder Fuster kommen und sich erkundigen würden, warum er sich nirgends blicken ließ. Plötzlich fiel ihm ein, daß im Weinkeller noch eine Flasche 86er Mauro liegen mußte, ein Geschenk seines Nachbarn, des Steuerberaters Fuster, und der ging es jetzt an den Kragen. Ein paar Stücke Schafskäse und eine halbe Flasche Mauro versöhnten ihn allmählich wieder mit der Wirklichkeit. Auch der Blick auf die Stadt am Fuß des Berges trug dazu bei, mit ihrer Dunstglocke und der fernen Linie des Meeres, das der eitrige Nebel gräulich färbte. Wie ein amphibisches Tier tauchte aus diesem schmutzigen städtischen Magma der klare Umriß eines Polizeiautos auf. Es hatte ihm genügt zu sehen, wie es näher kam und vor seiner Gartenmauer hielt, um noch, bevor die beiden Doktoren der Rechte und der Sozialpsychologie an seine Tür klopften, zu wissen, daß es ein Polizeifahrzeug war. Alle Jungpolizisten waren ausgebildete Juristen; im Zuge der Nachforschungen im Fall des bedrohten Mittelstürmers hatte er sogar einen Fachmann für Semiotik kennengelernt. Er ließ sie ein, um so vielleicht dem Zwang zu entgehen, sie begleiten zu müssen. Aber sie kamen mit einem ausdrücklichen Befehl von Contreras, und er folgte ihnen in seinem Wagen, gemächlich, mit dieser Trägheit, die Beamte ihren Angelegenheiten aufzwingen. Contreras war allerdings nicht träge; er stammte aus einer anderen Zeit. Er war gereizt und epileptisch, wie immer, erpicht auf den Zusammenprall von Worten und Körpern, und schrie ihn an, kaum daß er im Türrahmen auftauchte.

«Jedesmal, wenn ich Sie sehe, wird mein Magengeschwür schlimmer!»

«Ich komme auch nicht zu meinem Vergnügen.»

Contreras war über jeden Schritt informiert, den Carvalho im Fall Mínguez unternommen hatte, und sagte ihm «zum letztenmal», daß seine Detektivlizenz weniger wert sei als das Parteibuch eines russischen Kommunisten. Er lachte über seinen eigenen Witz. Carvalho gegenüber mußte er immer die politischen Fronten klären.

«Lassen Sie die Finger vom Fall Mínguez! Machen Sie's wie ich: Halten Sie sich aus der Politik raus! Sie haben schon die halbe Stadt verrückt gemacht, und wenn Ihre haarsträubenden Ideen in einer Zeitung erscheinen, kriege ich eine Zigarre, die sich gewaschen hat. Wer hat Sie auf den Fall angesetzt?»

«Es gibt zwar keine große Auswahl, aber ich werde Ihnen den Namen meines Klienten nicht verraten. Suchen Sie sich selbst jemanden aus! Die Opposition, die entschlossen ist, den Skandal gegen Mitglieder der regierenden Partei zu verfolgen. Alle Baulöwen, denen Mínguez ein Schnippchen geschlagen hat. Baulöwen, die entschlossen sind, anderen Baulöwen eins auszuwischen. Mitglieder von Mínguez' Partei, die andere Mitglieder der eigenen Partei auflaufen lassen wollen. Oder jemand, der Mínguez wirklich mochte und sich nicht mit der Selbstmordlüge zufrieden gibt.»

«Selbstmordlüge? Sind Sie schlauer als der Pathologe? Als die Polizei?»

«Der Bericht des Gerichtsmediziners ist nicht veröffentlicht worden.»

«Das fällt unter die Geheimhaltungspflicht während des Ermittlungsverfahrens. Das Verfahren wegen Mínguez' Aktivitäten ist noch nicht abgeschlossen, und Sie haben nicht das Recht, die Arbeit der Polizei oder der Richter zu behindern. Sie machen mich nervös, Carvalho, das gebe ich zu. Und es macht mich noch nervöser, festzustellen, daß Sie mich nervös machen.»

«Ich finde Sie höflicher als bei anderen Anlässen.»

«Wie kommen Sie darauf?»

«Sie haben noch nicht angefangen, mich zu duzen oder mir ins Gesicht zu schnauben.»

«Auf die Eier werd ich dir schnauben!»

Endlich war die Situation klar.

«Wie wär's mit zwei Tagen Zelle?»

«Schlecht. Ich habe eine ganze Liste von Terminen, und es würde sich nicht gut machen, wenn die Zeitungen schreiben: Im Fall Mínguez ermittelnder Privatdetektiv widerrechtlich festgehalten.»

«Paß auf, Witzbold: In die Zelle stecken werde ich dich nicht. Aber du kennst mich, und wenn du eines Tages irgendwo zusammengeschlagen gefunden wirst, mit gebrochenem Rückgrat, dann weiß nachher keiner, wer es war.»

«Nur Sie und ich.»

Schon hatte er Contreras' Atem im Gesicht. Der Kommissar hatte sich sogar seiner Jackenaufschläge bemächtigt und stellte sich auf die Zehenspitzen, um ihm in die Augen blicken zu können. Irgend jemand hatte einmal zu ihm gesagt, sein Blick sei durchdringend, aber er war sich dessen nicht sicher. Leute, die wirklich durchdringend blicken, haben es nicht nötig, so nahe heranzugehen und sich auf die Zehenspitzen zu stellen, um ihre Augen in die des anderen zu bohren. Als er die Jackenaufschläge losließ, stieß er Carvalho mit dem Brustkorb von sich, und dieser konnte ihm nur mit einem verachtungsvollen Blick antworten.

«Schau mich nicht so an, sonst polier ich dir die Fresse! Noch ein Schritt im Fall Mínguez, und ich breche dir das Nasenbein. Ich dresche dir die Seele aus dem Leib. Nie hilfst du mir! Wenn ich dir mal grünes Licht gegeben habe, wie hast du's mir gedankt? Wann hast du je den Anstand besessen, zu mir zu kommen und zu sagen: ‹Hören Sie mal, Comisario› oder ‹Hören Sie mal, Contreras, da gibt es das und das, und ich überlasse es Ihnen, die Sache zu Ende zu bringen, weil ich den Auftrag meines Klienten erledigt habe.› Glaubst du etwa, ich würde diese Salonlöwen decken? Wenn ich herausfinde, daß einer von denen in den Fall Mínguez verwickelt ist, werde ich bedenkenlos zuschlagen, obwohl die Politiker mir das Messer an den Hals gesetzt haben, und die wissen, wie man das macht. Aber nein. Man wirft dem Comisario Contreras Knüppel zwischen die Beine, anstatt ihm zu helfen, und du fühlst dich unheimlich mutig und frei, weil du nicht mit der Polizei zusammenarbeitest. Das ist dein Ehrenkodex. Und meiner ist, dir das Leben schwerzumachen, und ich sage dir: Alles, was ich bis jetzt gegen dich unternommen habe, wird ein Klacks sein gegen das, was jetzt kommt. Jetzt geht's dir an den Kragen, Schnüffler! Ich geh dir an den Kragen. Und jetzt raus, und leck mich am Arsch!»

Welche seltsamen Umstände bringen einen erwachsenen Mann dazu, sich einem anderen Erwachsenen gegenüber so gehenzulassen? Carvalho fand die Antwort, als er sich umschaute und die drohenden Mienen der vier jungen Rechtsexperten im Polizeidienst sah, die im Büro herumstanden. Niemand wäre darauf gekommen, daß sie einen Abschluß in Jura und Sozialpsychologie hatten, und er dachte einen Moment lang daran, ihre Widersprüche zu entlarven. Aber er wollte das Schicksal nicht herausfordern und nutzte die Freiheit auf Bewährung, um so erleichtert wie immer das Büro und die *Jefatura Superior de Policía* hinter sich zu lassen. Die Fassade war weiß gestrichen worden, ein Versuch, das Gebäude zu enthistorisieren, aber seine Geschichte voller Blut und Tod klebte weiterhin an den Wänden, eine gespenstische Patina, und kein DDT der Welt schaffte es, sie abzukriegen. Ziellos durch die Straßen gehend, brauchte er etliche Stunden, um seine gewohnte Würde wiederzufinden, und er war ihrer erst richtig sicher, als er an einem Tisch im *Señor Parellada* Platz nahm und sich vom Besitzer beraten ließ, dem er gesagt hatte, er brauche etwas Archaisches und Solides. Ramón Parellada versuchte, ihn zu einer leichteren Vorspeise zu überreden, beugte sich aber schließlich dem Recht jedes Gastes auf einen schleichenden Selbstmord. *All cremat de sèpia i lluerna*, Lamm mit zwölf Knoblauchknollen und Kartoffeln «Bäckerin-Art». Eine Flasche 83er Coto Imaz spülte seine Frustration in Gegenden, wo sie auf eine bessere Gelegenheit lauern würde, wie Viren auf eine Abwehrschwäche des Körpers warten, und er verließ dieses herrliche kleine Hotel, nachdem er mit Ramón Parellada über sein zweites Lokal in Granollers geplaudert hatte, die *Fonda Europea*, ein historisches Restaurant und eine mentale Zuflucht für Leute, die gerne mit Messer und Gabel frühstücken. Er versprach einen baldigen Besuch in Granollers und ließ sich dann von dem Drang leiten, den Imageberater von Torrens-Guardiola oder Ventura Rosés höchstpersönlich nervös zu machen, wenn sich Gelegenheit bot.

Er war nicht da oder ließ sich verleugnen; allerdings zeigte sich die Vorzimmerdame diesmal umgänglicher und wiederholte mehrmals, Señor Molins wünsche ein privates Gespräch mit ihm. Er solle nichts, überhaupt nichts unternehmen, bevor er nicht mit ihm gesprochen habe.

«Wen ich sprechen möchte, ist Señor Torrens-Guardiola.»

«Um mit Señor Torrens-Guardiola zu sprechen, stehen sogar Minister Schlange, und nicht nur spanische.»

«Haben Sie schon im Wartezimmer nachgesehen? Am Ende sitzt dort noch ein toter Minister von Franco in der Ecke, der nicht vorgelassen wurde.»

Die Vorzimmerdame war zu jung, um antifranquistische Anspielungen zu verstehen. Die Bemerkung glitt an ihr ab, und ihr Eindruck von Carvalho war wieder der vom Anfang: schlampig und verachtenswert. Torrens-Guardiola dagegen hatte das gewisse Etwas, wie er von dem riesigen Foto, das eine ganze Wand des Vorzimmers einnahm, herabblickte. Es war so groß, daß es für Carvalho während des ersten Besuchs als abstrakter Hintergrund auf der Netzhaut zurückgeblieben war. Aber da war er, in Zivil, mit dem alten Lächeln einer reizenden Mumie, diesem Lächeln, das jung gewesen war, als der Provinzführer des *Movimiento** in den Pardopalast eilte, um dem *Generalísimo* seine Aufwartung zu machen und die unerschütterliche Treue der Provinz Barcelona zu Füßen zu legen.

Angesichts dieses gigantischen Fotos, das sicherlich dem Gehirn des imaginativen und zugleich imaginären Imagechefs entsprungen war, wunderte er sich nicht, als ihn zwei Männer des Sicherheitsdienstes mit der Höflichkeit eines Boris Jelzin zum Ausgang geleiteten. Als hätte noch etwas zu seinem Verdruß gefehlt, verkündeten draußen auf der Straße die Titelseiten der Zeitungen den Sieg des Rechtsaußen bei den demokratischen Wah-

---

* franquistische «Bewegung»

len im exkommunistischen Deutschland, und die Partei der russophilen Parafaschisten hatte die meisten Stimmen in der ehemaligen Sowjetunion bekommen, die heute gerade noch «GUS» hieß. Christen und Nationalisten, Hurensöhne allesamt. Er stellte sich ein Europa vor, das von neuem von der deutschen Wehrmacht und den Russen besetzt wurde, mit dem lateinischen Kreuz oder einem Ketchup-Markenzeichen anstelle des Hakenkreuzes, aber ansonsten mit denselben Hymnen und demselben Echo von Millionen Stiefeln, die wieder über die Erde trampelten. Wenn es soweit wäre, würde sich Carvalho dem Widerstand anschließen und vom Collcerola-Gebirge aus, wo sein Haus stand, gegen die Invasoren kämpfen, während das Mädchen seine Bluse auszog und ihm die tätowierte Nummer zeigte, die von einem früheren Aufenthalt in einem KZ für Marokkaner stammte. Die Welt wurde sich wieder gleich, nachdem der Traum der Vernunft ausgeträumt war, und so weiter in Ewigkeit, amen. Vielleicht wäre es ja vernünftiger, nach Amerika auszuwandern und in einem tropischen Land zu überleben, als Humphrey Bogart verkleidet; man hätte ein genauso fatales Schicksal zu erwarten, aber es wäre heißer und hätte den Geschmack von Rum mit zerstoßenem Eis und ein paar Minzeblättchen. Von diesem Aroma geleitet, das im Gedächtnis seines Gaumens gespeichert war, ging er zu CAP BOADAS und genehmigte sich drei *mojitos**, die ihm irgendwie das Gefühl von Straffreiheit gegenüber seinem Leben und der Weltgeschichte wiedergaben. Plötzlich packte ihn ein übermütiger Drang, und er ging früher als vereinbart zu der Fortbildungsschule in Nou Barris, um sich unter die schwitzenden Schüler zu mischen und dem Unterricht der Señora Riudoms zu lauschen. Er saß inmitten der angegrauten Bildungsschicht des Viertels, die der Wunsch beseelte, heute etwas mehr zu wissen als gestern, und die Riudoms legte das Gehabe einer Lehrerin an den Tag, die mehrere Klassen simultan unterrichtet, etwa in der Art einer Schachspielerin, die alle Partien des Tages zugleich im Kopf hat. «Wo waren wir bei dieser hier stehengeblieben?» schien sie die Klassensprecherin zu fra-

* kubanischer Rumcocktail, Rezept s. o.

gen. Bei der Anpassung der Arbeiterklasse an die aktuelle technologische Revolution. Wein, *mojitos*, Verdauung. Carvalho döste vor sich hin, als die massige, gutgeschminkte und energische Frau sich und ihnen die Frage stellte: «Ist die Arbeiterklasse verschwunden?» Diejenigen unter den Anwesenden, die offenkundig zur arbeitslosen Arbeiterklasse gehörten, erhofften eine Antwort, die ihr Identitätsproblem lösen würde. Es kann nicht mit absoluter Sicherheit bejaht werden... um so besser... wohl aber in relativer Hinsicht... sehen wir mal genauer hin. Der Rest des aufklärenden Vortrags ging an Carvalho vorbei, und als er wieder Herr seiner Konzentrationsfähigkeit war, befand sich die Vortragende bereits im Jahr 2000. Es gab nicht mehr einen einzigen Lebensplan, eine einzige technische Fertigkeit, eine einzige Arbeit. Der Arbeiter der Zukunft mußte sich auf ständige Umschulung einstellen, wollte er nicht von einem sich ständig wandelnden Arbeitsmarkt verdrängt werden, auf dem nur die Umschulungslehrer, die die Notwendigkeit verkauften, auf Sicherheit und Ruhe zu verzichten, einen sicheren und ruhigen Arbeitsplatz besaßen. Brillant war sie, das mußte man ihr lassen, und sie besaß den Vorzug, daß die Selbstsicherheit der Form die Unanfechtbarkeit des Inhalts verbürgte. Schüchtern wurden einige Fragen gestellt, denen es nicht immer gelang, den Faden der Dissertation aufzunehmen und mit der eigenen Erfahrung zu verknüpfen, der kleinen Geographie dieser Neulandviertel. Eine Sonntagsschullehrerin. Das, was in seiner Kindheit eine Katechismuslehrerin genannt worden wäre, aber mit zehn Geboten, die nicht feststanden, sondern in ständigem Wandel begriffen waren. Als die Ästhetik des Aktes dahin war, sah sie ihn durch den klappstuhlgesäumten Mittelgang auf sich zukommen und wußte, wer er war, bevor er sich vorgestellt hatte.

«Sagen Sie bloß nicht, daß Sie während des ganzen Vortrags hier waren!»

«Ich habe mir kein Wort entgehen lassen.»

«Das war nicht abgemacht!»

«Vom Wissen kann man nie genug kriegen!»

Sie setzten sich in einer von Lärm und Fernsehen tyrannisierten Bar vor zwei Tonics und einen doppelten Kaffee, den Carvalho bestellt hatte. Er wurde von der Vorstellung eines allgegenwärtigen Riesenfernsehers heimgesucht, dessen Bilder von allen Wänden des kleinen und überfüllten Lokals reflektiert wurden.

«Ich habe eine halbe Stunde Zeit. Erklären Sie mir Ihre ausgefallene Theorie über Leos Ermordung!»

Carvalho erklärte ihr alles, was er sich vorstellte, als übergebe er sein Wissen einer Priesterin, die die Macht besaß, ein Urteil zu fällen: Wahrheit, Lüge.

«Es erscheint mir so unglaublich, daß Leo ermordet worden sein soll, wie ich es damals nicht glauben konnte, daß er sich selbst getötet haben sollte.»

«Man muß sich für eine der beiden Unglaublichkeiten entscheiden.»

«Leo war kein depressiver Mensch. Wenn mir etwas an ihm gefiel, dann seine Vitalität.»

«Ich kannte ihn. Aus dem Gefängnis.»

«Waren Sie im normalen Vollzug?»

«Damals war es ein ziemlich normaler Vollzug. Der politische. Man wurde allerdings nicht als politischer Gefangener geführt, denn die Metaphysik des Regimes ließ das Vorhandensein politischer Gefangener nicht zu.»

Ihre schönen Augen, deren Farbe zwischen Grün und Blau spielte, begannen ihn mit Respekt zu betrachten. Carvalho nutzte die Gelegenheit, um seine Karten offenzulegen.

«Wie das Leben so spielt! Der eine wurde Privatdetektiv, der andere Grundstücksspekulant.»

Es hatte ihr weder gefallen noch mißfallen. Sie war bemüht, ihm zu zeigen, daß Gefühle sie nicht daran hinderten, eine Person distanziert zu betrachten.

«Leo begann aus Altruismus, seine Beziehungen auszunutzen. Die Kommissionen, die er erhielt, gab er anderen. Später dann nicht mehr, aber ich fühlte mich nicht berufen, ihm Moralinpredigten zu halten.»

«Dabei haben Sie ein solches Wissen! Was bestimmt die Grenze zwischen Moralin und Moral?»

«Die Heuchelei des Predigers. Wenn er ein Heuchler ist, dann ist es Moralin. Wenn er keiner ist…»

Er fand es nicht sehr überzeugend, daß das Gegenteil von Moralin die Moral sein sollte. Jemand hatte einmal gesagt: «Das Gute existiert nicht, wohl aber das Böse.» Carvalho war drauf und dran, ihr das zu sagen, aber er wollte ihr nicht den Status der ewigen Lehrerin streitig machen.

«Denken Sie mal einen Moment nach, und Sie werden sehen, es ist wahrscheinlicher, daß er umgebracht wurde. Von wem?»

«Wir hatten tatsächlich kaum noch Kontakt. Seit er gezwungen war, sich versteckt zu halten, kamen wir überein, daß es nicht vernünftig war, weiter miteinander zu verkehren. In der Partei nutzt man die Geschichte mit Leocadio, um zukünftige Positionen abzustecken. Es gibt Ellbogenkämpfe, und der Parteikongreß ist nicht mehr fern. Es konnte nicht unser Interesse sein, daß mein guter Ruf Schaden nahm. Aber ich rief ihn häufig an. Ich will nicht sagen täglich, denn manchmal wußte ich nicht, was ich mit ihm reden sollte, aber fast täglich. Ich weiß auch nicht. Ich kann Ihnen die Antwort nicht geben, die Sie suchen.»

Er überlegte, ob er ihr sagen sollte, daß Leocadio im Geruch sexueller Untreue gestorben war; aber – gegenüber wem überhaupt?

«Wußten Sie, daß er sich mit Luxusgirls, Callgirls abgab?»

«Sie meinen Prostituierte? Das wußte ich. Jeder hat seine sexuellen Phantasien.»

«Wer aus Ihrer Partei könnte mir die Lösung des Rätsels verraten?»

«Für die Partei ist Leocadio gestorben. Wahrscheinlich haben sie seinen Namen sogar aus den Archiven getilgt. Kollektive Subjekte verteidigen sich, wenn sie sich von einem ihrer Bestandteile gefährdet sehen. Ich verstehe das.»

Sie verstand alles. Das Vorhandensein und das Nichtvorhandensein der Arbeiterklasse. Daß sich Leocadio umbrachte, daß er umgebracht wurde. Daß die Partei ihn benutzte, daß sie ihn aus ihrem kollektiven Gedächtnis strich. Sie war die geborene Possibilistin*, die fast alles wußte und deshalb von sehr vielem nichts wissen wollte.

---

* Spaltungsbewegung innerhalb des französischen Sozialismus

Wie ein Schiff, das dem Wind und den Wellen überlassen ist, die Motoren voller Wasser, der Kompaß kaputt und der Kapitän betrunken, torkelte La Andaluza den kurzen Weg von Carvalhos Bürotür bis zum Klientensessel und ließ sich hineinfallen, gestrandet an einer Klippe.

«Wie die leben, Pepe, wie die leben! Die können nicht mal vögeln, aber alle fahren einen Golf, manche sogar den kleinen Volvo, der dir so gefällt. Dabei könnte ich ihre Mutter sein. Ich habe eine Tochter, und die wird nicht auf den Strich gehen. Wegen denen, Pepe, wegen denen. Paß auf, ich hab jeden Gefallen eingefordert, den ich noch guthatte, und eine Kollegin zum Singen gebracht; ich habe ihr vor einiger Zeit einen Gefallen getan, den man nicht vergißt: Ich hab verhindert, daß ein Zuhälter ihr mit einem Zuckerhut durchs Gesicht fuhr, und so was vergißt man nicht, Pepe, das vergißt man nicht. Meine Kollegin also fand heraus, wer die Geschäftsführerin der Agentur ist, wo dieser Typ seine Häschen angeheuert hat. Sie heißt Blasa. Der Kerl bestellte ein Mädchen namens Montse, die sich als Dichterin und Biologin aufspielt. Er hatte sie schon mehrfach verlangt und nahm sie auch in der Nacht mit, nach der er tot aufgefunden wurde. Aber ich warne dich, die Polizei weiß das schon, und es gibt keinen Weg, an das Mädchen heranzukommen. Die ist untergetaucht, bis sich der Sturm gelegt hat; du kannst ja selbst nach ihr suchen. Wenn du willst, gebe ich dir ihre Adresse. Sie hat eine hübsche kleine Wohnung in Putxet, mit allen Schikanen, hab ich von meiner Kollegin gehört, und das hat sie sich in ein paar Tagen zusammengevögelt, nicht mehr als ein paar Tage hat sie dazu gebraucht, mit ihrer Poesie, ihrer Biologie und dem Kondom, also, die Sache mit dem Kondom ist einfach unglaublich. Sogar meine Kollegin, die alles gesehen hat, was es zu sehen gibt, bekreuzigt sich, wenn sie erzählt, wie fix diese Mädels sind, und nie verlieren sie den Kopf. Wenn du gesehen hättest, was ich gesehen habe! Die Geschäftsführerin der Agentur, die Blasa, hat mir die Türen weit aufgemacht, weil meine Kollegin dort was zu sagen hat. Es ist nicht bloß eine Agentur, dort sind auch Zimmer; das heißt, sie machen Hausbesuche und schaffen auch noch dort im Haus an. Aber was für ein Haus! In der Agentur, wo diese Montse arbeitet, gibt es private Eßzimmer, und die Luxusfreier gehen dort hin, geben Unsummen aus, Tausende von Peseten, und dann gehen sie in eine Suite wie in amerikanischen Filmen, mit diesen Badewannen mit Wasserstrahl, Pornovideo und Cocktails in Massen. In diesem Haus verkehren die oberen Zehntausend von Barcelona und aus dem Ausland, und sie mieten die Mädchen für private Parties, während der Olympiade gab's die ja pausenlos, da kamen ja so viele Ausländer her, um zu sehen, welcher Fisch ihnen an die Angel ging, und manchmal gingen sie auch selbst an die Angel. Jetzt haben wir die Krise, und alles, Mädchen, Preise, Dienstleistungen, ist schlanker geworden.»

La Andaluza wurde melancholisch.

«Wenn wir in unserem Beruf privat weitermachen wollen, müssen wir modernisieren. Ich glaube, ich lasse einen Jacuzzi-Pool einbauen, wenn es Charo erlaubt, und nach dem Bumsen halte ich was zu essen bereit. Was Leichtes, das nicht dick macht.»

«Ich brauche eine Liste der Kunden dieses Hauses. Zumindest will ich wissen, ob sie Kunden haben, die mit Kreditkarten von Salus Infirmorum, Torrens-Guardiola, Inyecta S. A. und so weiter bezahlen.»

«Die Liste rückt meine Kollegin nicht raus. Sie ist mir nichts mehr schuldig.»

«Schon gut. Ich will nur wissen, welche Kunden mit solchen Karten bezahlen. Ich vermute, daß das Etablissement einen ganz neutralen Namen hat, ‹Vorhänge und Plüsch› oder so.»

«Institut für angewandte Kosmetik ‹Refugium›.»

«*Refugium Peccatorum* *.»

«Was soll das heißen, Pepe?»

«Etwas aus dem Rosenkranz. Los, ich bin gespannt, was du rausbekommst. Ich verdopple dir deinen Lohn!»

«Aber ich tu's für ein Abendessen, Pepe, für ein bißchen Gesellschaft.»

«Wenn das alles vorbei ist, fahren wir nach Andorra und besuchen Charo; vielleicht kannst du uns ja helfen, daß wir wieder zusammenfinden.»

* lat. Zuflucht der Sünder

La Andaluza schossen Tränen in die Augen.

«Das würdest du für mich tun? Das tue ich am allerliebsten, der Liebe helfen... Mir geht das Herz auf, wenn ich nur daran denke. Warum meldest du dich nicht im Fernsehen, in der Sendung von Isabel Gemio? Die bringt getrennte Liebende wieder zusammen. Die Sendung hat einen sehr hübschen Titel: ‹Was du brauchst, ist Liebe.›»

Am Abend desselben Tages hatte Carvalho zu Hause in Vallvidrera bereits ein aufschlußreiches Bild der Klientel des Instituts für angewandte Kosmetik «Refugium», darunter jede Menge leitender Angestellter von Torrens-Guardiola und anderen Unternehmen, die mit Leocadio Geschäfte gemacht hatten. Montse und eine andere Kollegin waren nicht nur Sexgespielinnen gewesen, die mit gezücktem Präservativ zu Leocadio ins Haus kamen. Carvalho machte sich ausgehfertig, obwohl er wußte, daß es noch nicht die Zeit war, ein Kosmetikinstitut als Refugium aufzusuchen. Er zog das Beste an, was er im Schrank hatte, sogar eine Krawatte aus dem Duty-free-Shop am Flughafen, und fuhr den Berg hinab, so schnell es seine schon beinahe nachtblinden Augen erlaubten. Er hatte sich getäuscht. Das Refugium wimmelte schon von Sündern, so vielen, daß er sich in die Warteschlange einreihen mußte, vor sich ein Glas erstklassigen Malt Whisky, der im tariflichen Minimum inbegriffen war. Zwanzigtausend Peseten in einer Suite, die nicht zu den besten gehörte, aber auch nicht zu den schlechtesten. «Werden Sie mit der Señorita zu Abend essen?»

«Das kommt ganz auf das Abendessen und die Señorita an.»

«Das Abendessen geht extra. Ein Menü der Sonderklasse: getrüffelter Rahmspinat, Seezungenröllchen mit Räucherlachs, Profiteroles, als Aperitif Sekt und danach eine Flasche Tondonia.» Das gastronomische Niveau der Bordelle hatte sich wesentlich verbessert. Er blätterte das Album mit den vielversprechenden Mädchen durch und fragte nach Montse. «Ich habe viel von ihr gehört.» Blasa, die Madame, die als Chefin einer Kürschnerei schäbiger Tiere kostümiert war, verzog keine Miene. «Die

‹Dichterin› arbeitet nicht mehr hier.» In keinem echten Luxus-
puff würde man zugeben, daß die «Zöglinge» Spitznamen haben. Endlich begann das Defilee der Mädchen, eine vollständige
Sammlung aller Länder und Meere, Rassen und Körpergrößen.
«Ich will eine Einheimische.»

«Es geht wirklich nichts über die Einheimischen», pflichtete
ihm die Madame bei. «Eine gebildete soll es sein. Ich unter-
halte mich gerne über Briefmarken und Literatur.» – «Was
Briefmarken angeht, da weiß ich keine, aber Literatur – jede.
Sie lesen alle sehr gerne, und im Fernsehen lassen sie keine
Tiersendung aus.» Die Madame war nicht auf der Höhe der
Umstände. Carvalho ging mit einer großen, gestylten, dum-
men und jungen Frau ins Bett, die alles mit Diminutiven be-
legte, sogar ihn. «Ich bumse sehr gerne», sagte sie; Carvalho
machte es sich im Bett bequem und setzte die Miene des ge-
streßten Ehemanns auf.

«Dir geht es nicht gut.»

«Ich hatte einen schlechten Tag.»

«Deine Frau versteht dich nicht.»

«Ich bin Witwer.»

«Mein Beileid.»

«Eigentlich suche ich ein Mädchen, das mich um den Verstand
gebracht hat. Eine Kollegin von dir. Sie heißt Montse.»

Das Skelett mit dem üppigen und festen Fleisch war ange-
spannt.

«Ich glaube, sie hat hier gearbeitet, aber ich kannte sie nicht
sehr gut.»

Carvalho wartete, bis sie nackt war, zog sich selbst halb aus
und stürzte sich auf das Mädchen, wie von unbezähmbarer Gier
getrieben.

«Ohne Präservativ läuft nichts, Süßer.»

Sie zeigte ihm ein dünnes Kondom, das sie mit zwei Fingern
wie ein Bonbon für den Penis hochhielt. Aber sie erstarrte mitten
in der Bewegung, denn Carvalho hielt sie fest und flüsterte ihr
nervös ins Ohr: «Ich hab keine Lust mehr zu bumsen. Ich will
Montse finden. Ich meine es gut. Mehr als einer ist hinter ihr her,
um sie fertigzumachen.»

Das Mädchen versuchte sich aus seinem Griff zu befreien, und Panik stand in ihren Augen, die einen Fixpunkt jenseits dieses Schranks von Mann suchten, der ihr zusetzte.

«Ich schreie.»

«Du schreist nicht, in deinem eigenen Interesse, und weil ich ihn dir sonst ohne Verhüterli reinstecke und dir ein paar nette AIDS-Viren anhänge. Ich will dieses Mädchen beschützen. Zu viele Vampire waren schon hier, und die sind hinter ihr her.»

Sie war nicht darauf gefaßt, daß sie Angst haben würde. Wahrscheinlich stimmte es, daß sie zuviel las.

«Würg mich nicht so! Ich hab zuviel Angst, um zu sprechen.»

Carvalho ging etwas auf Abstand, ließ zu, daß sie sich halb aufrichtete, und hatte in Augenhöhe zwei Brüste eines jungen Mädchens vor sich, das für sein Alter sehr entwickelt war; dabei zeigten sich um ihre angstgeweiteten Augen bereits einige Krähenfüße, die fast zärtliche Gefühle in ihm weckten.

«Ich habe furchtbare Angst, ich muß weinen.»

«Du weinst nicht! Ich gebe dir ein gutes Trinkgeld, und wenn ich den zweiten Whisky getrunken habe, gehe ich. Jeder wird denken, daß wir's getan haben.»

«Die Geschichte mit Montse macht mir auch angst. Was haben Sie mit ihr vor?»

«Ich muß sie so schnell wie möglich finden.»

«Sie hat einen alten Freund, er ist Fotograf, ein bißchen schwul, und er verehrt sie. Er wohnt in einer alten Villa in Castelldefels.»

«Schreib mir die Adresse mit Lippenstift hier auf den Arm. Da. Auf die Innenseite.»

«Warum?»

«Es würde mich nicht wundern, wenn deine Chefin die Bullen gerufen hätte. Ich will kein Stück Papier bei mir tragen, aber auch nicht riskieren, daß ich die Adresse vergesse.»

Das Mädchen erhob sich gelenkig, wühlte in ihrem Goldlamétäschchen und holte ihren Lippenstift heraus. Sie mußte lachen, als sie auf Carvalhos Arm schrieb.

«Du bist ganz schön raffiniert, Süßer!»

«Das verstehst du nicht.»

Sie setzte sich auf den Bettrand und fing an, ihre Fingernägel zu pflegen. Ab und zu blickte sie von ihrer pedantischen Arbeit auf und musterte ihn.

«Du erinnerst mich an jemanden, aber ich komme nicht darauf, an wen!»

«Ich bin das Double von Robert Redford!»

Carvalho zog sich an und legte zehntausend Peseten auf ihre nackten Knie.

«Das ist meine Höchstsumme. Wahrscheinlich sind die anderen Typen spendabler.»

«Geizkrägen sind das, die letzten Geizkrägen, und bezahlen tun sie alles mit Kreditkarte.»

Keine Spur von Polizei in der Empfangshalle, obwohl es in den Augen der Madame wetterleuchtete.

«Alles klar? Kommen Sie bald wieder! Wir sind das beste Etablissement Barcelonas.»

«In seiner Art», stellte Carvalho richtig, aber sie war nicht in Stimmung für Spitzfindigkeiten. Auf der Straße draußen schien ihm allerdings ein Auto allzu unauffällig eingeparkt, allzu voll mit Jungjuristen. Er stieg in sein eigenes Auto und fuhr zur Avenida Diagonal, als wolle er nach Hause, bog aber plötzlich auf die Straße nach Esplugas ab, um die ungewöhnlichste Strecke nach Castelldefels zu nehmen. Es sah aus, als folgten sie ihm nicht. Er hielt an einer Tankstelle an und ging zur Toilette, wo es nach Urin von vier Generationen stank; die Kloschüssel war ebenso lange nicht saubergemacht worden, aus Solidarität, um die drohende Wasserknappheit nicht zu verschärfen. Im Licht einer Glühbirne, die in den letzten Zügen lag, zog er seine Jacke aus, krempelte den Ärmel hoch und las Namen und Adresse: *Toni Fisas, carrer del Cupré 42.* Er reihte sich in die Schlange der Autos ehrbarer Familienväter ein, die am Meer entlang zum Schlafen nach Hause strebten; ihre Geschwindigkeit wirkte allerdings, als dösten sie schon während der Fahrt oder als wollten sie gar nicht unbedingt nach Hause. Castelldefels war um diese Tageszeit ein dämmriges Labyrinth von Villen und Mietshäusern, das Meer lag wie ein Band im Hintergrund, und die Flugzeuge donnerten auf den Landebahnen des nahen Flughafens El Prat.

In einem Supermarkt, wo gerade Inventur gemacht wurde, beschrieb man ihm, wo die Straße war, aber so zerstreut, daß er in einer Bar am Meer, die schon halb geschlossen hatte, nochmals fragen mußte. Endlich stand er vor dem Haus. Eine kleine, heruntergekommene Villa, so gut wie keine Beleuchtung in dem verwahrlosten Garten, so verwahrlost, daß nicht einmal die Gartentür geschlossen war, und er konnte die Stufen zur Haustür hinaufgehen, über der eine am Türrahmen angebrachte Fabrikleuchte brannte. Im Innern war kein Licht zu sehen, aber alles stand viel zu offen, als daß keiner hätte dasein können. Er drückte auf den Klingelknopf, während er das Knie gegen die Tür stemmte, und das Knie war erfolgreicher als das Klingeln. Die Tür öffnete sich langsam, während auf das Klingeln keine Reaktion erfolgte. «Das geht zu leicht», dachte er und nahm die Pistole zur Hand, die aus seinem Schulterholster auftauchte, als hätte sie das Warten satt. Er hielt den Atem an, um besser jedes fremde Geräusch zu hören. Die Unordnung des Gartens fand in dieser mit seltsamen Requisiten vollgestopften Eingangshalle ihre würdige Fortsetzung, und der dort angebrachte Lichtschalter zeigte ihm genau, wo er war. Auf die Eingangshalle folgte ein großer Raum, in dem schutzlos ein paar Fotoapparate und Reflektorschirme umherlagen, irgendwelche Kleidungsstücke an Stangen hingen, mächtige Scheinwerfer standen, die beim Einschalten fast Lärm machten – die vollkommenste menschliche Einsamkeit im vollkommensten Licht. Nun folgte ein Eßzimmer, in dem wahrscheinlich noch nie jemand gegessen hatte, eine Küche mit schmutzigen Töpfen und weiteren fotografischen Geräten, ein WC, sauberer als das der Tankstelle, eine schöne Toilette mit imitierten Jugendstilkacheln, und auf der Kloschüssel ein Mädchen. Ihr Kopf hing an einem Draht, der am Spülkasten befestigt war. Die Augen hatte der Tod zerstört. Er unterdrückte den Impuls, ihren Namen zu rufen, um sie vielleicht wachzurütteln. Er berührte ihre Schläfe und stellte eine endgültige Kälte fest; er packte die Pistole fester, wandte sich um und sah nach, ob hinter ihm Gefahr drohte. Bei der bloßen Berührung der Schläfe war Montses Kopf zur Seite gekippt, und eine Fülle vermutlich blondierter Haare fiel wie ein Vorhang über das entsetzte Gesicht. Dafür konnte Carvalho jetzt den blutigen Striemen am Hals erkennen, den die Drahtschlinge hinterlassen hatte – Draht von der richtigen Stärke und Biegsamkeit, um zu töten. Er ging hinaus, um die Tür zu der Sterbetoilette zu schließen, und suchte alles, was in Frage kam, auf eventuelle Spuren des Verbrechens ab. Plötzlich glaubte er ein verhaltenes Atmen zu hören, und nach allem, was er sah, konnte es nur aus einer großen Kiste kommen, auf dem die am Boden verstreuten Filmspulen gelegen haben mußten. Die Oberfläche der Kiste wirkte im Verhältnis zur Umgebung allzu leer, und der Deckel war nicht ganz geschlossen.

«Ganz ruhig, da drin! Ich bin bewaffnet.»

Er trat hinter die Kiste, behielt die Scharniere genau im Auge und kommandierte: «Deckel auf!»

Der andere gehorchte nicht sofort. Schließlich hob sich der Deckel, und ganz langsam tauchte der Kopf eines jungen Mannes mit wirrem Haar auf. In dem Gesicht, das er ihm zuwandte, war alles Panik, Tränen und Rotz. Dann verschwand der Kopf wieder in der Kiste. Der Unglückliche war in Ohnmacht gefallen.

Er gab ihm etwas Starkes zu riechen, aus einer Plastikflasche, irgendeine Flüssigkeit aus dem Fotolabor. «Entweder es weckt ihn auf, oder es bringt ihn um.» Er kam, von Brechreiz geschüttelt, zu sich und entlud sich in einer Studioecke, in die er erst gerannt war, als ihm Carvalho mit einer Kopfbewegung die Erlaubnis erteilt hatte. Das war kein gekaufter Killer. Im Gegenteil. Ein zarter, sensibler Junge, der erstickt schluchzte und dabei «Montse, Montse…» wimmerte. Nachdem er sich entleert und etwas beruhigt hatte, erzählte er, Montse habe ihn gebeten, ein paar Tage bei ihm wohnen zu dürfen. Ein aufdringlicher Kerl sei hinter ihr her, und wie immer mußte es ihr Freund Toni sein, der ihr aus der Patsche half.

«Sie war tatsächlich völlig verängstigt, die Ärmste. Sie schlich durchs Haus wie ein Phantom, während ich arbeitete; sie war da und doch nicht da. Heute abend, als es dunkel wurde und der letzte Kunde, der seine Werbeanzeige aufgeben wollte, gegangen war, ging ich nach oben ins Labor, um ein paar Abzüge zu prüfen. Von allem, was hier unten geschah, habe ich nichts bemerkt. Ins Labor dringt kaum ein Geräusch, wenn ich es abdunkle, und als ich herunterkam, dauerte es eine ganze Weile, bis mir auffiel, daß die Unordnung nicht meine Unordnung war. Schließlich ging ich zur Toilette, und dort fand ich sie... schrecklich... diese Bestialität... Als Sie kamen, wäre ich beinahe in Ohnmacht gefallen. Ich hatte keine Ahnung, wer Sie sein könnten, vielleicht waren Sie ja einer von denen, der noch einmal zurückkam. Also versteckte ich mich am erstbesten Ort, der mir einfiel.»

«Vor wem hat sich Montse versteckt?»

«Das sagte ich doch. Vor einem zudringlichen Verehrer.»

«Was wollte er von ihr? Machte er ihr unzüchtige Anträge!»

Der Adamsapfel des Jungen hüpfte auf und ab wie ein Badmintonball, und er wich Carvalhos Blick aus, als sei er ein Sumpf.

«Wahrscheinlich hatte ihr die Polizei die Daumenschrauben angelegt und keine andere Wahl gelassen, als mit der ganzen Wahrheit herauszurücken. Ein Mädchen wie Montse taucht nicht unter, bloß weil ein zudringlicher Kerl hinter ihr her ist.»

«Sie hatte Angst.»

«Vor wem?»

«Sie hat es mir nicht gesagt, aber es war eine ziemlich üble Sache.»

«Wenn Sie sagen, es sei eine üble Sache, wissen Sie, was es war.»

Er brauchte etwas Nachhilfe, damit er als Solist die ganze Oper sang, und zwar alle Stimmen, sogar den Koloratursopran.

«Montse war in den Fall Leocadio Mínguez verwickelt.»

Der Junge nickte überrascht.

«Sie war bei ihm, kurz bevor er umgebracht wurde.»

«Er wurde umgebracht! Genau!»

Durchsichtig. Er hatte angebissen und folgte dem Einsatz, den ihm der Dirigent gegeben hatte.

«Sie haben Montse ausgetrickst. Sagten, sie solle Leocadio ein bißchen einschläfern, damit sie seine Wohnung durchsuchen könnten. Sie behaupteten, er würde jemanden erpressen und sie bräuchten ein paar Papiere. «Du gehst hin, bringst ihn mit ein paar Pillen zum Schlafen, wir durchsuchen die Wohnung, und der Typ merkt nichts.»

«Hat Montse alles mit angesehen?»

«Nein. Sie tat nur, was man ihr gesagt hatte. Ihr Verhältnis war halb sexuell und halb professionell. Das heißt, sie bumsten wenig und sprachen viel, vor allem Montse, die im Refugium eine Menge erzählt bekam oder mithörte, wenn sich die Geschäftsleute unterhielten. Sie verabreichte ihm also die Pillen, und als der Alte stocksteif dalag, ging sie weg und ließ die Tür offen. Später erfuhr sie von seinem Tod und bekam schreckliche Angst, die Ärmste, und je länger sie darüber nachdachte, desto unheimlicher wurde ihr zumute.»

«Sagte sie Ihnen, wer sie beauftragte, Leocadio das Schlafmittel zu geben?»

«Nein.»

Doch. Er wußte es, denn er hatte den Blick endgültig abgewandt, als sei ihm an der Fortsetzung des Gesprächs nichts mehr gelegen.

«Lüg mich nicht an, Junge! Nachher kommt Comisario Contreras, und dem wirst du sowieso alles erzählen! Ich bitte dich lediglich um fünfzehn Minuten Vorsprung!»

«Was, die Polizei kommt gleich?»

«Du selbst wirst sie anrufen. Oder willst du die Leiche für den Rest deines Lebens auf dem Klo behalten?»

«Das ist heute vielleicht ein Tag! Beschissen. Und was soll ich den Bullen erzählen? Am Ende glauben sie noch, ich hätte sie kaltgemacht.»

«Genau deshalb. Erzähl mir alles, dann hast du schon mal geübt, was du nachher denen erzählst. Du wirst dich sicherer fühlen.»

«So gesehen ist es logisch. Aber bleiben Sie bitte hier, bis sie kommen! Es ist leichter für mich, wenn Sie dabei sind.»

Eine gewisse Gegenleistung war er ihm schuldig, und ihn

reizte die Aussicht auf die Szene mit einem verblüfften Contreras, der einsehen mußte, daß Carvalho den Jungen gut präpariert hatte.

«Wer gab Montse den Auftrag, Leocadio Mínguez das Schlafmittel zu geben?»

«Es war Blasa, die Chefin vom Refugium. Bei ihr laufen alle Fäden zusammen; sie weiß auch immer, wo die einzelnen Mädchen sind. Als Montse zu Leocadio nach Hause fuhr, wies sie sie an, ihn außer Gefecht zu setzen, und gab ihr die Pillen.»

Der Plan war nicht übel. Wenn man sie in die Zange nahm, würde die Madame sagen, ein Klient habe sie dazu aufgefordert. Sie würde einen Namen angeben. Der falsch war. Eine Personenbeschreibung. Ebenso falsch. Je nachdem, wie sehr Contreras auf die Wahrheitsfindung erpicht war, würde Blasa mit ihrer Erklärung durchkommen. Mit einem guten Anwalt hatte sie höchstens ein oder zwei Jahre zu gewärtigen, für offenkundige Begünstigung.

Contreras gab Toni am Telefon den Befehl, nichts anzurühren, nicht mal seine Eier, und vor allem aufzupassen, daß Carvalho nichts anrührte.

«Sie dürfen nichts berühren.»

Toni gab die Information mit dem ganzen Ernst weiter, der seiner neuen Rolle als Polizeisprecher entsprach. Carvalho machte mehrere Rundgänge, ohne irgend etwas zu berühren.

Es war Contreras, der ihn berührte, indem er ihm einen leichten Stoß gab, allerdings mit dem wütendsten Blick, dessen der Kommissar fähig war.

«Ich hab Sie gewarnt! Morgen geben Sie Ihren Schein auf der *Jefatura* ab.»

«Den Führerschein?»

«Den Zuhälterschein! Reiz mich nicht! Reiz mich bloß nicht! Du bleibst in den nächsten Stunden in der Stadt, und jetzt raus hier!»

Contreras wurde von Tag zu Tag galliger. Carvalho nahm sich vor, ihn, sobald er nicht mehr im Dienst war, zu besuchen und ihm fünftausend Schimpfwörter in alphabetischer Reihenfolge an den Kopf zu werfen; aber jetzt ging er hinaus in den Garten. Der Gerichtsmediziner kam ihm entgegen; ein winziges Radio in seiner oberen Jackentasche war über ein Kabel mit seinem besseren Ohr verbunden, so daß sein Kopf im Gegenlicht wie eine elektronische Weiterentwicklung von Doktor Frankensteins Geschöpf wirkte.

«Wie steht das Spiel?»

«Null zu null.»

«Für wen?»

«Na, für wen wohl?»

Für wen? Carvalho hatte nur so, ins Blaue hinein, gefragt und wußte nicht einmal, wer heute spielte. Aber wenn ein Pathologe mit Radio im Ohr seiner Arbeit nachging, dann mußte etwas ganz Wichtiges in der Welt geschehen sein, und das war nicht unbedingt der Tod, dessen Ursache er untersuchen sollte. Er fuhr zurück in die Stadt und ging an der ersten Tankstelle auf der Strecke in eine Telefonzelle. Er rief das Refugium an. Als er nach Madame Blasa fragte, wurde die Anrede sofort wortwörtlich genommen.

«Madame Blasa kann nicht ans Telefon kommen.»

«Sagen Sie ihr, wenn sie heute nacht nicht auf einer Gefängnispritsche schlafen will, ist es besser, sie kommt ans Telefon.»

Seine Gesprächspartnerin leistete nicht allzuviel Widerstand, und schließlich drang die Stimme einer Madame Blasa aus dem Hörer, die am Rande des Nervenzusammenbruchs zu stehen schien.

«Sie sind vielleicht ein Witzbold, aber wissen Sie, was ich Ihnen sage...»

«Ich habe nicht genug Münzen, um mir Ihren Vortrag anzuhören. Verlassen Sie so schnell wie möglich Ihr Etablissement, denn die Polizei ist hinter Ihnen her, und es würde mich nicht wundern, wenn sie schon unterwegs wären. Montse ist tot. Ich erwarte Sie im BOADAS, einer Cocktailbar Ecke Tallers und Ramblas, in einer halben Stunde.»

«Wer sind Sie überhaupt?»

«Ich kenne Sie. Überlassen Sie alles mir.»

In einer halben Stunde war er am Parkhaus an der Plaza Buen Suceso, und als er die Auffahrt hinauffuhr, kam ihm ein bekanntes Gesicht entgegen. Der Sänger Raimon, weißhaarig und ohne Gitarre; allzu viele Gegenbilder, die das überlagerten, wie er ihn in Erinnerung hatte. Blasa saß bereits im BOADAS, im schäbigen Pelz eines schäbigen Tieres, und sie zeigte keine Freude, als sie ihn entdeckte.

«Für mich gibt es nichts zu feiern.»

«Ich habe Sie auch nicht zum Feiern hergebeten. Was trinken Sie?»

Im CAN BOADAS sah es, so kurz vor dem Abendessen, aus wie in der Schiffskabine der Marx Brothers in dem Film *Die Marx Brothers in der Oper*. Dolores, die Bardame mit dem Schönheitsfleck, machte einen Martini fertig, als sie Carvalho sah, und brachte das Glas Sekt, das die mutmaßliche Pelzhändlerin bestellt hatte. Carvalho ließ die Dame zunächst ihren Sekt leeren, den sie wie Wasser hinunterstürzte, und als sie erleichtert aufseufzte, legte er seine ganze Wut in Blick und Stimme und sagte, dicht an ihrem überladenen Ohr, an dem ein halbes Kilo Gold baumelte: «Die wissen bereits, daß Sie es waren, die Montse das Schlafmittel für Leocadio Mínguez gegeben hat.»

«Was soll ich ihr gegeben haben?»

«Und jetzt werden sie kommen und wissen wollen, wer Sie dazu brachte, die Sache anzuzetteln.»

Sie war drauf und dran, in Tränen auszubrechen und gleichzeitig zu schreien. Carvalho drückte ihren Arm, bis der Druck ungemütlich wurde, und flüsterte ihr zu: «Ganz ruhig! Machen Sie jetzt keinen Skandal!»

«Wer sagt, daß ich ihr das Zeug gegeben habe? Sie?»

«Nein.»

«Zum Teufel mit dem, der das gesagt hat. Sein Wort steht gegen meins. Ich habe gute Rückendeckung, und so schnell kann mir keiner. Wenn Montse was ausgefressen hat, ist das ihre Sache. Wenn sie auftaucht… ich meine, wenn sie tot ist, wie Sie behaupten…»

«Erwürgt mit einem Stück Draht.»

Carvalho fuhr ihr mit der Fingerspitze leicht über die Kehle, und sie zuckte instinktiv zurück. Schon war sie ein Tier, das in der Falle saß und vor Angst fast umkam.

«Die nächste könnten Sie sein.»

«Mit mir kann er das nicht machen.»

«Wer?»

Sie stieß ihn beiseite und drängte sich zwischen den Gästen durch, die keine Handbreit Boden im Lokal freiließen. Den Umstehenden war die seltsame Beziehung des Paares nicht entgangen, sie wechselten vielsagende Blicke und stießen einander an. Der Streit eines Liebespaares. Carvalho grinste ihnen verständnisheischend zu und folgte Blasa.

«Ein paar Ohrfeigen zur rechten Zeit», sagte die Stimme eines Mannes.

«Die kriegst du gleich von mir, alter Chauvi!» gab eine Frauenstimme zurück. Er hatte leider keine Zeit, sich mit diesen bezaubernden Menschen bekannt zu machen, und als er die Straße erreichte, hatte Blasa schon ein halbes Bein im Taxi. Umsonst rannte er los und rief ihren Namen. Er warf sich mit dem ganzen Körper auf das Taxi, aber es fuhr bereits, und er mußte auf einem Bein balancieren, um nicht aufs Pflaster zu knallen. Diese Idiotin hatte bewiesen, daß er noch idiotischer war als sie. Vergeblich wartete er auf das Taxi *ex machina*, das in Filmen genau zum richtigen Zeitpunkt aufzutauchen pflegt, damit der Verfolger und Held rufen kann: «Folgen Sie diesem Taxi! Ich gebe Ihnen fünfzig Dollar extra.»

«Für fünfzig Dollar fahre ich Sie sogar über die Niagarafälle.»

Ein unmöglicher Dialog. Die Gehwege waren voll von Menschen, und die Fahrbahnen leer von Taxis.

«Mit mir kann er das nicht machen!» Blasas Klage und zugleich Erklärung ihrer Sicherheit fiel ihm blitzartig ein, als sei durch geheimen Federdruck plötzlich eine Tür aufgesprungen. Eine Person. Ein Mann konkretisierte sich als Subjekt und Objekt der Geschichte, und Carvalho griff auf seine weibliche Intuition zurück, um die Forderung zu stellen: *Cherchez l'homme!* Wer hatte ihn zu Madame Blasa geführt? La Andaluza und ihre Kollegin. Wer wäre dankbar, wenn er plötzlich bei ihr zu Hause auftauchte und sie zu einem Abendessen oder ins Kino oder zum Kaspertheater einladen würde? La Andaluza. Wer besaß eine größere gefühlsmäßige Kapazität als eine Seehundmutter? La Andaluza. Er fühlte fast Mitleid, als er sich erinnerte, wie wehrlos sie oder Charo war, wenn es um den kleinsten Beweis von Zuneigung ging. Er fuhr also nicht nach Hause, sondern kehrte um und fuhr ans Südende der Ramblas zu dem Wohnblock, der nicht mehr so neu aussah wie damals, als er zu Beginn der sechziger Jahre Charo kennengelernt hatte; heute machten ihm neue Wohnblocks Konkurrenz, die aus dem alten Barcelona jede menschliche Archäologie des Lumpenproletariats vertreiben wollten. Er unterdrückte den Impuls, seinen eigenen Schlüssel zur Wohnungstür zu benutzen, um den leeren Raum in Besitz zu nehmen, den die Dame nach der Flucht nach Andorra hinterlassen hatte und den jetzt La Andaluza einnahm. Für den Fall, daß ein Freier da war, drückte er den Knopf der Sprechanlage.

«Andaluza?»

«Pepe? Du! Tatsächlich, Pepe Carvalho persönlich!»

«Abendessen oder Kinosessel*?»

«Das ist ja ein Zungenbrecher. Weder noch. Komm hoch!»

«Also ins Bett», dachte Carvalho besorgt, als er den Lift betrat und im Geist seinen sexuellen Appetit prüfte; er steckte im Streß zwischen Wunsch und Wirklichkeit und reagierte neuerdings auf jeden Umstand, der ihn «runterzog», mit Mutlosigkeit. Er erinnerte sich, wie er La Andaluza schon gesehen hatte, nackt, als sie auf dem als Solarium genutzten Balkon seiner Freundin Charo in der Sonne lag. Zuviel Frau. Zu reif. Zu sehr Nutte. Charo war ganz anders, selbst wenn sie von ihrem Know-how Gebrauch machte, denn ihm gegenüber war sie von einer verlegenen Unschuld, und er schloß daraus, daß er sich der sexuellen Herausforderung mit einer gewissen Würde entziehen konnte, falls die Dame geneigt war, fair zu sein; sie hatte ja keine gefühlsmäßigen Rechte auf ihn erworben. Dann

---

* span. «¿Cena? ¿Cine?»

würde er schon den richtigen Moment für Recherchen und die Argumente finden, um ihren logischen Argwohn zu überwinden. Tatsächlich. La Andaluza empfing ihn im Negligé, und die Wohnung roch nicht nach Männerbesuch. Sie machte keine allzu großen Umschweife. Er ließ sich von ihr nehmen, in Anbetracht der Tatsache, daß sie dazu sehr begabt war, und sie erinnerte dabei an eine Legionärin, etwas aufgewertet durch einen koketten UN-Blauhelm. Als ihr Geist sich beruhigt hatte und sein Körper trotz seiner Passivität ermattet war, wurde die Zimmerdecke wieder zum weichen, unberührten Töpferton des Ausklangs aller Liebes- und Sexakte, die er in diesem Zimmer erlebt hatte. Er hatte sich im Bett durch das Wissen um die Männerkörper, die ihm vorausgegangen waren, nie erniedrigt gefühlt. War Charo nicht eine Schutzimpfung gegen die Erniedrigung? Und war diese Frau hier etwa weniger wert als Charo?

«Manchmal bin ich glücklich, Pepe. Schau, wie wenig ich dazu brauche. Eine Nummer mit dem Liebhaber meiner besten Freundin... Schwör mir, daß du es ihr niemals sagen wirst! Sie würde mir die Augen auskratzen... mir Zucker durchs Gesicht ziehen... Aber ich bin so glüüüücklich!»

Das Wort zog sie in die Länge, wie um seinem Inhalt Unendlichkeit zu verleihen.

«Glück ist nichts weiter als eine günstige Gelegenheit.» Wo hatte er das gelesen? In welchem Buch? Er gab sich selbst das Versprechen, es zu suchen, sobald er wieder zu Hause war, um es zu verbrennen.

«Mensch, Junge, was ist plötzlich mit dir? Bist du nicht entspannt?»

«Nein.»

«Ist etwas nicht in Ordnung?»

«Sie haben das Mädchen umgebracht, das du mir zu finden geholfen hast.»

Sie zog das Laken über ihre Brüste, um zu verhindern, daß ihr schlecht wurde.

«Ich weiß nicht mehr weiter.»

«Diese Schweine! Kann ich dir noch mal helfen?»

Er schämte sich beinahe, sie so direkt auszunutzen.

«Klar. Aber jetzt nicht.»

«Warum nicht? Sag mir, was ich machen soll, Pepe. Schließlich bin ich irgendwie verantwortlich.»

«Nein, jetzt ist nicht der richtige Zeitpunkt. Klar, daß die Zeit gegen uns arbeitet, aber auch mir gefällt es, hier zu sein und nichts zu tun, nichts zu denken.»

«Das stimmt nicht, Pepe. Am meisten denkt man, wenn man glücklich war, so wie wir jetzt und an einem Ort wie diesem.»

«Ich finde es beschämend, daß wir hier liegen und es uns gutgehen lassen, während das Mädchen...»

Ihre Augen fragten, was ihre Stimme nicht zu fragen wagte.

«Erwürgt. Mit Draht.»

Der Brechreiz wurde zum Schluchzen, und La Andaluza sprang aus dem Bett. Alles hing an diesem kubischen Körper, und sie hatte nicht Hände genug, um den Anschein zu erwecken, als sei alles am richtigen Ort und unter Kontrolle, während sie ihren Morgenmantel suchte.

«Komm, wir stehen auf und überlegen, was wir machen können.»

Als sie angekleidet dasaßen, er vor einem Glas Whisky on the Rocks, sie vor einem Gläschen Sibarita* von Domecq, tat Carvalho, als entwickle er jetzt in diesem Moment den Plan, den er sich auf der Herfahrt überlegt hatte. Es komme darauf an, Blasas berufliche und seelische Vergangenheit in Erfahrung zu bringen. Was wußte ihre Kollegin über die Blasa?

«Ich kenne sie auch ganz gut. Als ich damals in der Calle Condes de Balaguer in einer Bar anfing, fing sie auch gerade an. Sie ist mein Jahrgang, und wir kommen fast aus demselben Dorf. Sie sah sehr gut aus, schön üppig, und man nannte sie La Holandesa, weil sie so blond war; sie hatte ein rundes Gesicht und ganz lokkiges Blondhaar. Später verlor ich sie aus den Augen, aber meine Kollegin kennt sie, und die ist auf dem laufenden. Sie kennt den ganzen Luxusstrich von Barcelona.»

«Die gute Kollegin! Und wie lange brauchst du, um sie auszufragen?»

* Sherrymarke

«Ich bin schon unterwegs, Pepe.»

Sie ging zur Hausbar, nahm eine neue Flasche Sibarita heraus, schlug sie in Silberfolie ein und ging zur Wohnungstür. «Worauf wartest du? Los, gehen wir.» – «Jetzt gleich?» – «Jawohl.» Im Auto hatten sie die Rollen vertauscht, wie Don Quijote und Sancho Pansa. Sie war es, die gegen Windmühlen kämpfen wollte, und Carvalho argumentierte dagegen, aus Müdigkeit und Melancholie. Wenigstens hatte er den *Quijote* in einem Anfall ausschweifender Hellsichtigkeit bereits verbrannt.

«Und was macht deine Familie?»

«Tja, das Mädchen ist bei den Großeltern und macht Informatik, und der Junge schlägt sich von einer Kabeljaufahrt zur nächsten durch. Was soll er sonst anfangen? Sieht aus, als sei hier kein Platz mehr für die jungen Leute. Aber solange mein Körper noch mitmacht… soll's ihm an nichts fehlen.»

Sie dirigierte ihn in die ruhige Wohngegend hinter dem Cinturón de Ronda und ließ ihn in der Nähe eines Blocks anhalten, dessen gutbürgerliche Fassade nichts von den dunklen Geschäften dahinter durchschimmern ließ.

«Vorsicht. Wir haben es mit skrupellosen Gangstern zu tun.»

«Meine Kollegin ist meine Kollegin, und einem Sherry kann sie nicht widerstehen.»

Während er wartete, schaltete er das Radio ein. Das Spiel zwischen Barcelona und Valencia war vorbei. Barça war dabei, sich für das Endspiel um den Königlichen Pokal zu qualifizieren, und hatte gewonnen – ohne Mittelstürmer, wie der ironische Kommentar lautete. Aber die Ironie galt nicht dem Mittelstürmer, der bei Einbruch der Dunkelheit ermordet wurde, sondern der internen Kultur, die sich zwischen Club und Journalisten herausgebildet hatte und in der sich Carvalho nicht auskannte. La Andaluza kam im Laufschritt zurück, so glücklich, wie es die kollektive Trauer erlaubte, die sie zum Handeln anspornte.

«Fahr los, sonst sieht sie uns noch! Sie steht immer hinter dem Vorhang und guckt, die neugierige Person.»

Als sie auf den Cinturón de Ronda einbogen, hatte sie ihm

bereits die ganze Lebensgeschichte der Blasa erzählt, die sie von ihrer Kollegin erfahren hatte. Sie war der «Schützling» diverser dicker Fische gewesen und verdankte ihre Stellung einem einflußreichen Anwalt, der noch dickere Fische aus dem Banken- und Bauwesen juristisch beriet.

«Die Callgirl-Agentur wird tatsächlich von mehreren in Barcelona ansässigen Unternehmen kontrolliert, sie brauchen sie vor allem für ihre Public Relations.»

«Wie heißt dieser Anwalt?»

«Don Guifré Ventura Rosés.»

«Ventura Rosés?» La Andaluza entging das ironische Grinsen, das sich über das ganz im Dunkeln liegende Gesicht Carvalhos ausbreitete.

«Weißt du, was mich riesig freuen würde, Pepe? Ich würde gerne bei dir zu Hause in Vallvidrera schlafen...Charo war immer so glüüüücklich, wenn du ihr erlaubt hast, mitzukommen...»

Charo hatte ab und zu sehr gerne bei Pepe in Vallvidrera geschlafen, und La Andaluza hatte es in dieser Nacht verdient. Während sie unter der Dusche summte, was ihr gerade in den Sinn kam, und in einer Tonart, die dem glücklichen Ausgang des Tages entsprach, suchte Carvalho im Telefonbuch die Nummer von Ventura Rosés. Drei oder vier Büros, und eine der Nummern gehörte auch zu seiner Privatwohnung. Er probierte alle durch; schließlich wies ihn die neutrale Stimme einer Hausangestellten mit fremdländischem, wahrscheinlich arabischem Akzent auf jede erdenkliche Art ab, bevor sie sich bereit erklärte, dem Herrn Anwalt auszurichten, daß Carvalho ihn ganz dringend sprechen wollte.

«Richten Sie ihm aus, ich sei ein alter Freund aus dem Sommer '62, Pepe Carvalho. Mit ‹h› und ‹l›. Nein, das ‹l› zuerst. ‹C› wie Cäsar, ‹a› wie Armleuchter, ‹r› wie Radio, ‹v› wie Venenentzündung...»

Er gab ihr seine Telefonnummer. Die Adresse nicht, obwohl Rosés sie leicht herausbekommen konnte, sobald er seine Informationskanäle aktivierte.

«Andaluza. Heute nacht ist es hier nicht unbedingt sicher. Es kann sein, daß ungebetener Besuch kommt.»

«Dann wäre es doch besser, wenn noch jemand hier wäre, oder? Warum rufst du nicht deinen Nachbarn, den Anwalt Fuster?»

Er wollte den Steuer- und Rechtsberater nicht in diese Geschichte hineinziehen. Also tat er nichts weiter, als die Türen zu verriegeln, die viel zu zahlreichen Türen dieses alten, verfallenen oder verwahrlosten Landhauses, und er hielt beim Schlafen ein Auge offen. Aber Ventura Rosés kam nicht, bevor es Tag wurde.

Er stieg allein aus dem grünen Jaguar, sah sich das Haus an und gab dem Fahrer irgendeine Anweisung. Carvalho roch sein teures Eau de Cologne beinahe schon von seinem Beobachtungsposten aus und stellte fest, daß Ventura Rosés' Gang jugendlich und elastisch war, als er, nachdem er den Klingelknopf gedrückt hatte und die Gartentür automatisch aufgesprungen war, auf die Stufen zukam, die zu Carvalhos Ausguck hinter den Gittern seiner eigenen Haustür führten. Er bemühte sich nicht, etwas besonders Originelles, Witziges oder Nostalgisches zu sagen, sondern nahm mit einem einzigen abschätzenden Blick den Eingangsflur in Besitz und musterte Carvalho mit demselben Blick, als taxiere er ihn an Leib und Seele. Er hatte immer noch das Auftreten eines Herrn, genau wie dreißig Jahre zuvor, schien aber intelligenter als damals, jedenfalls intelligent genug, um die kommende Situation nicht zu fürchten. Er folgte der Aufforderung und ging voran in den Salon, wo Carvalho die Sitzfläche eines Stuhls von alten Zeitungen und zwei Gegenständen befreite, die er nicht genauer ansah. Ventura Rosés setzte sich vorsichtig, als könnte etwas Gefährliches aus dem gestreiften Samt des Bezugs heraus seine eigene Sitzfläche attackieren, ohne den teuren englischen Zwirn seines Anzugs zu respektieren. Er setzte sich also auf die Kante und wartete darauf, daß Carvalho das Gespräch eröffnete, bis er feststellte, daß dieser dasselbe tat. Er lachte auf.

«Na gut. Tatsächlich bist du kaum wiederzuerkennen. Du hast dich sehr verändert. Neulich habe ich dich wirklich nicht erkannt... im ersten Moment... dann...»

Carvalho schien nicht um die Veränderung seines Aussehens besorgt und zuckte die Schultern.

«Wir haben uns alle verändert, aber du mehr als die andern.»

Carvalho nickte, überzeugt, daß er sich tatsächlich stärker verändert hatte als alle anderen.

«Ein anderer Ort und ein anderer Anlaß wären mir lieber gewesen. Ich sehe die Helden des damaligen Abenteuers nicht allzu häufig. Ich bereue es aber nicht und verfalle auch nicht auf den banalen Gedanken, es sei damals, vor zwanzig oder dreißig Jahren, einfach logisch gewesen... Was war, ist gewesen. Es war eine Erfahrung. Und jeder hat das Leben und die Geschichte, die er verdient.»

Carvalho war immer noch mit allem einverstanden, was er sagte.

«Aber als mir meine Hausangestellte deine Nachricht überbrachte, war es für mich etwas wie ein lange fälliger Ruf, obwohl wir damals im Gefängnis nicht allzuviel miteinander zu tun hatten. Es gab nicht viel, was uns verband. Meine Verhaftung war ein Mißgeschick. Ich ging bereits andere Wege. Ich war schon selbständig, und ihr wart eine Handvoll Idealisten. Bist du immer noch Idealist? Nein. Obwohl deine Umgebung hier den Eindruck macht, daß du nicht gerade im Wohlstand lebst. Dieses Haus könnte ein Schmuckstück sein, und Vallvidrera steigt immer mehr im Wert. Ein paar Meter weiter wohnen Freunde von mir, sehr reich; sie haben sich ihr Haus dreihundert Millionen kosten lassen. Aber dein Haus sagt, daß du nicht am Wohlstand interessiert bist. Stimmt's nicht? Ihr wart alle gleich, schon damals, obwohl manche sich später noch geändert haben.»

«Leocadio?»

Das war der Name, auf den er gewartet hatte; vielleicht hatte er ihn zu früh ausgesprochen. Die Lider des anderen flatterten leicht, dann war er wieder der dominierende Geschäftsmann – als wolle er ihm ein Kaufangebot für ein Haus machen, das Carvalho nicht verdiente.

«Hast du mich angerufen, um über Leocadio zu sprechen?»

«Um über Madame Blasa zu sprechen.»

«Blasa? Madame?»

«Ich weiß schon, was ich sage. Die Chefin vom Refugium, diesem Luxusbordell.»

«Blasa, Madame Blasa.»

Er wollte Zeit gewinnen und tat verständnislos, besann sich aber plötzlich und versuchte, Carvalho zu überrumpeln.

«Ich kannte sie als Blasa. Ich wußte noch gar nicht, daß sie zur Madame befördert wurde.»

«Es wird ihr schlechtgehen. Die Polizei sucht sie, weil sie eine Zeugenaussage zur Ermordung eines Mädchens aus dem Refugium brauchen, und das alles im Zusammenhang mit dem Fall Mínguez.»

«Die Polizei sucht sie?»

Carvalho wurde wachsam. Die Frage hatte falsch geklungen.

«Bist du sicher?»

Carvalho war sich über gar nichts mehr sicher.

«Ich bin ganz anders informiert. Diese Frau präsentierte sich gestern abend im Büro des Comisario, der den Fall Mínguez bearbeitet. Sie hatte erfahren, daß man sie suchte, und machte eine vollständige und zufriedenstellende Aussage. Inzwischen ist sie bereits wieder zu Hause und nimmt heute abend ihre Arbeit im Refugium wieder auf.»

«Egal, wie – aber die Sache wird platzen.»

«Platzen, aha, die Sache wird also platzen!»

Der Anwalt verdrehte komisch die Augen, daß man das Weiße sah. Er war wieder der beschissene feine Pinkel, und Carvalho fuhr auf.

«Hör mal, du Schwanzlutscher! Du bist doch bloß gekommen, weil dir das Arschloch juckt, trotz deines vergoldeten Bidets! Du steckst bis zum Hals in der Sache drin, Mord an Mínguez und Montse, dem Mädchen aus dem Refugium!»

In der Zelle im Modelo-Knast hätte der andere vermutlich die Beherrschung verloren, jetzt aber lehnte er sich nur im Sessel zurück und betrachtete Carvalhos ungehobeltes Benehmen, bis es für diesen selbst unübersehbar wurde und er gezwungen war, sich zusammenzunehmen.

«Na, na, na! Allzu viele Verbrechen zu dieser frühen Stunde. Vielleicht sollte ich dir mal meine Sicht der Dinge erläutern. Deshalb bin ich gekommen. Ich wollte es selbst tun, damit du später, wenn du Fehler machst, nicht irgendwelchen Mittelsmännern die Schuld geben kannst. Es ist möglich, daß die Hypothese von Leocadios Selbstmord nicht aufrechtzuerhalten ist. Dann handelt es sich um einen schmutzigen Mordfall, bei dem eine Prostituierte und eine Madame, wie du sie nennst, aus einem Luxusbordell eine verdächtige Rolle spielen. Die Madame wird durch die Aussage eines Fotografen belastet, der die Hosen gestrichen voll hat und, sollte es zum Prozeß kommen, in den nächsten Monaten bestimmt zwanzig Rückzieher macht. Das Bindeglied zum Verbrechen selbst ist verloren, für immer verloren. Es ist diese arme Unglückliche, die jemand – und den hat keiner gesehen – ich sag's noch mal: keiner – um die Ecke gebracht hat. Wer weiß, welche schmutzigen Geschichten Leocadio trieb, seit ihm das Geld zu Kopf gestiegen war.»

«Ich habe eine ganz andere Theorie.»

«Die mit Sicherheit falsch ist.»

«Nicht beweisbar vielleicht.»

«Also falsch.»

«Hör mir erst mal zu, und dann sag deine Meinung! Leocadio war in die Ecke getrieben und begann, um sich zu schlagen. Wenn er fallen würde, würde er andere mit sich reißen. Die Opposition blies sich auf und setzte Dossiers in Umlauf, die die Korruptheit der anderen geißelten, um die eigene zu verdecken, und in den Reihen der eigenen Partei setzte es Fußtritte bei den Kämpfen zwischen verschiedenen Fraktionen. Er selbst war ein einfacher Vermittler für dicke Geschäfte, die andere zu Ende brachten, und unter diesen anderen findet man eine komplette Sammlung der Leute, die von dir juristisch beraten werden, allen voran Torrens-Guardiola. Wenn sie Leocadio fertigmachten, würde er alle anderen fertigmachen. Also mußte er vernichtet werden, und es wurde ein Selbstmord arrangiert, der eine Stümperei war, aber man hatte eben das Bedürfnis, einen Selbstmord zu arrangieren. Alle schrien nach Selbstmord, um den Skandal endgültig unter den Teppich zu fegen. Bis etwas oder jemand mich einschaltete und ich begann, euch Kopfzerbrechen zu bereiten. Man mußte das schwächste Glied der Kette zerbrechen, und derselbe Würger oder ein anderer Stümper aus der Branche geht ihr an den Kragen. Aber diesmal wird nichts vorgetäuscht.

Man hat sich einmal für den schmutzigen Weg entschieden, damit Leocadio so schnell wie möglich verwest und so furchtbar stinkt, daß sich keiner mehr in die Nähe wagt. Es ist kein Selbstmord mehr, sondern ein Mord im schlimmsten Verbrechermilieu, und wer schlimm lebt, nimmt ein schlimmes Ende. Eure Buchführung ist sauber, eure Hände genauso, und der Korruptionsskandal wäre in ein paar Monaten ausgestanden gewesen, eine Sache, die ein paar Zeitungen gelegen kam, um ihre Auflage drei Monate lang zu halten oder zu steigern. Wem geht es in diesem Land wirklich um Moral, um Fair play? Jeder, der sich heute mit ethischem Unbehagen an die Öffentlichkeit wendet, wird *julai** genannt. Weißt du noch, was *julai* im Knast bedeutete?»

«Ich saß ja kaum ein paar Wochen.»

«Aber es gibt kein Happy-End. Ich habe den Fall in der Hand, und du bist zu mir gekommen. Es gibt einen Zeugen dafür.»

Rosés grinste und deutete auf die verschiedenen Türen des Salons.

«Meinst du die kleine Nutte, die bei dir ist? Hör mal, Junge, werd endlich erwachsen! Werd endlich erwachsen! Dieses Hürchen ist genauso zerbrechlich wie die andere, und das schlimmste, was du ihr antun kannst, ist, sie in deine Angelegenheiten hineinzuziehen. Ich weiß nicht, wer dich für deine Nachforschungen bezahlt, aber das Beste, was du tun kannst, ist, ihm zu sagen, daß du die Sache nicht durchschaust. Das ist das Beste für dich selbst, für dein Mädchen und den, der dich in diese Patsche gebracht hat. Wenn es um Geld geht – wie ich sehe, hast du's nicht sehr weit gebracht –, kann ich dir unter die Arme greifen, aber nur unter der Bedingung, daß du dich zurückziehst. Ich treffe mich nicht gerne mit den Kameraden vom Militär, genauso ungern wie mit denen aus dem Knast. Was hast du dir eigentlich gedacht? Es gibt etwas, das Macht heißt und schon immer so hieß, und wir leben in einer herrlichen Zeit, in der die politische Macht nicht gegen die wirtschaftliche Macht arbeitet, auch nicht umgekehrt, und keiner verlangt, daß sie gegeneinander arbeiten

* Argotausdruck für «dumm und unvorsichtig»

sollen. Es wäre ein völliger Blödsinn, etwas Gegenteiliges zu denken und zu verkaufen. Und du hast weder politische noch wirtschaftliche Macht im Rücken. Was kannst du schon ausrichten? Bei Leuten, die ihr Leben lang gegen alles waren, Unterschriften sammeln? Nicht mal mit solchen Kasperstücken läßt sich irgendein Hund hinter irgendeinem Ofen hervorlocken. Ich weiß, daß überall Scheiße zum Himmel stinkt, aber die Leute unternehmen nur was, wenn es vor der eigenen Haustür stinkt, und man braucht die Scheiße nur vor der Tür einsamer Häuser zu deponieren, damit nie etwas passiert. Nie wieder.»

Er erhob sich und ging grußlos hinaus. Carvalho hätte ihm gerne in den Arsch getreten, aber der Respekt vor dem exzellent geschneiderten Anzug hielt ihn zurück. Vielleicht wäre ein Faustschlag aufs Ohr angebracht gewesen, als er wortlos an ihm vorbeiging, dabei hatte er auch noch die Nase gerümpft, wie um so wenig wie möglich in diesem Raum zu atmen, der nicht dem Niveau seines exzellenten Geruchssinns entsprach. La Andaluza schlief, und Carvalho sah sie vor sich, wie sie, mit einem Stück Draht erwürgt, auf der Toilette saß – warum nicht hier im Haus? Er weckte sie auf und drängte sie, sich anzuziehen und etwas zu frühstücken. Als sie im Auto saßen und auf dem Weg zu Fuster waren, beschränkte er sich darauf, keine ihrer Fragen zu beantworten, bis er bremste und sie, bevor er bei Fuster klingelte, scharf ansah.

«Du solltest dich ein paar Tage lang vom Geschäft zurückziehen. Bei Enric Fuster bist du sicher. Laß dich nirgends blicken! Bald ist alles vorbei.»

Die Dame hatte Angst und hüpfte mit kleinen, eiligen Sprüngen die Treppe zu Fusters Wohnung hinauf. Der Steuerberater sah aus wie ein Mönch in dem für Asylbeamte erforderlichen Zivil. Er protestierte schwach und sagte, er sei gerade dabei, eine Portion Trüffel einzulegen. «Und wie soll ich es meiner Verlobten erklären, daß eine Frau bei mir in der Wohnung wohnt?» «Du brauchst sie nur zu heiraten.» – «Welche von beiden?» «Deine Verlobte natürlich. Sie hat die älteren Rechte.» «Stimmt.» Carvalho verließ La Andaluza und den Berater, und die beiden gerieten sich sofort in die Haare über die Frage, ob die

Trüffel besser in Cognac oder in Olivenöl einzulegen seien, denn La Andaluza hatte in einer Zeitschrift gelesen, daß sie sich in Öl besser hielten, und Fuster hielt starrköpfig dagegen, sie seien in seinem Dorf, in Villores, der Trüffelhauptstadt aller Länder Spaniens, schon immer in Cognac eingelegt worden. Früher in ganz gewöhnlichen. Heute sogar in Markencognac.

«Apropos, Ihre Verlobte: Warum bitten Sie nicht Isabel Gemio, Sie zu trauen? Das ist die, die die Fernsehsendung macht *Was du brauchst, ist Liebe*.»

Centellas hatte mit ihm einen Termin im Squash-Zentrum Jupiter verabredet und lud ihn ein, ihn in die Sauna zu begleiten. Es sei die einzige freie Zeit, über die er verfügte, bevor er in seiner Eigenschaft als Mitglied des Europaparlaments, ehemaliger Vorsitzender der Bankengewerkschaft und Vertreter des gewerkschaftsnahen Flügels der Partei das Flugzeug nach Brüssel nahm. Später dachte Carvalho, daß er sich nur deshalb für die Sauna entschieden hatte, weil der Schweiß der äußeren Wärme den Schweiß der inneren Kälte verbergen sollte.

«Es war ein Fehler. Kaum hatte ich dein Büro verlassen, sagte ich mir: Das war eine Dummheit. Das Mädchen wäre noch am Leben, du selbst wärst nicht in Gefahr, und der Fall Mínguez wäre so erledigt wie er selbst.»

«Und ich hatte gedacht, es sei ein Akt der Solidarität mit Leocadio, mit dir selbst und eurer gemeinsamen Vergangenheit.»

«So war es auch. Aber das ist es ja, was manche von uns ins Verderben treibt. Jemand hat mal gesagt, Nostalgie sei ein Fehler. Hör mal, Pepe, am besten wäre es, sich alles zu notieren und die richtige Gelegenheit abzuwarten. Eines schönen Tages wird dieses Pack dafür bezahlen.»

Carvalho störte der viele Schweiß in der Sauna so sehr, daß er nicht einmal Lust hatte zu lachen. Centellas setzte seinen Vortrag fort. «Die Weltgeschichte erfordert Geduld. Wir hatten unrecht, als wir sie beschleunigen wollten und ihre Trägheit und Logik nicht respektierten. Was würde es uns jetzt nützen, wie der Stier auf ein rotes Tuch loszugehen, das die andern schwenken? Weißt du, wie viele Jahrhunderte die Bourgeoisie gebraucht hat, bis sie an der Macht war? Als soziale und ökonomische Formation gab es sie schon seit der Renaissance, aber einen politischen und juristischen Überbau, Macht, einen Staat nach ihrem Maß besitzt sie erst seit zwei Tagen, wie es mal jemand ausdrückte. Verstehst du mich, Pepe?»

Centellas zog einen Badesalzkarton unter dem Handtuch hervor, das ihm als Unterlage für seinen Kopf diente, und reichte ihn dem Detektiv. Der öffnete ihn und schloß ihn sofort wieder. Er war voller feuchter Banknoten, wahrscheinlich zu wenig, um Schwarzgeld zu sein, aber so viel, wie sie vereinbart hatten.

«Das sind für dich doch nur Peanuts.»

«Was soll das heißen?»

«Ich will dich ein wenig erpressen… von Nackedei zu Nackedei.»

«Hör auf… so was hatte ich schon befürchtet…»

«Sie wollen Leocadios Vater aus dem Altersheim werfen, weil niemand mehr bezahlt. Ich bezweifle, daß die Schwiegertochter etwas für ihn tut, wenn sie ihr Geld bekommt. Du kommst für die monatliche Summe auf, bis der Alte stirbt.»

«Ich? Wie käme ich dazu? Ich kann ihm einen Platz in einem öffentlichen Heim besorgen…»

«Nein, er bleibt, wo er ist. Daran geht kein Weg vorbei. Leocadio hat ihm für den Silvesterball einen Smoking gekauft… Was soll er mit einem Smoking in einem öffentlichen Heim? Er ist der einzige Arbeiter der Firma Elizalde, der im Smoking sterben wird.»

«Bist du völlig übergeschnappt? Was ist, wenn ich nein sage? Weißt du überhaupt, was mich das kosten kann?»

«Du bist daran interessiert, daß ich schweige.»

Centellas wurde sehr ernst.

«Der alte Mann behält seinen Platz, aber du verlierst einen Freund.»

Carvalho verließ die Sauna, er stand kurz vor einem Hitzschlag und fand sein Gleichgewicht erst bei einem Glas dunklem englischen Bier wieder, das er in einer Kneipe in der Nähe des Squash-Zentrums trank, wo leitende oder leidende Angestellte –

egal, welchen Machtfaktors – sich abmühten, in Würde alt zu werden, und angsterfüllt den Schlaganfallvirus bekämpften. Von dem Schwarzgeld würde er eines Tages Charo nach Paris einladen, und Biscuter würde glücklich sein, wenn er ihm versprach, ihn eines Tages zu einem Kochkurs in die beste Schule von Kanton zu schicken. Um ihm vorher schon eine Freude zu machen, kaufte er ihm bei Semon ein komplettes Set verschiedener – wahrscheinlich italienischer – Essigsorten. Es dauerte dann bis Weihnachten, bevor ihn ein Echo des von allen vergessenen Falles Mínguez erreichte. Die Witwe hatte eine phantastische Versicherungssumme erhalten, nachdem unbekannte Agenten nachgewiesen hatten, daß es sich um Mord und nicht um Selbstmord handelte. Dankbar für Carvalhos Beitrag zur Wiederaufnahme des Falles schickte sie ihm einen Weihnachtswarenscheck für den Corte Inglés im Wert von zwanzigtausend Peseten. Leocadios Vater starb einen Tag vor Heiligabend, und es war ihm nicht mehr vergönnt, seinen Smoking ein letztes Mal im Leben zu tragen. Biscuter war begeistert von Warengutscheinen, und Carvalho gab den der Witwe an ihn weiter. Die Presse sprach in winzigen Artikeln auf den letzten Seiten von einem Wiederaufleben der Streiks in Asturien. Weit entfernt von der Euphorie des Jahres 1992 fielen die Reste der alten Industrie und des alten Geschäftslebens dem Kahlschlag zum Opfer, und die asturische Kohle konnte mit keiner anderen Kohle der Welt konkurrieren, vor allem nicht mit der polnischen, die der Europäischen Gemeinschaft zu Schleuderpreisen verkauft wurde, um die hohen Kosten zu decken, die der Übergang zur Demokratie in den ehemals kommunistischen Ländern verschlang. Die *Vanguardia* leitartikelte: «Jedes Volk hat die Geschichte, die es verdient, und – um aus der Not eine Tugend zu machen – die asturischen Bergarbeiter müssen vielleicht etwas zum Preis der herrlichen Freiheit beisteuern, die die Polen heute genießen.»

Die Einsamkeit in
Gesellschaft des gebratenen Truthahns

Ein Weihnachtsmärchen

Daß bald Weihnachten war, merkte er beim Anblick einer Anzeige, die wie ein gebildeter und liebenswürdiger Geier über den Abriß- und Baustellen einer Stadt schwebte, die unterwegs war vom Nichts zur allerbedeutendsten Olympiade. *Einen Tag im Jahr haben sie verdient, glücklich zu sein.* Eine Solidaritätskampagne für die Armen, die trotz der Bemühungen der Regierung, sie auf den fahrenden Hochgeschwindigkeitszug (TAV) aufspringen zu lassen, auch zur dritten industriellen Revolution zu spät gekommen waren. Weihnachten. Er spürte den fernen Nachgeschmack von gefüllten Oliven und Gramona-Sekt, einer Marke, die auf geheimnisvollen Wegen in die Welt seiner Kindheit gelangt war – ihre Qualität lag weit über den Ansprüchen und der Kaufkraft der vierziger Jahre – oder vielleicht war der Weg gar nicht so geheimnisvoll gewesen: sein Vater bekam regelmäßig ein Firmengeschenk der Gebrüder Carol Prat, eines Geschäfts für Laborbedarf, wo der Alte die biblischen Arbeitsgesetze erfüllte und Lieferwagen be- und entlud, da er nicht länger Beamter einer Republik sein durfte, die den Bürgerkrieg verloren hatte. Die gefüllten Oliven waren ein geistiger Luxus, lose gekauft in der Pökelwarenhandlung unten in der Straße, die Señor Joan mit Tüten aus Textilabfällen und Einschlagpapier aus demselben Material belieferte. Sie brauchtes es für die rechteckigen Stücke von gewässertem Klippfisch, Stücke von weißem Fleisch, das durch Recycling jener geheimnisvollen Pappkartonfische gewonnen wurde, die von der gefliesten Decke der eingepökelten Leichenhalle hingen. Den Klippfisch brauchte man für *atascaburras**, ein Heiligabendgericht, das seine Großmutter aus ihrer

* Klippfischpüree

Heimatstadt Cartagena mitgebracht hatte; der getrocknete Kabeljau erreichte dort in einer umgekehrten Migrationsbewegung
über die Straßen der Mancha das Meer. An Weihnachten waren
gefüllte Oliven der Auftakt zu einem typischen Essen von Einwanderern, die mittels der *escudella i carn d'olla** im Gelobten
Land Katalonien integriert wurden. Damals war der Gaumen der
sicherste Weg zur Assimilation einer Ideologie; fünfundzwanzig
Jahre später wurde entdeckt, daß der kürzeste Weg von der täglichen Kommunion zur Lehre Mao Tse-tungs oder Louis Althusers über Sex führte. Zu einem bestimmten Zeitpunkt, an den er
sich nicht genau erinnerte, war der gebratene Truthahn auf der
Weihnachtstafel aufgetaucht, ein barockes Spektakel, überstrahlt
vom goldenen Sprudeln der Marke «Gramona». Er trank diesen
Sekt damals nur selten und widerwillig, denn es war kein «Canals
Nubiola», der mit einem verführerischen Ohrwurm im Radio
warb:

> *Ara ve Nadal*
> *matarem el gall*
> *i a la tia Pepa*
> *li darem un tall.*

> Jetzt kommt die Heil'ge Nacht,
> der Hahn wird totgemacht,
> und uns're Tante Pepa
> kriegt ein Stückchen ab.

Er rieb sich mit unsichtbarer Hand das verborgene innere Auge,
und als er es wieder aufschlug, stand die Tatsache unübersehbar
vor ihm, daß Weihnachten kam und es kein Ritual geben würde,
mit dem er andere, und sei es nur für einen Tag, glücklich machte.
Charo war nach Andorra gegangen, um ein Hotel zu führen,
endgültig enttäuscht von der körperlichen und telefonischen Ab-

---

* katalanisches Nationalgericht: Reis-Nudel-Suppe und Eintopf mit mehreren Fleisch- und Wurstsorten, Gemüse, Kartoffeln, weißen Bohnen und
  Kichererbsen

wesenheit eines Carvalho, der mit sich selbst unzufrieden war, und daher auch mit allem, was ihm seine Identität bestätigte. Dort war sie jetzt, kümmerte sich um ihr Hotel und duckte sich frierend und allein zwischen die verschneiten Berge; vielleicht hatte sie auch einen anderen Flüchtling gefunden, der sich wie sie in eine der Sackgassen Europas oder der Welt geflüchtet hatte.

«Biscuter, was hast du an Heiligabend vor?»

Er bemerkte, daß dieser verlegen wurde und mit der Antwort herumdruckste.

«Sie brauchen sich um mich keine Sorgen zu machen, Chef; ich bin verabredet.»

Biscuter war verabredet. Das war wirklich ein Mysterium. Was für ein Schiff hatte an seiner Insel angelegt? Welcher Passagier oder welche Passagierin war von Bord gegangen? Er hatte es sich zur Regel gemacht, Biscuter nicht nach seinem Privatleben zu fragen, aber in der Annahme, er habe keines. Wenn er bei ihm kleine weiße Flecken nicht mitgeteilter persönlicher Geschichte entdeckte, war Carvalho erstaunt, vielleicht aufgrund der egoistischen Annahme, Biscuter habe keinen anderen Daseinszweck als den, den ihm das Zusammenleben mit Carvalho in diesem Büro gab, dem ein paar Pinselstriche Farbe und Hoffnung guttun würden.

«Und was haben Sie vor, Chef?»

«Ich werde zu einem neuen gastronomischen Mekka pilgern oder Antonio bitten, mir im Odisea ein Menü für Schwarze Weihnacht zu bereiten, zum Beispiel diese genialen Lasagne, die mit Sepiatinte aus dem Meer gefärbt und mit Blutwurst aus dem Binnenland gefüllt sind.»

«Echt stark, Chef! Was sich dieser Antonio alles ausdenkt! Was heißt das, Schwarze Weihnacht, Chef?»

«Das Gegenteil von Weiße Weihnacht.»

Als aber die unvermeidlichen Feiertage vor der Tür standen, war Antonio Ferrer mit dem Odisea in ein Schloß bei Orriols in der Provinz Gerona umgezogen, und die Sorge, wie er die Anforderungen der Liturgie wohlgemästeter Fröhlichkeit erfüllen sollte, wechselte ab mit der Angst, der Niedertracht der Umstände nicht gewachsen zu sein. Angesichts der Alternative, essen zu gehen oder sich mit einer Flasche Knockando Gran Reserva und einem Sandwich mit Muscheln aus der Dose in seinem Bau zu verkriechen, blieb immer noch die Möglichkeit, für sich selbst zu kochen, wie eine Babette, die auf einer einsamen Insel gestrandet war. Fusters Einladung, mit ihm nach Villores zu kommen und dort im Kreise seiner Familie zu feiern, schlug er aus, weil er befürchtete, dort wie auf Eiern gehen zu müssen und sich als Fremdkörper zu fühlen, bei dem eingespielten Ritual einer großen alten Familie, die zu digestiven Erinnerungen neigte, jenen feuchten Melancholieanfällen, die der absoluten Sättigung zu folgen pflegen. Aus diesen Gründen gab er sich einen Ruck und ging zur Boquería-Markthalle, um ganz mechanisch ein Einwanderermenü einzukaufen, das gnadenlos von der Erinnerung diktiert wurde: gefüllte Oliven, gewässerten Stockfisch, kleine, *ñoras* genannte runde Pfefferschoten, einen Truthahn, Schinken, Würstchen, Pflaumenmus, getrocknete Aprikosenschnitten, Pinienkerne – die abgetaktelte Version eines Rezeptes, dessen vollständige Fassung er in irgendeinem Winkel seines Gehirns abgelegt hatte. Dann holte er sich bei dem Konditor und Schokoladenbildhauer Capdevila *turrones*, das typische Weihnachtsnaschwerk, und entdeckte in seinem unter dem Garten am Haus ausgehobenen Weinkeller, daß er noch einige Flaschen Gramona Brut Nature besaß. Er beschloß, auf die *escudella i carn d'olla* zu verzichten, denn jeder *pot au feu* wurde in der Trostlosigkeit eines einsamen Essens zum Feind. Immer wieder betrachtete er die Einzelteile des Stillebens in der Tiefe seines Kühlschranks, als wolle er die Ersparnisse der Nostalgie Revue passieren lassen und die Grundstoffe eines ganz der Erinnerung gewidmeten Werkes mit den Blicken streicheln. Aber im Hinterstübchen seines Bewußtseins konfrontierte ihn die unübersehbare Tatsache, daß seine künstliche, aus den menschlichen Abfallcontainern Barcelonas zusammengestückelte Familie kaputt war, mit der Vorahnung seines eigenen Todes. Charo in Andorra erniedrigt und beleidigt, Bromuro tot, und Biscuter hatte eine «Verabredung». Welcher Art mochte sie sein? Er stand der Antwort ebenso neugierig wie gleichgültig gegenüber, aber es war nicht zu übersehen, daß Biscuter für die Feiertage etwas Besonderes vorbereitete, und dieses besondere Etwas glich, nach den Vorräten an Fleisch, *butifarras* und Kichererbsen zu urteilen, die Carvalho im Kühlschrank in der Kochecke vor dem winzigen Zimmerchen seines Adlatus entdeckte, aufs Haar einer *escudella i carn d'olla*.

Eines Morgens bezog er Posten hinter dem Pitarra-Denkmal, von wo aus er den Eingang des großen Gebäudes, in dem sein Büro lag, gut im Blick hatte, und wartete, bis Biscuter herauskam, um ihm zu folgen. Er machte eine Reihe der üblichen Einkäufe in den kleinen Geschäften im Viertel, um dann in den Bau zurückzukehren, wobei ihm die Plastiktüten die dünnen Ärmchen langzogen und seine Zungenspitze zwischen den Zähnen hervorkam, als wolle er sich die Adresse einer Aufzugsfirma oder die genaue Höhe der Stufen notieren. Zu anderen Tageszeiten wiederholte Carvalho die Beschattung, bis Biscuter endlich eine unerwartete Route einschlug, zum Barrio Chino – mehr denn je eine Anhäufung von Schmutz und Verbrechen, anscheinend bestrebt, die Sanierungsbulldozer zu rechtfertigen, die mit der Abrißbirne dem Fortschritt den Weg bereiteten. Biscuter betrat ein Treppenhaus, das wie die heillos baufällige Fassade von dreihundertjährigem Elend zeugte, und verschwand für eine halbe Stunde, um mit beschwingtem Schritt wieder herauszukommen. Er eilte im Hüpfschritt über die zerbröckelten Gehwege, vorbei an Prostituierten, Aidskranken, Pennern, Polizisten und Leuten, die man bloß aus ihrer Wohnung vertrieben hatte. Sie alle hielten hartnäckig die knapp bemessenen Bahnsteige besetzt, als seien sie unerbittlich und für immer aus einem Zug geworfen worden, der seine letzte Fahrt gemacht hatte. Carvalho wartete, bis Biscuter mit seiner merkwürdigen Vergnügtheit verschwunden war, und betrat dann das Haus. Angesichts der undurchdringlichen Finsternis im Treppenhaus zögerte er, bevor er hinaufstieg und nach irgendeinem Zeichen Ausschau hielt, das einen Bezug zwischen seinem Assistenten und dieser Umgebung herstellte. Immer gleiche altersdunkle Türen, hinter denen nichts und niemand zu Hause war, ließen ihn immer weiter hinaufsteigen, bis er vor der Tür stand, die den Zugang zur Dachterrasse versperrte. Auf dem Weg nach unten begegnete er einem Bettlerjungen mit aufgerissenen Augen, der diese noch weiter aufriß, als er ihn im Dunkeln sah, bevor er kehrtmachte und, immer drei Stufen auf einmal nehmend, die Treppe hinabsauste; der Eindringling, der die günstigen Sonderangebote des Corte Inglés am Leib trug, roch nach einer gefährlichen Fremdheit. Er klopfte an eine Tür, keiner antwortete; er klopfte an die nächste, und eine bleiche, dicke Alte war zunächst sprachlos, als er sie nach Biscuter fragte. Dann drehte sie den Kopf und fragte ein paar undeutlich erkennbare Gestalten, die hinter ihr im finsteren Korridor saßen: «Hieß oder heißt einer von euch Biscuter, oder kennt ihn jemand?»

Eine der Gestalten regte sich, um nichts weiter zu tun, als den Kopf zu heben und in Richtung der Alten und Carvalhos zu blikken. Dieser nutzte das Signal, um sich um den dicken Leib der Dame herumzudrücken und einen Raum zu betreten, dessen gesprungene Fensterscheiben von Klebstreifen zusammengehalten wurden. Er beherbergte eine Sammlung von fünf oder sechs alten Männern, die Asyl gefunden hatten auf dem aufnahmebereiten und großartigen Territorium von fünf Stühlen, die einmal mit Strohgeflecht gepolstert gewesen waren. Derjenige, der den Kopf gehoben hatte, hatte denselben, Carvalhos Vorhandensein ignorierend, wieder gesenkt und hob ihn auch nicht wieder, als dieser ihn direkt ansprach und nach Biscuter fragte.

«Ich bin nämlich sein Chef und habe einen dringenden Auftrag für ihn. Ich muß ihn unbedingt finden, und er sagte mir, er würde vielleicht hier vorbeischauen, um Sie zu besuchen.»

Der Alte hob den Kopf, und Carvalhos Blick drang in seine kleinen Augen, schmutziggrün wie eine Flasche vom Lumpensammler. Diese Augen hatte er irgendwo schon gesehen, wußte aber weder wo noch wann.

«Er ist gerade weggegangen. Er ist mein Freund.»

«Wohnen Sie hier?»

Der Alte nickte und suchte nach etwas in einer Kordsamtjacke, die so abgetragen war, daß man die Rippen nicht mehr erkennen konnte; man sah eher eine Kordsamtglatze.

«Das hier ist eine Pension», sagte die Dicke hinter seinem Rücken. Der Alte hatte es geschafft, eine Pfeife aus der Tasche zu ziehen, deren Schmutz nur von ihrem Alter übertroffen wurde. Er drehte sie in der Hand hin und her, ohne sie zu stopfen, beschloß aber schließlich, noch einmal in den Tiefen seiner Taschen zu wühlen, um schließlich drei Kippen zum Vorschein zu bringen, die er in der Fläche seiner riesigen Hand zerkrümelte.

«Rauch nur, rauch, bis du eines Tages an der Bronchitis krepierst!»

Unbeirrbar setzte der Alte seine Tätigkeit fort, füllte den Kopf seiner Pfeife und pflügte noch einmal den Grund seiner tiefen Taschen um, bis ein weiterer Gegenstand auftauchte, der wie ein Blitz der Erinnerung vor Carvalhos Augen aufleuchtete. Es war ein Luntenfeuerzeug aus einem Stück Kupferrohr, und Carvalho sah es vor sich, dreißig Jahre früher, der Gefängnisfriseur von Lérida hielt es in der Hand und näherte es glimmend seinen kleinen schmutziggrünen Augen, um wieder und wieder die Pfeife anzuzünden, die er schräg hielt, damit die Glut tangential die Tabakoberfläche erreichte. Ständig unterbrach er das gemächliche Rasieren, und die beunruhigten Gefangenen beobachteten die Hände des Friseurs, der ein Mörder war, mit dem gleichen Mißtrauen, mit dem sie seine trüben Augen betrachteten.

«Und die andern können bei dem Qualm zum Teufel gehen.»

Die Wirtin hatte es geschafft, in einen Club aufgenommen zu werden: in den Club der Raucher-Inquisition. Aber der wiedergefundene Knastbarbier schenkte ihr keine Beachtung und steckte sich mit ungetrübter Vorfreude seinen delikaten Kippenknaster an. Carvalho zückte ein Zigarrenetui und hielt ihm eine Havanna Marke «Rey del Mundo» vor die Nase. Der Alte schnappte sie sich, schnupperte daran, und seine Flaschenbodenaugen leuchteten auf.

«Die rauch ich in der Pfeife.»

Auf dem Rückweg zum Büro setzte Carvalho die Einzelteile der Lebensgeschichte des Barbiers zusammen, die er aus dem ungeordneten Puzzle seiner Gefängniszeit in Lérida herausklaubte, wo er auch Biscuter kennengelernt hatte (Bromuro kannte er damals bereits aus dem Modelo-Gefängnis). Der Barbier war ein Mörder, der die Gefangenenkleidung wie einen Anzug trug und nie über den Grund seiner Haft sprach, obwohl dieser zum internen Allgemeinwissen dieses Gefängnisses gehörte, in dem Mörder, Sexualtäter und kleine Gauner einsaßen, dazu ein paar subversive Jünglinge, die erfüllt waren von drei Groschen Marxismus und einem ungeheuren Abscheu vor der schäbigen und grausamen Häßlichkeit des Franquismus. Der Barbier hatte während des Militärdienstes in einem Sägewerk eingebrochen, um etwas zu stehlen und seine Existenzgrundlage als Rekrut, ehemaliger Waisenhauszögling und Sohn einer Hure etwas aufzubessern. Als der Wachmann aus seinem Halbschlaf auftauchte, schlug er ihm ein Brett über den Schädel, daß er zu Boden sank. Er war nur halb tot. Der Übeltäter hielt ihn aber für ganz tot und verscharrte ihn im Sägemehl, wie Katzen ihren Kot verscharren – nicht ahnend, daß der Gerichtsmediziner nach Tagen zu dem Urteil «Tod durch Ersticken» kommen sollte.

«Biscuter, ich war bei dem Barbier.»

Biscuter war ärgerlich und erleichtert.

«Ist er deine Weihnachtsverabredung?»

«Ja, Chef. Ich traf ihn auf der Plaza Real, wie er in der Sonne saß und seine Pfeife rauchte, die er schon immer geraucht hat, und sie ging ihm aus, wie immer...»

Er guckte auch noch wie immer, sein Blick hatte nicht der verängstigten Kundschaft gegolten, sondern wahrscheinlich der Szene, die ihn ins Unglück gestürzt hatte – zweifacher Mord; dabei hatte er geglaubt, er hätte es nur einmal getan. Er dachte an das einzige Mal in seinem Leben, wo er seines Glückes Schmied gewesen war, ein ganz miserabler Schmied. Es war der Vormittag des vierundzwanzigsten Dezember, und im Aluminiumtopf aus Biscuters blitzsauberem Geschirrsortiment köchelte die Grundlage des Eintopfs, das Fleisch. Es war gerade die Phase, in der der Schinkenknochen das Ganze beherrschte, bevor der Konsens der Aromen und der endgültige Geschmack dieses typischsten aller Gerichte erreicht war.

«Biscuter, du machst deine *escudella* fertig und bringst sie nach Vallvidrera hinauf! Ich gebe meine *atascaburras* dazu, eine persönliche Erinnerung, und wenn sie euch nicht schmeckt, könnt ihr sie stehenlassen... aber danach gibt es gebratenen

Truthahn, *turrones* und *champán*, ach ja, heute sagt man *cava***
… Gramona Brut Nature.»

«Und der Barbier?»

«Den bringst du mit.»

Die *atascaburras* nach Art von Cartagena und vor allem nach
Art von Carvalhos Großmutter werden aus Kartoffeln, Klippfisch, Knoblauch und kleinen runden Pfefferschoten zubereitet.
Man kocht alles miteinander und zerstampft es dann im Mörser,
den Knoblauch dosiert man nach Belieben – je keltiberischer der
beteiligte Gaumen, desto mehr –, und man bindet den Kleister
mit Olivenöl und Zitrone zu einem rötlichen Püree von saurem,
beißenden Geschmack mit einem abschließenden Bouquet des
selbstversunken in sich ruhendem Klippfischs. Was den Truthahn betrifft, so wurde er entbeint, gut gesäubert und gefüllt mit
Würstchen, Schinkenstückchen, Pflaumenmus, eingeweichten
Aprikosenschnitten, Trüffeln, gekochten Kastanien, Pinienker-
nen, Salz und Pfeffer, Zimt, Petersilie und starkem, altem Wein.
Dann rührte Carvalho, um genügend Sauce von der richtigen
Konsistenz zu erhalten, in einer mit Schweineschmalz gefetteten
Form weiteren Zimt, Lorbeer, Oregano, alten, starken Wein und
etwas Wasser an und briet darin den Truthahn.

Der Barbier nahm zweimal Weißbrot mit *atascaburras*, sto-
cherte mit der Gabel in der Truthahnfüllung und kaute mit langen Zähnen einige Stückchen Keule, die Carvalho ihm als Ehren-
gast des Hauses vorlegte. Nach jedem Bissen nahm er einen
Schluck, und später zündete er seine Pfeife an, gestopft mit Ta-
bakskrümeln aus einem Kistchen, das ihm Carvalho geschenkt
hatte und das die Aufschrift trug: *Sobranie Reserve Blend. Blen-
ded by hand from the very finest Virginia tobaccos hitherto reser-
ved exclusively for the directors of Sobranie Ltd. Scottish Mixture
No. 3 made in England, 50 g Net Weight.* Seine Füße steckten in
Plüschpantoffeln, die er von Biscuter bekommen hatte, und er
prostete ihnen auf Biscuters Wunsch mit *cava* zu. Aber Carvalho
hatte den Eindruck, daß er nur physisch anwesend war, obwohl

---

* Das erste ist der spanische, das zweite der katalanische Ausdruck für Sekt.
  Katalanisch war unter Franco verboten.

etwas wie ein Lächeln im Hintergrund seiner schmutziggrünen Augen leuchtete, die immer noch in einem Sägewerk eingesperrt waren, wahrscheinlich im Sägemehl verscharrt. Biscuter begann still vor sich hin zu weinen, nachdem er mit Carvalho die dritte Flasche Sekt geleert hatte. Carvalho hatte das dringende Bedürfnis, seine Tischgenossen loszuwerden, und als er endlich allein war mit allen Toten, die außer ihm keiner mehr kannte, suchte er die schönste Erleichterung für die einsame Verdauung des Banketts von Liebe und Tod am Weihnachtstag. Ein einsames Weinen, trocken, laut, dann ein Schlaf, erholsam wie eine kräftige Brühe aus allen Substanzen der Erinnerung.

Der Exhibitionist

Die Frau war vielleicht dreißig Jahre und einen Tag alt oder vierzig Jahre und eine Nacht. Vor allem diese Nacht, diese eine Nacht umschattete ihre Augen, untermalte sie mit Ringen einer Trauer, die ebenso träge war wie der Gang ihres vermutlich imponierenden Körpers – vermutlich, weil sie ihn fast vollständig unter einem Trenchcoat verbarg, wie ihn französische Filmhelden der dreißiger Jahre trugen: ein Hafen, Nebel, Jean Gabin, den Hut tief ins Gesicht gezogen. Der Trenchcoat hätte ebensogut der traurigen Heldin von *Milord* gehören können, falls die Heldin des Chansons von Édith Piaf eine Straßendirne im Trenchcoat gewesen sein sollte. Carvalho, der diese im Geist immer so vor sich gesehen hatte, ließ sich von der neuen Klientin einnehmen und widmete ihr die Müdigkeit eines nutzlos vertanen Tages aus einer langen Reihe nutzloser Tage, die er mit der Beschattung treuloser Ehemänner vergeudet hatte, obwohl es dabei nicht mehr wie früher um Liebe und Eifersucht, Besitzgier und die Angst ging, den Sinn der eigenen Bestimmung zu verlieren.

«Heute haben Frauen, die ihre Männer beschatten lassen, Angst vor Aids-Ansteckung, oder sie wollen sichergehen, daß ihr Anwalt als erster die Scheidung einreicht, und das fast immer, damit sie das Ferienhaus behalten können, das jämmerliche Ferienhaus in der fünften oder sechsten Straße vom Meer.»

Aber diese Frau gehörte zu einer anderen Kategorie; sie fragte nichts weiter als: «Sprechen Sie Französisch?» Carvalho sang:

> «*Auprès de ma blonde*
> *Il fait bon, fait bon...*»

Sie war amüsiert und überzeugt und spitzte nach diesem Moment linguistischer Komplizenschaft ihre schönsten Lippen, um ihm eine Geschichte zu erzählen, die im Jardin du Luxembourg am Fuß einer Statue von Pierre Mendès-France begann.

«Sagt Ihnen der Name etwas?»

«Er gehört zur politischen Mythologie meiner Generation. Er war einer der wenigen linken Lichtblicke zwischen de Gaulle 1945 und de Gaulle 1958.»

Die Dame erstarrte sekundenlang in einer Bewunderung, die man Teilnehmern einer Fernsehsendung zollt, die in dreißig Sekunden fünfzehn asiatische Hauptstädte oder die Namen sämtlicher Ehemänner von Liz Taylor aufzählen können.

«Ich kam aus einem Restaurant am Montparnasse, gut gelaunt vom Essen, vom Wein und dem fröhlichen Beisammensein mit meinen Kollegen. Wir hatten den Abschied eines netten Kollegen gefeiert, der in eine Filiale in Übersee versetzt worden war. Ich ging allein durch die Straßen, hinunter zu einem der Eingänge des Jardin du Luxembourg, und stand plötzlich vor dem Denkmal von Pierre Mendès-France. Ein kleines Denkmal, aber sehr würdevoll, sehr geschmackvoll... wie Monsieur Mendès-France selbst, ganz bestimmt. Aber Pierre war nicht allein. Neben ihm stand ein Mann breitbeinig auf dem Rasen, die Arme über dem Trenchcoat verschränkt; er trug einen beigen Filzhut, und er lächelte mit fast geschlossenen Augen, entrückt... als sei er dabei, irgend etwas ganz intensiv zu genießen, was er sich selbst erzählte oder woran er sich erinnerte. Dieser Ausdruck gefiel mir sehr, ebenso die Situation des Mannes, der am Fuß der Statue Wache zu stehen schien... Bis er plötzlich die Arme ausbreitete, den Trenchcoat aufschlug und nackt vor mir stand – ein ziemlich beleibter Fünfziger mit einem Bauch, der über den Unterleib herabhing, und... na ja.»

«Na ja.»

«Ein normaler Mensch hätte weggeschaut. Wäre weggegangen. Oder hätte den Revolver gezogen, den ich nicht dabeihatte, und auf ihn geschossen. Aber ich tat nichts dergleichen. Sein Gesicht hatte etwas so Strahlendes, daß ich wie erstarrt stehenblieb, bis ich endlich den Bann brechen konnte und wegrannte wie ein

Schulmädchen, das am Schultor von einem Exhibitionisten belästigt worden ist. Die Szene hatte mich ja auch nicht gerade kaltgelassen. Ich spürte dabei eine zähflüssige innere Angst, etwas wie einen dunklen Honig, der immer übler zu riechen begann... Als ich diesen inneren Gestank nicht mehr ertragen konnte, wohl den Gestank dessen, was ich sah, rannte ich los und blieb erst stehen, als meine Beine mich nicht mehr trugen. Nun erst wurde mir der Schaden bewußt, den mir dieser Anblick zugefügt hatte. Ich wurde hysterisch und begann wie eine Wahnsinnige zu schreien, mitten im Park, ohne den Leuten, die mir helfen wollten, den Grund erklären zu können. Später, zu Hause und bei der Arbeit, mußte ich jedesmal, wenn ich mich an die Situation erinnerte, wieder schreien, bis ich die Erinnerung unter Kontrolle bekam, meine Selbstkontrolle wiederfand und stark genug war, in den Jardin du Luxembourg zurückzukehren, um den Exhibitionisten zu suchen. Das tat ich dann, ein, zwei, drei Tage, eine Woche, zwei, drei Wochen. Es gab Leute, die über sein Treiben Bescheid wußten; sie erzählten, im Jardin du Luxembourg zeigte er sich zwar am liebsten, aber nicht ausschließlich. Ich suchte alle Parks von Paris auf, analysierte alle Möglichkeiten und Variationen, alles, womit ich in die geheime Logik des Exhibitionisten eindringen konnte. Mir wurde klar, daß ich nicht mehr in Frieden mit mir selbst leben konnte, bevor ich ihn nicht gefunden hatte.»

«Ich wüßte gerne, was ein Privatdetektiv wie ich in dieser Geschichte von Pariser Parks und Exhibitionisten verloren hat.»

Carvalho hatte sich die Erzählung mit der Geduld eines Psychiaters angehört, jener besonderen Geduld, die die besten Psychiater für Menschen reservieren, die einmal vor Park-Exhibitionisten fliehen mußten, diesen exzellenten Exhibitionisten, quasi Profis, die fleischgewordenen Statuen gleichen.

«Dazu komme ich gerade. Es deutet alles darauf hin, daß sich der Exhibitionist in Barcelona aufhält, wo er anscheinend eine Zeitlang arbeiten wird.»

«Als Exhibitionstourist?»

«Nein, beruflich; aber meine Information ist sehr vage. Sie beruht auf einer Bemerkung, die er zu einem Clochard auf der

Place des Vosges machte. Ich kenne weder seinen Namen noch seine Absichten. Ich weiß, daß er aus beruflichen Gründen nach Barcelona reisen mußte, aber ich kenne nicht einmal seinen Beruf.»

Carvalho breitete über das Durcheinander seines Schreibtischs einen Stadtplan von Barcelona und zeigte mißmutig auf alle Plazas, Grünflächen, Parks und Straßenkreuzungen, wo sich ein Exhibitionist wohl fühlen könnte.

«Wir Barcelonenser klagen immer, es gebe zu wenige freie Flächen in unserer Stadt, aber es gibt so viele, daß die Suche nach Ihrem Exhibitionisten Monate dauern kann. Falls wir uns nicht an die Polizei wenden.»

«Nein. Keine Polizei!»

«Wirkte er gebildet?»

«Möglicherweise. Seine Bewegungen hatten etwas Feines.»

«Die Feinheit der Bewegungen braucht nicht kulturell erworben zu sein; sie könnte ebensogut ererbt sein, rein genetisch, oder von einer gewissen Gelenkschwäche herrühren. Aber wenn es sich um einen gebildeten Exhibitionisten handelt, wird er seinen Barcelona-Aufenthalt wahrscheinlich nutzen, um sich an Orten zur Schau zu stellen, die von französischen Schriftstellern beschrieben wurden.»

«Sind das viele?»

«Nein. Fast alle französischen Schriftsteller haben sich auf das Barrio Chino spezialisiert, von Carcó bis Mandiargues und Genet, der dieses Viertel auf die beste Art kennenlernte, weil er dort als Gauner und Homosexueller lebte. Aber ich glaube nicht, daß sich ein Exhibitionist im Barrio Chino zeigt. Die Leute dort sind an alles gewöhnt, und ein Exhibitionist würde als Verrückter betrachtet oder als einer, der Eulen nach Athen trägt.»

«Sie wissen sehr gut über die französische Literatur Bescheid.»

«Normalerweise verbrenne ich alle Bücher, die mir unter die Finger kommen, aber zuerst muß ich immer wissen, was darin steht. Als ich herausgefunden hatte, daß sie mir nicht helfen zu leben, beschloß ich, sie zu verbrennen, eins nach dem anderen oder paarweise, wenn mich die Angst überkommt und ich daran denke, daß mir nur noch wenige Jahre zu leben bleiben, aber jedes Jahr Millionen Bücher veröffentlicht werden.»

Carvalho ignorierte den Schatten des Zweifels, der das Dunkel der riesigen Augen der Dame vertiefte, und machte sich an die Ausarbeitung einer Route, die zu dem lächelnden Exhibitionisten führen sollte. Der Plan, den er mit Bleistift in Barcelonas Straßennetz einzeichnete, wurde in den folgenden Tagen zu einem unermüdlichen Unterwegssein, bei dem ihn die Frau vorwärts trieb, wie besessen von dem Wunsch, so schnell wie möglich das konfuse Objekt ihrer Begierde zu erreichen. Sie begannen mit der Plaza San Felipe Neri im Gotischen Viertel, am Ende der Zickzackwindungen einer expressionistischen Gasse, die wie eine Sackgasse wirkte, mit der Fassade einer Kirche, an der noch die Einschläge von Granatsplittern aus dem Bürgerkrieg zu sehen waren. Als nächstes war der Kreuzgang der Kathedrale an der Reihe, wenn sie sich auch bewußt waren, daß Exhibitionisten wie die Vampire das Kreuz und seinen Schatten meiden.

«Vielleicht ist er ein postmoderner Exhibitionist und findet Gefallen am Eklektizismus. Die besten Schauplätze Barcelonas für Exhibitionisten können sich nicht mit den großen Parks von Paris oder London messen, aber die neuen postmodernen Plazas oder Parks könnten sehr wohl das Interesse eines zeitgenössischen Exhibitionisten erregen.»

«Und Gaudí?»

Obwohl sie keine Japanerin war, kannte die Dame also Gaudí. Daher begaben sie sich auf die Dachterrasse der Pedrera, wo das Wunder gelungen ist, den Stein zu erweichen und Träume aus Stein zu gestalten; eine phantastische Insel über den vernünftigeren Dachterrassen, die einst die Köpfe der langweiligsten Bourgeois der Stadt bedeckt hatten. Die Dame streifte zwischen den phantastischen Gebilden umher und hoffte, hinter jeder Kante eines Polyeders den Exhibitionisten zu finden, aber er war nicht da, und Carvalho tat nichts weiter, als ihren herrlichen Gang zu beobachten, die vollendete Kunst üppiger Frauen, sich des Raumes zu bemächtigen. Auf die Dachterrasse der Pedrera folgte ein aufreizender Rundgang durch den Güell-Park, wo es genügend spielerisch-verborgene Winkel gab, um in jedem Exhibitionisten den Wunsch zu wecken, drei Leben zu besitzen, drei Körper und drei Geschlechtsteile, um sich diesem Labyrinth gewachsen zu zeigen. Carvalho hatte Mühe, ihr den Gedanken an die Kirche Sagrada Familia auszureden und sie davon zu überzeugen, daß es nach dem Kreuz nichts Schrecklicheres für Exhibitionisten gab als Touristenmassen, da sie als sensible Menschen andere lieber einzeln und nacheinander erschreckten und einen gewissen Hang zum Säkularismus an den Tag legten. Das war der Zeitpunkt, zu dem Carvalho, um die Barriere professioneller Subordination zu überspringen, der Dame ein Essen in einem den Umständen angemessenen Restaurant vorschlug, und es gelang ihm sogar, ihren Hang zum Klischeehaften zu überwinden, ihre natürliche Neigung, sich mit geschlossenen Augen auf die nächstbeste Paella zu stürzen, die ihr in irgendeinem Restaurant angeboten wurde.

«Die Demokratie hat dem heutigen Barcelona einige kulturelle Vorzüge beschert, beispielsweise die Entwicklung einer sehr interessanten, sehr synkretistischen Küche, in der sich alles, was man kochen, wissen und erinnern kann, zu einer sogenannten ‹Autorenküche› verbindet. Unter dem Faschismus dagegen gab es nichts anderes als Paella und Bocadillos.»

Ab und zu ist es ratsam, die geschichtliche und kulturelle Zusammenschau zu übertreiben. Ausländer schätzen Überspitzungen viel mehr als ein Zurückschrauben der Dinge auf Normalmaß. Carvalho hoffte, daß ein gutes, mit genügend Wein begossenes Essen die Dame entspannen würde, und ein wenig gelang es ihm auch, denn ihr Blick wurde träumerisch, ihre Zunge etwas schwer, und während des Nach-Tisch-Gesprächs legte sie ab und zu eine ihrer langen, wenn auch von allzu dick hervortretenden Venen bedrohten Hände auf Carvalhos Arm, um einem Gedanken Nachdruck zu verleihen, eine Antwort zu suchen oder einfach nach dem Skelett der Wärme zu suchen, dem Skelett der Gesellschaft und der Kommunikation. Carvalho wertete diesen wiederholten Körperkontakt als Zeichen tieferen Einverständnisses und schlug vor, den Tag nicht länger mit der Suche nach dem unheimlichen Exhibitionisten zu vergeuden, sondern sich in einen geeigneten Winkel zu verkriechen, wo sie sich gegenseitig zur Schau stellen und die Energie nutzen konnten, die sie bei diesem Essen gewonnen hatten: Morcheln, mit Gänseleberpastete gefüllt, geschmorte Ziegenlammkeule mit Gemüse aus dem Ampurdán, nahrhafte, kalorienreiche Gerichte, die einzig mögliche Alternative zu einer unwahrscheinlichen aphrodisischen Küche. Aber vielleicht hatte er seinen Vorschlag ungeschickt vorgetragen, zu sehr übertrieben oder den Zeitpunkt falsch gewählt – ihr Blick wurde jedenfalls wieder klar, der Glanz ihrer Augen erlosch, und obwohl sie sagte: «Nicht jetzt... noch nicht...», war es ein eindeutiges Nein.

Sie war eine Exhibitionistenjägerin, ebenso besessen wie ein Kopfgeldjäger im Wilden Westen. Carvalho führte sie nun, vielleicht wegen ihrer sexuellen Unlust oder rein assoziativ, in unwirtlichere Gefilde: er schleppte sie zur Plaza de Sants, der Plaza de la España Industrial und hinauf zur Fahrradrennbahn von Horta, um sie unter dem Alphabet von Brossa durchzuführen, für den Fall, daß sich der Exhibitionist von dieser merkwürdigen Verbindung von Radsport und konkreter Poesie angezogen fühlen sollte. Wahrscheinlich hatte der Detektiv auch den Katalog seiner selbst auf das zwiespältige Gelände seiner Stadt übertragen, die zerstört wurde, um wiederaufgebaut zu werden – auf den bombenverwüsteten Schauplatz der Baustelle des olympischen Dorfes oder das demontierte Olympiastadion auf dem Montjuïc, von dem als Feigenblatt der optischen Erinnerung lediglich die Fassade erhalten bleiben sollte; das gesamte Skelett, die Eingeweide und die Muskeln wurden ausgetauscht, um sich olympischen Herausforderungen gewachsen zu zeigen, die weniger asthmatisch und unsicher waren als zur Zeit der Spiele vor dem Bürgerkrieg.

Aber nirgends war auch nur ein Schatten des lächelnden Exhibitionisten zu entdecken, und je schlechter die Aussichten wurden, um so düsterer wurde die Laune der Dame, deren fast wütender Verdruß schließlich in Verzweiflung und Depression umschlug. Diesen Moment nutzte Carvalho, um die Suche zu unterbrechen und sich zu einer tiefen, einsamen Meditation zurückzuziehen. An diesem Abend bereitete er ein frugales Mahl zu: Ri-

sotto mit Lachs, gekrönt von einem Löffel frischen Kaviars. Dann
verbrannte er das *Lexikon der Symbole* von Jean Chevalier und
Alain Cheerbrant, vor allem aufgrund einer erneuten Lektüre des
Stichworts «Blick»: «Die Metamorphose des Blicks enthüllt
nicht nur den, der schaut; ebenso wie sich selbst enthüllt sie den
Betrachteten, dem der Blick gilt. Der Blick erscheint als Werkzeug
und Symbol einer Erkenntnis.» Obwohl er, um dem Ritual seiner
zweiten Lebenshälfte treu zu bleiben, das Buch verbrannte, blieb
ihm der letzte Satz des Stichworts im Gedächtnis: «Der Blick
erscheint als Werkzeug und Symbol einer Erkenntnis.» Dieser
Satz sollte ihm in den folgenden Stunden eine gute Interpreta-
tionshilfe sein, als sich nach einer entscheidenden Intuition, die
ihn auf die Spur des Exhibitionisten brachte, die Ereignisse überstürzten. Er schreckte plötzlich auf und hatte eine Vision der Moll
de la Fusta, der neugebauten Promenade am Meer: ein Wirrwarr
von Archäologie und Architektur, emblematisch für das von den
Demokraten abgelehnte Barcelona, aber vorzeitig verschlissen
wie die ganze Demokratie. Dorthin führte er seine Klientin, stellte
sie in die Mitte dieses hybriden Raumes und erklärte ihr alles, was
man in zehn Minuten über die Geschichte einer Stadt erklären
kann: dort oben die militärische Festung, Symbol von Repression
und Erschießungen, die die Szene überwachte, obwohl sie als
Freizeitpark getarnt war; in nächster Nähe das Kolumbusdenkmal, ein Zugeständnis an die pseudoklassizistische Ästhetik, hoch
genug, um mit den französischen Vorbildern des XIX. Jahrhunderts mithalten zu können; Paläste des Militärs Seite an Seite mit
einem so romantischen Platz wie der Plaza de Medinaceli; riesige
Palazzi im Dienste des mehr oder weniger bankrotten Übersee-
handels; neugotische Schlößchen; Gäßchen ins alte, arme und
gotische Barcelona; die Hauptpost und der Beginn einer Straße,
die einmal die Wall Street Barcelonas werden sollte: die Vía Laye-
tana, von der Gründerbourgeoisie auf dem Platz des ehemaligen
Schweinemarktes errichtet. Und jetzt diese mediterrane Promenade über lärmerfüllten und gewalttätigen Verkehrstunnels und
die Aufforderung zum *dolce far niente* – Tapas mit Tintenfischrin-
gen, kühles Bier in den Restaurants im schützenden Schatten des
lächelnden Designer-Hummers von Mariscal.

«Wenn ich Exhibitionist wäre, würde ich mich unter diesen Hummer stellen, wie sich ihr Gesuchter unter das Denkmal von Mendès-France stellte. Auch der Hummer klappt seine Scheren auf, um den Leuten einen falschen Schrecken einzujagen. Aber sehen Sie sich seinen Ausdruck an: Er ist glücklich. Ein unschuldiges Monster.»

Sie hörte ihm nicht zu. Nach einem Blick über die Brüstung stützte sie die Ellbogen auf und betrachtete die fast abgeschiedene Promenade am Meer und die Yachten, die vor dem Club Náutico ankerten. Das grobbehauene Pflaster und die Meeresfeuchtigkeit hatten das Gedeihen grüner Kräuter in den Ritzen zwischen den Steinen gefördert. Palmen, hölzerne Bänke, Meer, ein morgendliches Publikum von Rentnern, Hunden und blassen Kindern ohne Schule und Halsband, dazu blasse Mütter ohne Arbeit und Gatten sowie Männer, die aus den Arbeitsamtsstatistiken gestrichen waren und im Nichts herumlungerten.

Plötzlich löst sich die Dame von ihrem Beobachtungsposten und rennt die Rampe zum Meer hinab, als werde sie von etwas oder jemand, der Carvalhos Aufmerksamkeit entgangen ist, ganz dringend gerufen. Er folgt ihr, einfach aus beruflicher Gewohnheit, aber längst nicht mehr mit dem Jagdeifer der ersten Tage, an denen er die schönsten Gesten von Bogart oder James Dean, den beiden großen Vorbildern verführerischer Gestik, verschleudert hat. Die Frau ist ihm zwanzig Meter voraus und hat bereits die Palmen erreicht; die Blütenblätter der in voller, bereits angewelkter Blüte stehenden Frau wippen, als sie über das unregelmäßige, harte Pflaster läuft, bis sie unvermittelt stehenbleibt, als werde sie von einem Magnetfeld abgestoßen, das eine andere Person beherrscht: ein Mann von der Gestalt eines Obelisken, eines deformierten phallischen Obelisken vom Gewicht und der Statur eines Obelix, aber mit den feinen Bewegungen eines Serge Lifar. Carvalho klassifiziert das Bild aus der Ferne mit den verschiedensten Elementen seines multikulturellen Gedächtnisses. Als die Frau an der Grenze des Magnetfeldes stehengeblieben ist, das der Obeliskenmann beherrscht, hält auch er inne, denn er begreift, daß die Geschichte jetzt ihren Höhepunkt erreicht und die Frau ungestört bleiben und sich von nichts und niemand die

Hauptrolle streitig machen lassen will. Noch ist der Trenchcoat des Mannes geschlossen, aber die Öffnung steht unmittelbar bevor. «Er ist es!...» sagt sie mit einem Flüstern, das zum Schrei gerät, und in ihrem Gesicht steht nicht panische Angst, sondern ein starres, gebanntes Lächeln, das Lächeln einer geilen Witwe in Erwartung der fließenden Grenze des Anstandes.

Der Mann läßt jede Heuchelei fallen, schlägt mitten auf der Moll de la Fusta den Trenchcoat auf und enthüllt das Tiefgründigste seiner selbst, die Haut, wobei sein Exhibitionistengesicht die Freude des Jägers zeigt. Jetzt stehen sie einander gegenüber, und sie geht auf ihn zu, wie auf den Brücken Berlins die Spione aufeinander zugingen, wenn sie zwischen Ost und West ausgetauscht wurden. Zunächst sieht der Exhibitionist der näherkommenden Frau mit einem gewissen Mißtrauen entgegen, aber als er den sanften Ausdruck ihres Gesichts erkennt, entspannt er sich nicht nur, sondern schlägt, in spontaner, spielerischer Sympathie, den Trenchcoat noch einmal auf. Als sie sich ihm auf zehn Meter genähert hat, schauen sie sich direkt in die Augen, in denen ein Lächeln aufblüht. Carvalho, der die Begegnung wie ein müßiger Gaffer verfolgt hat, ist verblüfft, denn nun geschieht etwas, das alles verändert und dieser Geschichte einen moralischen Sinn, das heißt Finalität verleiht: Er hat die Flügel geöffnet und zeigt seine Scham – aber ihr Mantel ist ebenfalls aufgeschlagen und läßt seinerseits eine Nacktheit sehen, die in ihrer Welkheit schöner ist, als wenn sie makellos wäre. Sie lächeln einander zu und respektieren ihre Distanz. Sie schauen sich an und lächeln. Nicht wie Revolverhelden in der Hauptstraße eines Wildwestdorfes, sondern wie zwei einzelgängerische Seelen, die sich selbst nackt lieben und normalerweise von überraschten und erschrokkenen Leuten betrachtet werden. «Der Blick erscheint als Werkzeug und Symbol einer Erkenntnis», erinnert sich Carvalho. Diesmal sind es zwei Genießer, die sich an dem Genuß erfreuen, sich gegenseitig mit Kennerblick zu beschauen. Sie sind umhüllt von einem gemeinsamen Magnetfeld; Carvalho kehrt ihnen den Rücken zu und zu seinem alltäglichen Leben zurück. Aber einmal sieht er sich um: die Exhibitionisten halten ihre Distanz, ihre Nacktheit, ihre Ekstase.

Das waren noch Zeiten!

Obwohl sie sich, von ihren Ehrendamen umgeben, nicht aus ihrer Ecke im Spiegelsalon herausbegab, war sie die einzige Frau, die das Hinschauen lohnte. Im Rahmen ihrer Aufgabe als Eröffnungsrednerin der Feier zur Präsentation einer neuen Kunstfaser trug sie ein Kleid aus roter Kunstseide, Ergebnis der unermüdlichen Innovationsarbeit unserer Textilindustrie, und nach ihrem Auftritt sollten die Mannequins über den Laufsteg schreiten und Kreationen der strikt nationalen Haute Couture vorführen, um die grenzenlose Herrlichkeit von «Sedal» – so lautete der gesegnete Name der neuen Faser – zu beweisen. Der Urheber dieses Namens war es auch, der den Direktor unserer Tageszeitung gedrängt hatte, einen seiner Redakteure die Eröffnungsrednerin interviewen zu lassen und ausführlich über den Galaabend von «Sedal» zu berichten, die Modenschau natürlich inbegriffen. Die Idee paßte dem Direktor gar nicht, denn eine Zeitung von gewerkschaftlicher – oder nationalsyndikalistischer, was soll's – Ausrichtung hatte keinen Grund, eine Gala der oberen Zehntausend zu unterstützen. Trotzdem gelang es dem Chef der Anzeigenabteilung, ihn von der Vorteilhaftigkeit des Projekts zu überzeugen, und als Synthese aus Widerwille und Notwendigkeit wurde die Arbeit dem «Unteraffen» der Redaktion aufgebürdet. Umsonst wandte ich ein, daß ich nichts von Mode verstünde. «Journalisten müssen nur sehen, hören und singen», bekam ich zur Antwort, und mein Zittern dauerte an, bis ich sie in ihrer Ecke entdeckte, verdreifacht durch die beiden Spiegel, die im rechten Winkel zueinander standen; die Aufwendigkeit des Kostümstoffs übertrieb ihr Alter, und seine Farbe wäre für eine Frau vorteilhafter gewesen, deren Haut auf einem Mississippidampfer gegerbt war. Man hatte mich davon unterrichtet, daß es sich um die junge Condesa de Sinarcas handelte, und der Fami-

lienname klang nach der neureichen «besseren Gesellschaft»
Spaniens, die mittels der Regenbogenpresse aufgebaut wurde –
ein gerechter Tribut an die nationale Sache angesichts des vielen
ausländischen Krams, den diese Zeitschriften in die Freizeitge-
staltung und die Träume unserer Massen eingeführt hatten. Einmal hatte ich ein Foto von ihr gesehen, in einem dieser abgegrif-
fenen Blättchen im Friseursalon unseres Viertels. Die Condesita
beim Debütantinnenball im Palacio de Las Dueñas. Die Condesita de Sinarcas ist eine große Aquarellmalerin. Die Condesita de
Sinarcas rezitierte in den öffentlichen Salons der Prinzessin von
Tasmanien aus *Vor dem Frühstück* von O'Neill für ein begeister-
tes, hingerissenes Publikum, dem die Anwesenheit von Doña
Carmen Polo de Franco Ehre und Auszeichnung war. Daß die
Condesita de Sinarcas einen Monolog von O'Neill rezitierte,
sprach dafür, daß sie nicht vollkommen in der geistigen Mittelmäßigkeit der herrschenden Klasse unterging, und ich näherte
mich ihr mit dem dreifachen Ansatz des zähneknirschenden Profis, der ein zufriedenstellendes Interview machen muß, des jungen Revolutionärs, der dem Klassenfeind gegenübertritt, und des
hoffnungslosen Dostojewski-Anhängers, der entschlossen ist,
alle Frauen zu retten, die zärtliche Gefühle in ihm wecken. Und
das tat sie, denn sie war ebenso verschüchtert wie ich, als seien ihr
der Titel, das Kostüm und die Situation eine Nummer zu groß
und als werde sie von undurchschaubaren Mächten zum erstenmal auf die Bühne des gesellschaftlichen Lebens getrieben, in der
Art, wie sich Prinzen von einem zoologisch-dynastischen Instinkt genötigt sehen, Könige zu werden, Mädchen, Frauen zu
werden, und Revolutionäre, ihre Revolution zu verlieren. Ich
plante ein Interview im Stil von 1960, zwei Spalten in einem na-
tionalsyndikalistischen Blatt, unterzeichnet von einem jungen
Journalisten, der sich noch die Praktikantensporen verdienen
mußte, und protegiert von einem Redakteur, der ein führender
Falangist ohne Adjektive war, die seine Substantivität einge-
schränkt hätten. Nachdem sie mir versichert hatte, alle seien
wundervoll, das Kleid ein Traum und das Wetter herrlich, bestätigte sie mir, daß sie Bilder malte, Verse schrieb und sich zur
Bühne berufen fühlte.

«Hat Ihre Familie keine Einwände gegen diese künstlerischen Ambitionen?»

Zur damaligen Zeit war dies eine gefährliche Frage, denn der bloße Gedanke, daß eine Familie gegen eines ihrer Mitglieder Einwände erheben müßte, und dazu noch wegen künstlerischer Ambitionen, war bereits objektiv subversiv. Sie blinzelte unsicher und sah sich nach allen Seiten um – nicht ihrer Antwort, sondern meiner Frage wegen besorgt –, und ich las in ihren Augen eine ängstliche Komplizenschaft mit meiner Kühnheit. Ihre grünen Augen waren so schön, daß die etwas plump geratene Nase nicht weiter auffiel, aber vor allem besaß sie diese Zartheit der Reichen, die ich sonst noch bei keinem Mädchen gefunden hatte, außer bei einer Nachbarin, Jahre zuvor, die an Tuberkulose erkrankt war. Sie hatte eine Art, in der Welt zu sein, genauer gesagt, in diesem Spiegelsalon, die zeigte, daß Schüchternheit eine Form selbstsicheren oder zumindest untadeligen Verhaltens war. Schüchterne wirken sonst wie tolpatschige Tiere, aber sie wirkte trotz ihrer Schüchternheit vollkommen. Ich hatte die Idee zu einem Bildungstest, um sie einordnen zu können, und ich fragte sie nach ihren Lieblingsdichtern, die prompt mit ihrer Erscheinung übereinstimmten: Bécquer, Juan Ramón und García Lorca. Den dritten Namen stieß sie ruckartig hervor, weil er der längste und zugleich konfliktträchtigste der drei war. Ich setzte alles auf eine Karte – manchmal bin ich tollkühn – und nannte ihr ein teuflisches Triptychon, das sie sozusagen erblassen ließ: Machado, León Felipe, Miguel Hernández. Sie beschränkte sich auf die Antwort: «Miguel Hernández, ah ja!» und wandte den Blick ab, damit ich darin weder Angst noch Argwohn sehen konnte.

Ich betrachtete das Interview als beendet und ging zur Zeitung, um es zu redigieren. Als ich es dem Chefredakteur vorlegte, meinte er: «Ein ziemlich seltsames Interview.» – «Und was soll daran seltsam sein?» – «Ihr beginnt mit synthetischen Fasern und endet bei der Poesie.» – «Sie ist eine komplexe Persönlichkeit», entgegnete ich zu meiner Rechtfertigung. «Ist ja gut, ich sage doch gar nichts dagegen.» Diese Toleranz des Chefredakteurs wurde niedergewalzt vom betonharten escorialtreuen Geist des Direktors.

«Wie kann man die Tochter eines Conde de Sinarcas fragen, ob ihre Familie Einwände gegen sie habe!»

«Es war eine mäeutische Frage.»

«Wie bitte?»

«Ja, sie sollte antworten, daß die Familie keine Einwände habe, damit der Conde im rechten Licht erscheint.»

«Der Conde hat es nicht nötig, ins rechte Licht gerückt zu werden. Er ist einer der Vierzig von Ayete. Er spielt Golf mit Franco. Er ist indirekt verwandt mit was weiß ich wie vielen Königen im Exil, und dann kommst du und meinst, ihn ins rechte Licht rücken zu müssen.»

Er strich die schönsten Passagen des Interviews, diejenigen, die mich ihr gegenüber im selbstbewußtesten Licht gezeigt hätten, aber ich gab mich nicht damit zufrieden, daß sie mich für einen Dummkopf halten sollte, der unfähig war, ein subtiles Gespräch zusammenzufassen. Also kaufte ich im geheimen Hinterzimmer einer Buchhandlung die von Losada herausgegebene *Anthologie* von Miguel Hernández, schrieb ihr eine Widmung, in der ich den Streit mit dem Direktor erwähnte, und hinterlegte das Buch in einem geschlossenen Umschlag an der Rezeption ihres Hotels. Abends erreichte mich ihr Anruf, als ich gerade Bereitschaft hatte und einen Aufstand der *Pieds noirs* in Algerien verfolgte, deren Anführer ein Ultra spanischer Herkunft war. Ihre Stimme klang gerührt, und meine tat es ihr nach. Wir verabredeten uns für den folgenden Tag, und ich mußte mich von einer Sitzung des Exekutivkomitees der FLP abmelden, während der ein Kassiber ins Spanische übersetzt werden sollte, den unser Generalsekretär Julio Cerón aus dem Gefängnis von Valladolid geschmuggelt hatte. Unter den damaligen Bedingungen im Untergrund mußte man ernste Gründe nennen, wenn man bei einem so wichtigen Anlaß fehlte, und ich ließ ausrichten, ich wolle eine wichtige Persönlichkeit agitieren, deren Rekrutierung der FLP unschätzbare Vorteile aller Art bringen würde. Tatsächlich schlenderten wir durch ein Vorstadtviertel und sprachen über verbotene Dichter, von denen ich genau wußte, daß sie verboten waren, und die sie für überflüssig hielt. Ohne es zu wissen, war sie eine russische Formalistin *a la española* und vertrat die

Ansicht, die Dichtkunst solle weder in die Geschichte eingreifen noch in die Gesellschaft noch überhaupt in die reale Zeit. Allerdings räumte sie ein, daß manche Gedichte von Hernández sie ansprächen, vor allem jenes, welches mit den Worten beginnt:

Pintada, no vacía, pintada está mi casa,
del color de las grandes tragedias y desgracias.

Erfüllt, nicht leer, ist mein Haus,
von der Farbe der großen Tragödien und des Unheils.

Als ich ihr die wirkliche Begebenheit erzählte, die dem anderen Gedicht, *Las nanas a la cebolla*, zugrunde lag, fing mir die Condesita doch tatsächlich an zu weinen, sehr verstohlen, daß man es nicht bemerken sollte, und dabei genau wissend, daß jedes Weinen, vor allem das untröstliche, stets bemerkt werden will.

«Du mußt mir alles zeigen! Manchmal komme ich mir vor wie der junge Buddha, der seinen ummauerten Palast verlassen mußte, um Krankheit, Elend, Tod, also den Schmerz in allen Formen, kennenzulernen. Es ist nicht recht, daß wir nur dem eigenen Schmerz Beachtung schenken.»

Eine bewundernswerte Synthese der Gründe für politisches Engagement und Solidarität, das sagte ich ihr auch, wobei ich viel riskierte für einen ersten Tag ideologischer Annäherung. Aber so kühn ich auf diesem Gebiet war, auf dem anderen Gebiet ließ ich nur ab und zu meinen rechten Arm locker schwingen, damit er ihren linken streifte, oder meinen Gang etwas schlingern, so daß sich bisweilen unsere Schultern begegneten, oder sogar der halbe Körper, wenn wir beim Betreten von Bars im engen Eingang zusammenstießen. Waren es nun die zarten ideologischen Kontakte, die wir an diesem Tag mit einer vorsichtig unparteiischen Interpretation des Bürgerkriegs beschlossen, oder waren es die anderen – sicher ist, daß zwischen uns etwas war, was die Cineasten «Chemie» nennen, und wir verabredeten uns so spontan für den nächsten Tag, daß ich später erst bemerkte, daß der Termin mit einer weiteren Sitzung des Exekutivkomitees der FLP kollidierte, denn wir trafen uns, da wir wenige waren und uns die

Basis fehlte, fast täglich zu einer Sitzung. Ich meldete mich also wieder ab und erntete ein fragendes Blinzeln meines Verbindungsmannes.

«Ich sage euch dann Bescheid. Ihr könnt mir glauben, ich habe einen dicken Fisch an der Angel!»

Tags darauf sprachen die Condesa und ich über die Legitimität des Franco-Regimes und den tragischen Tod Machados und seiner Mutter in Collioure. Die Ereignisse überstürzten sich, und wohl wissend, daß ich die Kontrolle verliere, wenn mich die Leidenschaft übermannt, behielt ich einen kühlen Kopf, als wir uns wieder verabredeten, und ließ mir genügend Spielraum, um an der Sitzung des Exekutivkomitees teilnehmen zu können. Angesichts der bedenklichen Mienen meiner Genossen ging ich zum Angriff über und erklärte die Operation «Verführung der Condesa de Sinarcas» zur fortgeschrittenen Phase unseres Kampfes, die uns befähigte, ins Gefüge der Gesellschaft einzudringen, und sagte, ich würde mich nun an das Exekutivkomitee meiner Partei, das heißt also, an die drei anderen Mitglieder des Exekutivkomitees meiner Partei wenden, um ihre Genehmigung für ein Projekt der Annäherung und Indoktrinierung einzuholen. Erst kürzlich hatten wir erfahren, daß ein Junge aus Palencia bei der Lektüre von Sartres *Les jeux sont faits* gesehen worden war, und wir hatten sogleich beschlossen, ein Kommando nach Palencia abzuordnen, um ihm auf den Zahn zu fühlen – ein vertaner Nachmittag. Wir fuhren in einem Waggon dritter Klasse, mißtrauisch jeden beäugend, der den Verdacht haben könnte, daß diese engagierten jungen Leute eine Expedition nach Palencia machten. Wir waren damals auch dabei, mit den Rollen einer Wäschemangel Propaganda zu drucken, um sie Tito zu zeigen und damit zu erreichen, daß er uns finanzierte und wir so bald wie möglich die Revolution beginnen konnten. Mein Vorschlag wurde von der Mehrheit ohne Begeisterung angenommen und von El Sini rundweg abgelehnt, der mit den Nerven fertig war – denn er war es, der die Wäschemangel drehte, in der «beschlagnahmten» Wohnung eines Anwalts, der in den Urlaub gefahren und überdies der Vater unseres vorläufigen EK-Mitglieds war. El Sini übte harsche Kritik an unserer Tendenz, einzelne Leute zu agitieren und dabei so merkwürdige Methoden anzuwenden wie unsere Fahrt nach Palencia, nur wegen eines Sartre-Lesers und Neffen eines Exdramaturgen, der im Gefängnis gesessen hatte und ein eindeutiger Franco-Gegner war.

«Das ist genauso, als würde ich zu einem Arbeiter der Hütte Altos Hornos gehen, weil jemand gehört haben will, wie er «Ich scheiße auf die ganze Kacke» sagte. Das Bewußtsein der Massen weckt man durch Aktion, man rekrutiert sie während der Aktion und nach der Aktion. Wir verhalten uns wie Staubsaugervertreter. Das ist eine durch und durch kleinbürgerliche Methode.»

Überdies war O'Neill für ihn kein linientreuer Schriftsteller, was durch die Tatsache bewiesen werde, daß ihn eine Condesita rezitierte und eine handverlesene Zuhörerschaft ein Werk schluckte, das ohne jeden Zweifel eine integrationistische Botschaft enthielt.

«Den Reformismus muß man den Kommunisten und Sozialisten überlassen. Wir dagegen sind Revolutionäre.»

Ich schleuderte ihm nicht entgegen, daß er so häufig nach Sevilla fuhr, um unsere Basis in der Arbeiterschaft zu besuchen, Portillo, den einzigen von uns, der mit seinen Händen arbeitete, solange keiner von uns beschloß, mit seiner Klasse zu brechen – nicht im strikten Wortsinn, denn wir stammten fast alle, bis auf den Sohn des Anwalts, aus Familien mit geringem Einkommen, sondern im beruflichen Sinne: aufhören, ein Arbeiter mit weißem Kragen zu sein, um in die Fabriken zu gehen und Klassenbewußtsein zu schaffen, dieses delikate geistige Material, das sich wie die leichtesten Gase verflüchtigt. Ich machte ihm keine Vorwürfe, weil ich erstens begriff, daß El Sini gestreßt war, nachdem er acht Stunden an der Wäschemangel gestanden hatte; weil es zweitens dringend notwendig war, die chiffrierte Botschaft unseres Generalsekretärs zu entschlüsseln, und drittens, weil meine Verabredung mit der Condesa um so schneller herbeikam, je schneller wir damit fertig wurden.

«Laßt mal hören, was Julio sagt!»

«Die Botschaft lautet wörtlich: Der Wein von Asunción ist nicht weiß und nicht rot, er hat keine Farbe.»

Wir dachten ernsthaft über diesen Satz nach, allerdings richteten sich alle Blicke auf mich, den vermeintlichen Volksdichter, der sich schon damals für eine Neubestimmung der Grenzen aussprach, die Volk und Masse voneinander trennen, und das in einer Zeit, in der klar wurde, wie zwecklos es war, sich gegen die unerbittliche Tätigkeit der Massenmedien zu stemmen. Für mich war die Botschaft ganz klar; sie bezog sich auf die Kontakte, die wir zur ASU (*Asociación Socialista Universitaria*) geknüpft hatten, konkret zu ihrem Vertreter Gómez Llorente, mit dem wir uns im Parque de Rosales getroffen hatten.

«Julio verurteilt vorderhand den Vorschlag der ASU zur Neugründung der FUE. Asunción steht eindeutig für ASU, und von daher bekommt alles andere seinen Sinn.»

«Und das ganze Geschwafel, nur um dem Anwalt klarzumachen, daß mit der ASU nichts wird?»

El Sini war stets für die effektivste Linie, Julio dagegen liebte chiffrierte Botschaften; er hatte die Berufung zum Schiffbrüchigen auf einer einsamen Insel, aber mit garantiertem Service der Flaschenpost, die seine Botschaften an geeignete Empfänger übermittelte. Ich war für die Kontakte zur ASU zuständig und wurde dementsprechend beauftragt, diese einzufrieren, während eine vorsichtige, aber unermüdliche taktische Annäherung an die Kommunisten in die Wege geleitet werden sollte, obgleich diese unsere wirkliche Bedeutung unterschätzten und uns nie ihre wahren Kräfte zeigten, so daß wir stets den Eindruck hatten, mit einem der untergeordneten Kader zu sprechen, der gerade nichts Besseres zu tun hatte. Das Wichtigste war, daß ich rechtzeitig zu unserer Verabredung erschien und daß die Condesita drei Wochen später, mit meiner Unterstützung, das *Handbuch der Ökonomie* der Akademie der Wissenschaften der UdSSR las; ich erläuterte ihr allerdings auch meine antistalinistischen Ressentiments und mahnte sie zu kritischer Distanz gegenüber jeder Form verstaatlichter Kultur.

«Aber das verstehe ich nicht, Manolo. Dort herrscht doch die Diktatur des Proletariats, der Klassenfeind ist also entwaffnet, und der Staat ist das Proletariat selbst. Was für eine kritische Distanz sollte man gegenüber sich selbst wahren?»

Das ist genau die tiefgründige Metaphysik der stalinistischen Brutalität, würde ich ihr heute zur Antwort geben; aber damals war ich weder so unterrichtet noch so vom Leben und der Geschichte geprägt wie heute, und außerdem war es taktisch klug, ab und zu verblüfft zu sein und auch eine theoretische Niederlage einzustecken, um ihr Selbstvertrauen und ihren Mut zu stärken. Sie freute sich so sehr über meine Verwirrung, daß dieses Treffen mit einem Kuß endete – auf die Lippen natürlich, in einem Hauseingang, den ein pflichtvergessener Hauswart unbeaufsichtigt gelassen hatte. Die Fortschritte der Condesa waren vor allem ideologischer Art, aber auch unsere intimen Beziehungen florierten, und ich gab ihr den ersten Zungenkuß, als wir die elfte Symphonie von Schostakowitsch gehört hatten, im Arbeitszimmer eines Freundes des Anwaltssohnes, das uns dieser überlassen hatte, um die ideologische Annäherung zu fördern. Sie waren allerdings keineswegs blauäugig, und der Anwaltssohn und sein Freund zwinkerten mir zu, als sie mir die Schlüssel gaben. Da es sich um eine Condesa handelte, wußte ich nicht, ob es nach einem Zungenkuß schicklich war, ihre Brüste zu berühren, die, wie ich ahnte, klein und sehnsüchtig waren – diese postpubertären Brüste, die sich bei schlanken Mädchen verhärten, bis sie Mutter werden, und dann kann man auf alles gefaßt sein. Ich berührte sie also nicht, denn ich dachte, im Zweifel sei Zurückhaltung besser. *A posteriori* schließe ich, daß ich an jenem Tag einen schweren Fehler beging, denn wie der Mensch nicht vom Brot allein lebt, so kenne ich auch keine Frau, die sich allein mit ideologischer Nahrung für Körper und Seele zufriedengibt. Trotz meiner – wie ich heute weiß, falsch verstandenen – Zurückhaltung hörte sie nicht auf, mein kritisches politisches und kulturelles Wissen wie ein Schwamm aufzusaugen, und nach drei Monaten hatte sie sich zur revolutionären Athletin entwickelt, die bei mir die Aufnahme in meine Partei beantragte. Das Schicksal wollte es, daß mir der Direktor meiner Zeitung zu diesem Zeitpunkt, im Sommer 1960, auftrug, die «Operation Seehund» zu verfolgen, ein Flottenmanöver im Mittelmeer, genaugesagt, vor der Küste Mallorcas, das Franco höchstpersönlich leiten würde. Ich verließ also meine Condesa, und als ich zurückkehrte, war sie in den Sommerurlaub gefahren, so weit fort, daß sie für mich, obwohl sie im Postskriptum schrieb, ich solle zu ihr kommen, unerreichbar war. Außerdem verlangte El Sini revolutionäre Literatur von mir, man könne Tito nicht bloß mit ein paar Flugblättern kommen, es sei notwendig, ihm zu beweisen, daß wir eine Alternative zu Sozialverrätertum und bürokratischem Stalinismus darstellten. Ich verfaßte alles, was El Sini von mir verlangte, nebst einigen Briefen an die Condesa, und kehrte, so schnell ich konnte, in meine Stadt zurück, wo mich die verzweifelten Rufe meiner Genossen und die immer spärlicher werdenden Briefe meiner Neophytin erwarteten. Da erinnerte ich mich jener Prophezeiung von Marx, derzufolge abspenstige Elemente der Bourgeoisie zwar versucht sein können, sich dem Proletariat einzureihen, aber bis auf wenige Ausnahmen früher oder später in den Stall ihrer Klasse zurückkehren. Mit den Jahren hat mir die Geschichte Spaniens selbst die Treffsicherheit dieser Behauptung bewiesen, ja, sie enthält sogar den Schlüssel zur Neustrukturierung unseres modernen oder postmodernen Kapitalismus, wurde er doch bereichert durch das Wissen jener jungen Revolutionäre der sechziger Jahre, die ins Vaterhaus zurückgekehrt waren. Es war die Umkehrung des prometheischen Spiels: Prometheus raubte den Göttern Wissen, Sprache oder Feuer, um sie den Menschen zu schenken, und die jungen Revolutionäre aus gutem Hause raubten dem Proletariat den Marxismus, um ihn der Europäischen Gemeinschaft zu geben. So interpretierte ich voreilig das Schweigen der Condesa, aber die folgenden Ereignisse fanden mich samt meiner Sehnsucht im Knast, wo wir, das gesamte Exekutivkomitee, gelandet waren, mitsamt unserem Basisarbeiter aus Sevilla. Im Gefängnis erreichten mich befremdliche Nachrichten von der Condesa sowie einige Lebensmittelpakete, sogar ein Paket türkischer Zigaretten, die nicht nur den Gefangenen, sondern auch der Wachmannschaft ausgiebigen Gesprächsstoff lieferten. Die Nachrichten besagten, daß die Condesa nach einem Zerwürfnis mit ihrem Vater aus dem Elternhaus verbannt worden war und sich mit einem jungen Philosophen der Partei zusammengetan hatte (wenn wir damals von der «Partei» sprachen, gab es nur eine, die gemeint sein konnte, die einzige real existierende Partei, die kommunistische). Ich verstand, daß mir die begonnene radikale ideologische Ausbildung aus den Händen geglitten war und die Condesa mich als unentschlossenen Umstandskrämer betrachten mußte, der nicht den Mumm gehabt hatte, sich den wirklichen Veränderungskräften der Geschichte anzuschließen. Diese Verwirrung und Selbstzweifel steigerten sich noch, als sie den marxistisch-dialektischen Philosophen verließ und sich von einem Gitarristen, der halb Dichter, halb Ziegenhirte war, in die Wildnis entführen ließ – der Ausdruck *in den Maquis* war nie treffender –, um unter den Ziegen und den Lilien auf dem Felde zu leben. Und so blieb sie in meiner sehnsüchtigen Erinnerung, der Schatten eines Mädchens in einem roten Kleid aus Kunstseide, die Farbe aufgelöst, die Silhouette verschwommen, der Stoff zerknittert unter den Schichten der Zeit, die sie mir entriß.

Mittlerweile sind dreißig Jahre vergangen, in denen meine eigene Geschichte häufig eins war mit der Geschichte Spaniens, und das nicht infolge eines historischen Determinismus, sondern aus freiem Willen. Ich hätte das politische oder wirtschaftliche Exil wählen oder den historischen Prozeß einfach ignorieren können, aber das tat ich nicht, ebensowenig ein großer Teil meiner Altersgenossen, und wir verwandelten den franquistischen Alptraum in den Traum von der Demokratie. Die Schicksale waren individuell ganz unterschiedlich, und wenn ich beispielsweise den Weg der Genossen jenes Exekutivkomitees der FLP nachverfolge, stelle ich fest, daß fast drei Viertel seiner Mitglieder nicht nur in die Geschichte eingegangen sind, sondern Geschichte gemacht haben und immer noch machen – entweder in klar definierten politischen Ämtern oder an wichtigen Fronten der internationalen Herausforderungen, denen sich unsere junge Demokratie zu stellen hat. Der eine arbeitet mit bei der Organisation der Fünfhundertjahrfeier, der andere im Olympischen Büro, der dritte gestaltet Madrid zur Europäischen Kulturhauptstadt um; vielleicht übertreibe ich in der Relation Posten-Personen, denn es sind mehr Posten, als es in jener rührenden Organisation Personen gab. Manch einer blieb auch aufgrund der Weigerung, erwachsen zu werden, in einem mehr oder weniger gut getarnten Radikalismus stecken und schaffte es nicht einmal, sein Äußeres den neuen demokratischen Zeitläufen anzugleichen. Nicht so in meinem Fall. Ich hatte begriffen, daß man zur Vervollkommnung der Ethik des Widerstands die Ethik des Engagements vervollkommnen mußte. Bis 1978 hieß politisches Engagement Antifaschismus; seit der Annahme der Verfassung heißt es, Spanien voll und ganz in die Moderne zu integrieren, in allen Dimensionen, jeder auf seinem Posten. Deshalb scheute ich mich nicht, den Posten des Zivilgouverneurs anzunehmen, trotz der *áurea mediócritas**, die Zivilgouverneure zu umgeben pflegt, und der Entscheidungen, die man in gewissen Fällen gegen die Stimme des eigenen Herzens, sogar gegen den eigenen Verstand zu treffen gezwungen ist. Im Zuge meiner ersten Amtshandlung mußte ich einen Gewerkschaftsveteranen ins Gefängnis schicken, weil er einem unausstehlichen Anführer der Rechten eine Flasche über den Schädel gehauen hatte, und der Alte wurde im Knast so schwermütig, daß ich ihm als Beweis meiner persönlichen, nicht meiner offiziellen Sympathie eine Schachtel Zigarren schicken mußte. Schwere Schizophrenie, aber Dienst ist Dienst. Auch bei jeder folgenden Amtshandlung hielten sich Genugtuung und Widersprüche die Waage, wenn sie auch im objektiven Begriff der Pflicht wieder vereint werden, das heißt, in der Zielvorstellung einer Orientierung am Allgemeinwohl.

Aber trotz dieser vielen Erfahrungen war ich doch nicht vorbereitet auf die schlimme Zeit, die ich gegenwärtig durchmache. Am Montag vor drei Wochen fuhr eine Streife der städtischen Polizei auf Hinweis einer Jugendbande zu einer ummauerten Baustelle, wo diese die Leiche einer Frau entdeckt haben wollten. Es stimmte. Eine Tote ohne Papiere, Opfer einer Überdosis, eine Frau, die alt und doch alterslos war; sie war ungepflegt, und doch war in ihrer Kleidung und der Kombination der Farben ein gewisser Geschmack spürbar; und ihre Gesichtszüge waren nach

* Wortspiel mit *aura mediocritatis*, «Aura der Mittelmäßigkeit». Im Gegensatz dazu heißt *áurea mediócritas* soviel wie «goldene Mittelmäßigkeit» oder «goldenes Mittelmaß».

Aussage der Zeugen von einer schönen Eigenart, wohl suggeriert von der Starrheit ihres meergrünen Blicks hinauf zu Sternen, die nur sie allein sah. Die Überraschung kam, als sich im Lauf der Suche nach eventuellen Angehörigen herausstellte, daß es sich um Mariana Dotras de Esteruelas handelte, die ehemalige Condesa de Sinarcas, die allerdings wegen ihres «liederlichen Lebenswandels» ihren Titel noch zu Lebzeiten Francos an einen leiblichen Vetter verloren hatte. Tatsächlich, es war sie, und die Schläge meines Herzens mußten vom Gehirn gedämpft werden, denn sie führten, drängten mich zur Leichenhalle, um zu sehen, was von jenem Traum geblieben war, der hätte Wirklichkeit werden können und es nicht wurde. Doch ich hatte nicht den Mut, mich dem zu stellen – nicht dem, was die Autopsie von einem Tod, sondern dem, was sie von meinem Liebeserlebnis übriggelassen hatte. Aber der Wunsch zu erfahren, welche Pfade die Condesa von der Sedal-Gala im Jahr 1960 zu diesem schmutzigen Tod geführt hatten, blieb bestehen. Die offizielle Untersuchung war Routinesache, und ich konnte mich nicht über meine Zuständigkeit hinaus einmischen, ohne mit der ethischen Maxime in Konflikt zu geraten, meine privaten Begierden nicht mit den objektiven Bedürfnissen der Gesellschaft zu vermengen. Nun bin ich ja ein begeisterter Leser von Kriminalromanen – wahrscheinlich ist mein literarisches Anspruchsniveau hinter das meiner Jugend zurückgefallen, denn mit den Jahren unterliegen alle Schließmuskeln von Körper und Seele der Abnutzung – und ich schätze insbesondere die Reihe mit Carvalho, teils aufgrund besagter leserischer Schwäche, teils auch aufgrund einer entfernten Solidarität mit dem Helden, der seinerzeit in den Reihen der FLP kämpfte, bevor er der PSUC beitrat. Aus diesem Grund traf ich mich in einer unauffälligen Kneipe der Stadt, in der ich amtiere, mit dem Detektiv und beauftragte ihn mit einer Untersuchung des Falles, die mich vor der Bloßlegung meiner Angst retten sollte. Carvalho hat sich mit den Jahren zum farb-, geruch- und geschmacklosen Anarchisten entwickelt, dabei jedoch den Rest eines komplizenhaften Gefühls für Freunde aus schwerer Zeit bewahrt. Er begriff mein Problem und bemerkte, nicht ohne beißenden Spott, ich solle mir keine Sorgen machen, er würde nicht zulas-

sen, daß mir ein Traum den Schlaf raube. Damit nahm er seine
Arbeit auf.

Vor mir auf dem Schreibtisch liegt eine Verwaltungssache gegen den Stadtteilverein von Compotas, der sich weigert, die Ab-
tretung eines Geländes für die Endlagerung radioaktiver Pro-
dukte zu akzeptieren, ferner das Schreiben einer Kooperative
von Chernes, die dagegen protestiert, daß ihre Landzuteilungs-
bewilligungen verfallen, da das Land in den Besitz der mächtig-
sten Sparkasse der Region übergegangen ist, und schließlich eine
Anzeige wegen Mißhandlung durch Beamte der Städtischen Polizei, die angeblich achtzig Gläser über den Durst getrunken hatten. Bleibt mir eine Wahl? Was soll ich zu dem ewigen Zwiespalt
zwischen Ungerechtigkeit und Chaos sagen? Was würde geschehen, wenn ich den Sinn für Autorität verlöre und den Instinkt
von Mißtrauen und Insubordination überhandnehmen ließe, den
die gestaltlosen Massen reaktionärerweise der Staatsgewalt, jeder
Staatsgewalt, entgegensetzen? Auf diesen Akten, die mich den
Rest des Vormittags beschäftigen werden – der Dienst an der
Öffentlichkeit kennt keine 35-Stunden-Woche – liegt der Bericht, den mir Carvalho mitsamt einer entschieden überteuerten
Rechnung zugeschickt hat. Ich habe ihn soeben zugeklappt, wie
man einen Lebensabschnitt oder einen Teil der Erinnerung für
immer abschließt, und weiß jetzt, was ich nicht zu wissen verdiente. Die Condesa lebte mit dem dichtenden Ziegenhirten zusammen, bis sie mitten im Gebirge eine Früh- und Todgeburt
erlitt. Sie ging dann mit ihrem Schmerz und ihren Narben ins
Ausland und wurde in Paris von der Revolte des Mai '68 überrascht. Sie nahm aktiv am Sturm auf das *Colegio de España* teil,
wie aus einer vernichteten Polizeiakte hervorgeht, deren Inhalt
Carvalho anhand überlebender Verfasser rekonstruieren konnte.
Mit spanischen und internationalen extremistischen Gruppen
verbunden, trat die Condesa wieder als Sympathisantin der Roten Brigaden in Erscheinung; sie stand in einer Liebesbeziehung
zu einem ehemaligen Mitarbeiter der *Quaderni Rossi*, der nicht
so lange bei der Stadtguerilla war wie seine Geliebte, d. h., bei ihm
war es eine Episode, sie hingegen blieb, bis sie verhaftet wurde,
aber es gab zuwenig Beweise gegen sie, sie hatte Glück. Wieder

in Spanien, beteiligte sie sich an den vom *desencanto** Ende der siebziger Jahre diktierten Unruhen, bis sie sich mit einem Jungen zusammentat, der ihr Sohn hätte sein können und für die Dauer ihrer *amour fou* wahrscheinlich diese Rolle spielte. Ein solcher Lebensweg, diese Suche nach der wahren Authentizität, führt schicksalhaft in die Selbstzerstörung. Was wären wir ohne die Paranoia des Mißtrauens, die uns drohende Gefahren vermeiden läßt, vor allem die schlimmste, die Gefahr, die wir selbst für uns darstellen? Die Condesa konnte sich nicht vor anderen Menschen schützen, noch weniger aber vor sich selbst, und als ihr junger Liebhaber den Drogen verfiel, folgte sie ihm bis auf den Grund des Brunnenschachts. Aber während er mit Hilfe einer gutaussehenden Sozialarbeiterin, die sich für seine Rettung einsetzte, wieder nach oben kam, blieb ihr, der fast Fünfzigjährigen, dieses Glück versagt, und sie blieb unten, bis zum bitteren Ende.

Ich habe mich mit meiner Verantwortlichkeit auseinandergesetzt; ich war dafür verantwortlich, sie der Regenbogenpresse entrissen und ihr die enge Pforte zur Nacktheit des Verhaltens gezeigt zu haben, zu einem Verständnis des Lebens und der Geschichte, dessen Wurzeln nicht aus der Vergangenheit stammen, sondern aus der Zukunft, der Utopie – und wenn diese zukunftsorientierte Hoffnung zunichte wird, verfällt man der absoluten Entwurzelung. Ich will nicht sagen, daß man, um diesem Selbstmord zu entgehen, stets das Amt eines Zivilgouverneurs oder ähnliche Posten annehmen muß, die aufzuzählen ich mir erspare. Aber hier vor mir liegt das Protokoll einer Selbstzerstörung, und wenn ich es zu Hause ins Kaminfeuer werfe, werde ich es in einem unbeobachteten Moment tun. Meiner Frau habe ich nie von meiner flüchtigen Liebe zu einer Condesa erzählt. Sie ist sehr klassenbewußt, meine Frau, und von allen sozialen Klassen kann sie die Aristokratie am wenigsten ausstehen.

---

* «Ernüchterung, Enttäuschung», Grundstimmung einer Fraktion der spanischen Linken gegenüber der Demokratisierung

Der Sammler

Ich sende Ihnen hiermit meine vollständige Sammlung von Titelseiten verschiedener Publikationen, die Marilyn Monroe zeigen, um endgültig zu beweisen, was ich Ihnen in früheren Schreiben mitteilte, auf die Sie bis heute nicht reagiert haben. Die Routine gestattet es Ihnen, Ihre Spinnweben im Kopf zu pflegen, und ich kann sie nicht durch Besseres ersetzen. Jeder muß seine Rolle spielen, so gut er kann. Über meine moralische Befindlichkeit sagt m. E. die Titelseite von *Suck* aus dem Jahr 1974 genügend aus, auf der Germaine Greer ihre Muschi zeigt; die eigenartige Darstellung, in der sie dies tut, erschwert die Sache vordergründig, in Wirklichkeit aber läßt sie die Darstellung ins Schlüpfrige abgleiten. Der Körper der nackten Feministin ruht auf den Armen und den auf den Boden gestemmten Händen, während sie gleichzeitig die Schenkel hebt und öffnet, um uns das wichtigste Zeichen ihrer körperlichen Identität zu präsentieren. Ich möchte nicht mit einem vulgären Pornographen verwechselt werden. Ich bin ein Sammler, ein Jäger von Gesten der körperlichen Selbstdarstellung. Was hätte ich nicht für ein Foto der männlichen Attribute von Stompanato gegeben oder das schreckensbleiche Gesicht von Anne Frank in dem Moment, als sich die Bedrohung durch die Deutschen in einem Klopfen an der Tür ihrer Amsterdamer Dachkammer konkretisierte. Aber ich bin weder Nazi noch krankhaft veranlagt. Ich fühle Mitleid gegenüber traurigen Gesten, aber sie existieren, und ich möchte, daß sie mir in ihrer stummen Sprache solidarischer Schiffbrüchiger Gesellschaft leisten.

Um Ihnen zu beweisen, daß ich kein vulgärer Pornograph bin, schicke ich Ihnen keine Sammelpostkarten von Marilyn, auf denen sie nackt zu sehen ist, obwohl sich einige in meinem Besitz befinden. Ich verfüge über Abzüge fast aller wichtigen Fotos, die

Avedon, Beaton, Halsman, Kelley, Read Woodfield, Eve Arnold u. a. von ihr gemacht haben. Wenn Sie auch nur ein durchschnittliches Wissen über Fotografen besitzen, dürfte Ihnen klar sein, daß ich von der Creme der Starfotografen aus der Zeit vor zwanzig oder dreißig Jahren rede. Mein Lieblingsfoto zeigt Marilyn vor einem Hintergrund, der wie japanische Malerei wirkt; man weiß nicht, ob es eine Wand oder ein Bettüberwurf ist; sie ist von einem weichen, zerknitterten Gewebe bedeckt, drückt eine Nelke an die Brust und betrachtet uns mit dem Katzenjammer eines Anflugs von Boshaftigkeit. Es ist eine Fotografie von Beaton, aus dem Jahr 1956, und der Fotograf der Garbo hat seinen Blick verändert und sich von der monumentalen weißen Seezunge aus Schweden auf die Erotik von Zellen aus Zucker umgestellt. Am liebsten sind mir die Fotos oder die rührenden Instantbilder aus der Zeit, als sie *The Misfits* drehte, von Shiller, Newman, Woodfield oder Stern. Es ist eine angewelkte Marilyn mit wundervollen Falten im Gesicht, gepeinigtem Fleisch und den Jahresringen eines reifen Baumes am zarten Hals. Weit besser als diese Kalenderbilder, beispielsweise das berühmte Bild von Tom Kelley, auf dem Marilyn nackt über roten Satin kriecht (1949), oder jenes Werk von Richard Avedon, das sie als Lilian Russell zeigt, als perverse Radsportlerin mit blühendem Balkon (1958).

Die Titelfotos begleiten Marilyn von ihrer Geburt als Covergirl bis zur Festlegung auf ihr klischeehaftestes Image, das platinblonde Girl mit dem roten Schmollmund und dem Blick einer kurzsichtigen läufigen Hündin, die keine Gelegenheit versäumt, ihre unvollkommenen, aber vollen, herrlich üppigen Schenkel aus durchgeknetetem Fleischteig zu zeigen. Zum erstenmal sah ich sie in *Love Happy*, bei einem kurzen Auftritt mit Groucho Marx; die Szene war fast eine Vorhersage dessen, worin einmal ihre künftige Bedeutung liegen sollte, nämlich die Parodie eines Sexsymbols. In *Asphaltdschungel* wurde versucht, sie auf vollarschiges, dümmliches Küken festzulegen, aber diese Rolle war nur sechs Monate lang ihrer Biologie angemessen. Sechs Monate später war Marilyn eine ganz andere, und nachdem in *Niagara* versucht wurde, sie zur gewissenlosen Schlange à la Bette Davis, aber mit Sex, zu machen, stellte man plötzlich fest, daß Marilyn eine Parodie ihrer selbst war. Ich glaube, daß sie ihrer selbst nie sicher war und fürchtete, man könnte ihr allzusehr die Unsicherheit der Debütantin anmerken, die sich in Hollywood ihren Weg bahnt, indem sie Fellatio praktiziert, so oft es das Drehbuch von ihr verlangt, das die Tür zu Produzenten und Rollen öffnet. Sie war ein Mädchen vom Lande, sommersprossig und mit leicht gelocktem Haar, eines jener Mädchen, die nach dem Scheitern ihrer Flucht nach vorn in ihren Heimatort zurückzukehren pflegen und als Dorfprostituierte oder Ehefrau eines blinden, taubstummen Witwers enden. Als man sie in Hollywood einfärbte und ihr Fleisch mit Stärke behandelte, bis sie zu einem Abklatsch ihrer selbst geworden war, gelang es, sie an der Rückkehr zu ihren Ursprüngen zu hindern, aber den Talentjägern entging nicht, daß ihre Begabung genau darin lag, unter der ganzen Affektiertheit ihren methodischen Zweifel sichtbar werden zu lassen. Ich muß Ihnen gestehen, Marilyn schaffte es nie, daß ich eine Erektion bekam, dabei neige ich in erster Linie zu dieser Art einseitiger Erregung, und ich erinnere mich an glorreiche Momente in kinematographischer Dunkelheit, zum Beispiel damals, als ich die Tanzbewegungen von Rita Hayworth in *Salomé* verfolgte. An jenem Tag, besser gesagt an jenem Abend, nahm ich Kontakt auf zu diesem Lieblingssohn, den wir Männer nicht in uns, sondern mehr oder weniger aus uns herausragend am Südpol unseres Körpers tragen.

Es sei hier nochmals betont, daß meine abseitige Neigung zu der Monroe nicht die des gemeinen Onanisten war, der dem obskuren Objekt seiner Begierde nachstellt. Marilyn faszinierte mich, weil eine Aura von Abschied und Tod um sie war; und die Ereignisse gaben mir recht. Damals in Denver (Colorado) erwischte mich Joe di Maggio, als ich Marilyn zum erstenmal nachspionierte, schlug mich zusammen, bis ich platter war als ein Schuhabstreifer, und ich schrie, während mich die Gorillas der beiden abführten oder beschützten, ich wollte ihr das Leben retten, d. h., ich wollte sie von diesem Hang zur Selbstzerstörung beschützen, den ich als Prinzip ihrer biologischen Ironie ahnte. Da ich ihre Entwicklung zwischen *Love Happy* und *Niagara* genau mitverfolgt hatte, begriff ich, daß nicht sie diejenige war die sich nicht auf einen bestimmten «Typ» festlegen konnte (wie Gary Cooper ein «Typ» war und die Mauleselin Francis), sondern daß die Unschlüssigkeit bei jenen lag, die ihr Image aufbauten, zerstörten und neu schufen. Jede neue Phase erforderte einen neuen Macho. Der erste war dieser anonyme Landsmann, der sie zur Mutter seiner Kinder machen wollte, dieser Idiot, der nicht sehen wollte, daß die Raupe schon geschlüpft war und die Form eines Schmetterlings mit Sommersprossen und Lockenmähne angenommen hatte, der auf den Kalendern fast aller Staaten der USA seinen Nabel zeigte. Der zweite, der Mann in der Phase von Sein und Nichtsein, war di Maggio, ein strammer Bursche ohne Hirn, der mit gezücktem Baseballschläger durchs Leben stolperte und glaubte, diese Stange reiche aus, um Marilyn damit aufzuspießen und als Trophäe nach Hause zu tragen. In beiden Beziehungen hielt Marilyn von vornherein die Trümpfe in der Hand, genau wie die Mannschaften der NBA, die ihre Spiele gewinnen, ohne überhaupt aus dem Bus auszusteigen. Wirklich besorgt war ich erst um sie, als ich sie vor der Macht des Wortes kapitulieren sah, und ich ahnte, daß die Absichten des Wortes wie immer dahin gingen, Fleisch zu werden. Miller war das Wort. Die Umkehrung der Beziehung von Professor Unrat und Lola. Während im *Blauen Engel* Marlenes harter Sex die Moral und das Leben des Intellektuellen zerstört, sind es in der Wirklichkeit die Intellektuellen, die am Ende die leichten Mädchen zerstören. Die Intellektuellen sind größere Gauner als die leichten Mädchen, und vor allem gehen sie eher straffrei aus.

In den ersten Jahren ihrer Beziehung schrieb ich mehrere Briefe an Miller, anonym natürlich. Darin bezeichnete ich ihn als Marodeur, der sich als Jäger und Pygmalion aufspiele, während es ihm tatsächlich um rein körperliche Emotionen gehe, die er bis jetzt nur aus Büchern kannte oder zu Papier zu bringen gewagt hatte. An seiner Seite verarbeitete Marilyn ihre Rolle intellektuell, nachdem sie schon drauf und dran gewesen war, den Rest ihres Lebens als Farmersfrau zu verbringen (in *Fluß ohne Wiederkehr*) oder als reumütige Prostituierte (in *Bus Stop*). Denn im Grunde wartete sie immer auf einen Robert Mitchum oder Don

Murray, der sie wieder nach Hause bringen würde, während sie dem Kennedy-Clan, göttlichen Franzosen aus Papier oder Intellektuellen, die ewig mit dem Zweifel an ihrem eigenen Zweifel beschäftigt waren, einen blies und an emotionaler Auszehrung litt. Merkwürdigerweise prägten die Rollen, die sie bekam, ihre eigene geistige Entwicklung, und das Moment der endgültigen Aufgabe der Sinnlichkeit ist in *Der Prinz und die Tänzerin* festzustellen, einer Metapher ihres eigenen Lebens, egal, ob Lawrence Olivier, Bob Kennedy oder Arthur Miller den *Prinzen* spielten. Es war dieselbe Metapher wie Professor Unrat, aber mit einem Schlußakt in Technicolor, und Marilyn war im Begriff, sich ihrer eigenen Ironie zu bemächtigen, ihres molekularen Skeptizismus, den sie wohl nie intellektualisiert hat. Dann kam Miller, als sie praktisch schon geschieden waren, gerade noch rechtzeitig, um ihr in *The Misfits* den Spiegel ihrer Selbstzerstörung vorzuhalten. Die Intellektuellen sind wirklich talentiert für Grabinschriften, und fast alles, was sie berühren oder erleben, verwandelt sich unter ihren Händen in Material für ein Requiem.

Aber greifen wir den Ereignissen nicht vor! Als ich meine Manöver zur physischen Annäherung an Marilyn einleitete, war sie noch, aber auch bereits nicht mehr mit Joe di Maggio zusammen, denn Joe war nur ein Schatten der imperialen Zuchthengste der Vereinigten Staaten, ein idealer Gefährte, um Schlachtfelder zu besuchen. Der Schmetterling Marilyn hatte bei ihm Nektar gesucht und nur den unverwechselbar amerikanischen Geschmack eines Hamburgers mit Ketchup und einer Flasche Ginger-ale gefunden.

Als Marilyn ein stereotypisiertes sinnliches Produkt war, das im Supermarkt der sinnlichen Angebote neben der großen, häßlichen Matrone Jane Russell, der antastbaren Reinheit von Pier Angeli oder der übermächtigen englischen Sexualität von Ava Gardner bestehen konnte, wurde sie wiederholt der Titelseite von Zeitschriften für würdig befunden, die nicht einmal der Marilyn der Titelseiten würdig waren. Später, als ihnen die Entdeckung entglitten war und Marilyn mit *Wie angelt man sich einen Millio-*

när? oder *Blondinen bevorzugt* in der amerikanischen Sex-Komödie ihr eigentliches Element gefunden hatte, ließen die Titelseiten von ihr ab, bis die Zeit der Nekrophilie anbrach. Für Marilyn begann die Zeit der Erfüllung mit *Das verflixte 7. Jahr*, einem Film, in dem ich eine ebenso wichtige wie bislang unbekannte Rolle spielte. Aber greifen wir den Ereignissen nicht vor!

Wer hat Marilyn entdeckt? Derjenige, der ihr Ende der vierziger Jahre das Mäntelchen von Marilyn Monroe umhängte, oder der, der die Korsettstäbe lockerte, damit sie in den Komödien, die den erotischen Zynismus verherrlichen, sich selbst so nahe wie möglich kommen konnte? Abgesehen von *Niagara* und *The Misfits*, Anfang und Endpunkt ihrer Karriere, spielte Marilyn nie sogenannte «dramatische» Rollen. Die erste war konventionell, gehörte zum Stereotyp der perversen Frau, die den schwachen Mann ins Verderben stürzt, und Marilyn setzte in diesem Film nicht einmal ihre erotische Hegemonie durch. Das Publikum blieb bei der hausbackenen Erotik einer Jean Peters; Marilyn löste sexuelle und eben deshalb moralische Ängste aus. Hinter jeder Moralität steckt eine Verklemmung. In *The Misfits* spielte Marilyn unwissentlich den Schlußakt ihrer eigenen Biographie. Die Marilyn, die sich dem Zuschauer eingeprägt hat, ist die aus *Blondinen bevorzugt* oder *Manche mögen's heiß*. Sie spielt das Dummchen, das vorgibt, ihr verführerisches Potential nicht zu beherrschen, es dabei aber durchaus zu ihrem eigenen Nutzen einsetzt, auch wenn sich beim Happy-End herausstellt, daß die Männer doch nicht so dumm oder pervers sind, wie es den Anschein hatte. Damals gab ich am Norton-Elliot-Lehrstuhl in Harvard Kurse für die CIA über *Kino als Verfälschung des Verhaltens*. Ich erinnere mich an meinen Streit mit Anna Freud, der Tochter von Sigmund, die behauptete, das Kino habe keinen eigenen psychologischen Typus hervorgebracht, der von der literarischen Tradition abweiche. Das Inventar literarischer Heldinnen der französischen und russischen Literatur des XIX. Jahrhunderts floß von ihren Lippen. «Welchen weiblichen psychologischen Typus hat das Kino hervorgebracht?» – «Marilyn Monroe», antwortete ich, und die gesetzteren Kursteilnehmer brachen in Gelächter aus, da sie meinten, ich hätte mir gegenüber der geistigen Erbin Sigmund Freuds einen Scherz erlaubt. Ich klärte sie unverzüglich über ihren Irrtum auf, und es fiel mir leichter, es zu erläutern, als ihnen, es anzunehmen.

Dem Haupteinwand, Marilyn sei kein psychologischer Typus, sondern eine Schauspielerin, die mehr oder weniger als Substrat für verschiedene psychologische Typen – oder auch nur einen einzigen – diene, hielt ich die Evidenz der Tatsachen entgegen, die Hartnäckigkeit, mit der sich ihre Filme hielten – nachzuprüfen in jeder x-beliebigen Filmothek, und die von Harvard war ziemlich gut. Ich bewies, daß eine Kohärenz existierte zwischen dem Angebot einer Gestalt, also eines Typus, und dem Medium, also der eigenen Persönlichkeit von Marilyn. Diese Identifikation war unsicher, bis Marilyn direkt zur Komödie kam, aber bereits in Filmen wie *Manche mögen's heiß* oder *Blondinen bevorzugt* gelungen. Die Frau, die sich begehrt weiß, nutzt dies aus, ohne Distanz zu ihrer Rolle herzustellen. «Sie behaupten also», sagte ein australischer Stipendiat, «daß Marilyn überhaupt nicht spielt?» Genau, Marilyn spielt nicht, sie drückt sich durch eine Gestik aus, die ihre authentische Psychologie vermittelt, und der Regisseur tut nichts weiter, als sie im Sinne des Drehbuchs zu steuern. Es ging nicht wie bei Gary Cooper darum, einen menschlichen Kleiderständer auf einen psychologischen Typus festzulegen, sondern dafür zu sorgen, daß sich eine bestimmte Haltung gegenüber anderen und sich selbst frei entfalten konnte – das war der Schlüssel zu Marilyn Monroes Größe.

«Hierin liegt die Tragödie», warnte ich damals. «Marilyn wird sich umbringen, sobald sie feststellt, daß sie das Begehren der anderen nicht mehr ironisieren kann, weil sie entweder nicht begehrt wird – ein Problem, das sich im Alter stellt – oder endgültig als geiles Stück Fleisch abgestempelt ist, als brünstige Vierzigjährige, die das Gehirn zwischen den Beinen trägt.» Es kam zum Tumult in der Aula, und Seine Magnifizenz der Rektor verwies mich zunächst aus Harvard, um dann meine Verbannung aus ganz New England zu betreiben; aber zu diesem Zeitpunkt war ich bereits nach Hollywood übergesiedelt, entschlossen, meine Vorahnung in eine Warnung umzumünzen und meine Vision dem Unausweichlichen entgegenzustellen. Als Tochter einer Verrückten und Enkelin einer Verrückten – was schon weniger beschlagene Biographen aufzeigten – landete Marilyn schließlich selbst hinter den Gittern einer Irrenanstalt, allerdings nicht länger als ein paar Wochen: Sie schickte einen Hilferuf an Joe di Maggio, und dieser eilte zu ihrer Rettung herbei, obwohl sie bereits nicht mehr verheiratet waren. Ihr Leben lang ging ihr Drang nach Selbstverwirklichung, Bestätigung, in zwei Richtungen; eine davon wurde ihr verwehrt, während ihr die andere kurzfristig ebenso viel Bestätigung brachte, wie sie sich auf längere Sicht zerstörerisch auswirkte. Unerfüllt blieb ihr Wunsch, Mutter zu werden. Sie hatte ebenso viele Abtreibungen wie Männer, und ich zählte zwanzig, abgesehen von den offiziell bekannten: ihrem ersten Mann, Joe di Maggio, Miller, Sinatra, den beiden Kennedys und wahrscheinlich noch einem dritten aus diesem Clan. Sie war, was Schwangerschaften betraf, überaus wachsam; zunächst aufgrund der naheliegenden Ängste der Jugend, später wegen der Ängste ihrer Produzenten, die nicht wollten, daß die Silhouette der mächtigen Henne mit den goldenen Eiern ruiniert wurde. Fehlgeburten wie die eines möglichen Kindes von Arthur Miller waren biologische Unwägbarkeiten, die sie in tiefe Depressionen stürzten, was bei den gewollten Abtreibungen nie der Fall war. Ein Kind hätte Marilyn für die fehlende Bestätigung in der Liebe entschädigt, denn keiner ihrer Liebhaber, auch keiner ihrer Ehemänner, konnte ihr das Gefühl vermitteln, aus Liebe gebraucht zu werden. In der Tat suchten alle Männer, die sich Marilyn näherten, nur die berühmte Schwanzlutscherin; einige tarnten es als flüchtige Liebelei, andere als Literatur. Marilyn ging mit dem Stigma des leichten Mädchens durchs Kino und durchs Leben. Und sie war es auch.

Große Bestätigung dagegen fand sie darin, fotografiert zu werden. Alle Fotografen, die sich über ihre Beziehung zur Foto- oder Filmkamera äußerten, sprachen von gegenseitiger Verliebtheit. Eve Arnold, eine ihrer besten Bio- und Fotografinnen, berichtet staunend, daß Marilyn aus der tiefsten Depression auftauchen konnte, sobald das Objektiv einer Kamera sie rief. Narzißmus? Natürlich, aber ebensosehr Bestätigung ihrer Identität, die von aller Welt in Zweifel gezogen wurde. Die «Schauspielerinnen» verachteten sie als «bloße Schwanzlutscherin», die Schauspieler wollten sie in die Büsche zerren, die Regisseure brauchten sie nur, damit ihre Filme Kassenschlager wurden; selbst ein so großer und sowenig scheinheiliger Regisseur wie Huston machte keinen Hehl aus seinem Widerwillen gegen den Exhibitionismus der Monroe, die keine Gelegenheit versäumte, sich nackt vor den Kameras zu rekeln. Die Regisseure hielten sie für eine Nymphomanin, die alle Zuschauer der Welt begehrte oder mit dem gesamten Weltpublikum in ein riesiges rundes Bett steigen wollte. Das war richtig und auch nicht. Die Monroe hatte nichts dagegen, Sex zu liefern, wenn er ihre Karriere förderte, denn so war sie erzogen, aber als sie das Sexidol von Millionen von Zuschauern war, tat sie es großzügig, voller Hingabe und bestrebt, ihr Bestes zu geben und alle in den Genuß ihrer Gabe kommen zu lassen.

Und doch hörte sie nie auf, nach dem Mann zu suchen, der mit ihr leben wollte, um mit ihr Kinder zu haben, und es kam ihr nicht darauf an, ob das ein junger Puertoricaner war, dem sie auf einem ihrer verrückten nächtlichen Streifzüge nachstellte, oder der Präsident der Vereinigten Staaten persönlich, von dem sie hoffte, er würde sich von Jackie scheiden lassen und sie zur First Lady machen. Als sie sah, daß sie es bei Jack nicht erreichte, glaubte sie den Versprechungen von Bob, der in allem der zweite war. Das war der Zeitpunkt, zu dem ich die Bühne betrat. Ich war damals Mitglied der CIA und verfügte über Kontakte zu Ermittlern des FBI, die sich an Marilyns Fersen geheftet hatten, als sei sie eine Frage der nationalen Sicherheit. Sie beschatteten sie nicht nur während ihrer Beziehung zu Miller, der seit den fünfziger Jahren als Kryptokommunist galt, sondern auch nach dem ersten Flirt mit dem jungen Senator Jack Kennedy – denn der argwöhnische, schwul wirkende Hoover oder der nicht weniger argwöhnische und vielfach gehörnte Allan Dulles waren der Ansicht, daß dieses Mädchen allzu viele sensible und geheime Nerven von Schlüsselfiguren des politischen Gleichgewichts der Nation berührte. Als ich sah, wie verzagt sie nach den Dreharbeiten zu *The Misfits* war, eilte ich, wie gesagt, nach Hollywood, um das Unaufhaltsame aufzuhalten. Doch das Unaufhaltsame läßt sich nicht aufhalten.

Es ist an der Zeit, die Gründe darzulegen, die die Zuverlässigkeit meiner Darstellung der letzten Lebensjahre, -tage, -stunden und -minuten von Marilyn Monroe beweisen. Die CIA-Autoritäten, die mich mit der Überwachung beauftragten, konnten kaum ahnen, daß das Unglück Schlag auf Schlag hereinbrechen würde und daß sie mich, indem sie meiner Berufung zum Voyeur der Monroe Vorschub leisteten, zugleich glücklich machten und in Verzweiflung stürzten. Wie ich damals Leibwächter von Kennedy wurde, weil mir meine kommunistische Vergangenheit gestattete, die Kontakte zu klassifizieren und zu interpretieren, die die Kennedys zu nationalen und internationalen Machthabern pflegten, so wurde ich mit dem Fall Monroe betraut, weil ich aufgrund meiner Kenntnisse beurteilen konnte, ob so verdächtige Personen wie Henry Miller, Don Murray (er hatte während des Koreakrieges aus Gewissensgründen den Wehrdienst verweigert) oder die Kennedys ein feinmaschiges Netz um Marilyn woben oder ob sie die Spinne war, die darauf wartete, sie zu verschlingen. Umsonst bestand ich darauf, die Kennedys, Marilyn und Miller nicht als verdächtig, sondern als «normal» einzustufen. Man glaubte mir nicht. Sowohl Hoover als auch Dulles sahen in diesem Personenkreis eine finstere Bande, die entweder selbst zum KGB gehörte oder vom KGB unterwandert war. Meiner Ansicht nach waren und sind die Kennedys einfach ein paar unausstehliche Snobs, schlecht erzogen und überheblich, die von ihrem Papa und seinen Millionen ins Schaufenster der großen Politik gestellt wurden. Miller besitzt alle Fähigkeiten und Unfähigkeiten eines Intellektuellen, der die Kunst des «Ja, aber nein» und «Nein, aber doch» beherrscht, und Murray ist ein völlig harmloser Freistil-Progressiver. Aber wie wären die Gehälter der Geheimdienste zu rechtfertigen, wenn sie nicht ständig ihre eigene Notwendigkeit unter Beweis stellten?

Eine wichtige Etappe meiner versteckten Beteiligung an Marilyns Überwachung war die, in der ich stets die Wohnung über oder unter ihr anmietete. Es handelte sich nicht allein um die auditive Überwachung ihrer Beziehungen zu den Zielpersonen der CIA, sondern auch um die Befriedigung einer kleinen auditiven Perversion, die es mir mit der Zeit zu überwinden gelang. Ich wußte, mit welchem Entsetzen eine Tonaufzeichnung aus dem Besitz von Dulles aufgenommen wurde, bei der Marilyn plötzlich, inmitten eines Fototermins, rülpste und ein paar Minuten später einen volltönenden Furz fahren ließ. Wer ihr nahestand, wußte, daß Marilyn eben so war; genau, wie sie nie Unterwäsche trug – es sei denn, das Drehbuch hätte es verlangt –, war sie der Meinung, daß man den Körperwinden ihren Lauf lassen und sie nicht zu schmerzhaften innerlichen Obsessionen werden lassen sollte. Es war die einzige gasförmige Substanz, die sie aus sich herausschleuderte, und ich verfolgte die Darbietung ihrer Körpergeräusche Tag für Tag, nebst einem restringierten Repertoire anderer Töne: Telefonanrufen, Weinen und einem Lachen, das der Hysterie nahekam. Was das Telefon betraf, so war Marilyn die Hauptkundin jeder Telefongesellschaft, wo immer sie sich aufhielt. Aus der kompletten Sammlung befreundeter Fußpfleger, die ihr über ihre dreihundert täglichen Tiefs hinweghalfen, suchte sie sich stets den passenden aus, und fast immer gab es nach der orthopädischen Hilfeleistung eine Fellatio. Ich weiß es sicher, denn Marilyn besaß kein Schamgefühl und sprach ganz offen, wenn sie ihr Gegenüber für vertrauenswürdig hielt. Ihre weiblichen orthopädischen Hilfskräfte dagegen halfen ihr wunderbarerweise, ohne dabei selbstsüchtige Interessen zu verfolgen.

Von den drei Personen, die sie im Lauf ihres kurzen Lebens intellektuell unterstützten, war weder Miller, ihr Mann, die wichtigste noch Truman Capote, ein scheinbarer Freund, der sie in Wirklichkeit benutzte, um eine seiner brillantesten Erzählungen zu schreiben. Wer sie geistig am nachhaltigsten beeinflußte, war ein gewisser Bob Slatzer, ein dicklicher und mittelmäßiger Journalist, den sie in der Blüte ihrer Jugend kennenlernte, mit dem sie ein paar Wochen lang verheiratet war – geheim und in Mexiko – und der später zu denjenigen gehörte, die sich am hartnäckigsten weigerten, an einen «natürlichen» Tod

der Monroe zu glauben. Hätten sich nicht Wochen später die
Ereignisse überstürzt und wäre ich nicht in die Ermordung Kennedys verwickelt gewesen, dann hätte ich Bob Slatzer ganz sicherlich eine große Hilfe sein können; ich hätte ihn in seinem
Unglauben bestärkt, wenn nicht alle zweifelhaften Punkte im
Hergang des Todes und der ersten Stunden nach dem Tod von
Marilyn Monroe aufgeklärt. Ich kann bezeugen, daß sie *Ulysses*
nicht für eine Marke von Bruchbändern hielt, sondern wußte,
daß es sich um einen Roman von Joyce handelt, und genauso,
daß *Grashalme* kein Euphemismus für Marihuana ist, sondern
ein Poem von Walt Whitman. Dank Slatzers Einfluß hatte sie
Dichter wie Cummings, Keats und Shelley gelesen und bewunderte die Heldinnen von Dostojewski was nahelag, denn Marilyn
selbst hätte dem großen Epileptiker buchstäblich Modell stehen
können. Ein Fehlschlag ihrer Schauspielkarriere war der Versuch, die Rolle der Gruschenka in Richard Brooks' Verfilmung
von *Die Brüder Karamasow* zu bekommen; sie wurde schließlich mit Maria Schell besetzt, was sie mit einem lachenden und
einem weinenden Auge aufnahm. Die Schell leuchtete wie ein
Regenbogen, Marilyn jedoch hätte die zweifelhafte Unschuld
verkörpert, die die Gestalt erfordert, und das wußte sie im Innersten.

Daß sie die Bücher auch gelesen hatte, über die sie sprach oder
die in ihrem Bücherregal standen, ist reine Spekulation, denn niemand ist bereit, dies zu bezeugen. Sie las dicke Wälzer über religiöse und psychologische Fragen, denn sie war, vergessen wir es
nicht, Tochter und Enkelin zweier durch periphere Religionen
fanatisierter Wahnsinniger. Daß sie eine natürliche Intelligenz
besaß, geht aus der genialen Schlagfertigkeit hervor, die sie praktisch schon als Jugendliche besaß und die auch ihr Klassenbewußtsein offenbarte, d. h. ihr Bewußtsein, ein Stück wohlgeformtes und begehrtes Fleisch zu sein. Als Beleg zitiere ich hier
die Antwort auf die Frage, in welchem Alter sie die ersten sexuellen Beziehungen hatte. «Sieben Jahre», antwortete sie. Und
als der Dummkopf vom Dienst hartnäckig beim Thema blieb
und fragte: «Wie alt war er?», erwiderte sie: «Oh! Viel jünger.»
Diese natürliche Intelligenz wurde in ihrer beruflichen Umge-

bung nicht anerkannt, ihre Kolleginnen bespöttelten ihre «intellektuellen» Ambitionen, auch in den typischen derben Witzen,
die die Schauspieler bei Oscar-Verleihungen eher rezitieren als
improvisieren. Bei den Aufnahmen aus der Zeit, als ich ihr Nachbar war, sind eindeutig Geräusche, die auf Lektüre schließen lassen: Seiten, die umgeblättert werden, der Knall, mit dem ein
Buch zugeschlagen wird oder zu Boden fällt. Zuweilen sprach sie
am Telefon über ihre Lektüre, fast immer mit Miller oder Slatzer,
aber wenn sie mit dem «Anwalt», der sich als Bob Kennedy erwies, darüber reden wollte, wurde sie vom damaligen Justizmini-
ster mit so unangenehmen Bemerkungen abgewürgt wie: «Süße,
du bist doch sowieso schon kurzsichtig; verdirb dir doch nicht
noch mehr die Augen.»

Allzuviel Nachsicht wurde mit diesem makabren Zwerg namens Truman Capote geübt, der in seiner 1980 in New York
erschienenen *Musik für Chamäleons* unter dem Titel «Ein be-
wundernswertes Geschöpf» ein angebliches Interview mit Marilyn Monroe veröffentlichte. Das Porträt ist ebenso treffend wie
schonungslos, viel treffender und schonungsloser als das von
Norman Mailer, und Capote ist aufgrund seines homosexuellen
Geistes in der Lage, sich wirklich in die schillernde Seele Marilyns hineinzuversetzen. Er läßt das Interview damit beginnen,
daß Marilyn zur Beerdigung ihrer Freundin Constance Collier
zu spät kommt; der Umstand, daß sie eine ihrer besten Freun-
dinnen war, hindert Marilyn keineswegs daran, zu spät zu kommen und sich mehr mit ihrem Aussehen als mit dem Ableben der
Freundin zu beschäftigen, weshalb sie Capote nach dem Offi-
zium auffordert, mit ihr in der Kirche zu bleiben, damit die Fotografen sie nicht in einem Kostüm erwischen, das sie schrecklich
findet.

CAPOTE: «Marilyn, bitte, draußen warten jede Menge Fotografen.»

MARILYN: «Ein Foto in diesem Aufzug!»

CAPOTE: «Ich kann's dir nicht verdenken.»

MARILYN: «Du hast gesagt, es wäre genau das richtige.»

CAPOTE: «Ja, stimmt, für die Rolle als… Draculas Braut.»

MARILYN: «Du lachst schon wieder über mich.»

CAPOTE: «Seh ich aus, als würde ich über andere lachen?»

MARILYN: «Du tust es in Gedanken, und das ist am schlimmsten. (Runzelt die Stirn, nagt am Daumennagel.) «Ich hätte mich ruhig schminken können. Alle Leute hier tragen Make-up.»

CAPOTE: «Sogar ich. Spachtelweise.»

MARILYN: «Im Ernst. Es ist das Haar. Ich hätte es eigentlich tönen müssen. Aber es hätte nicht mehr gereicht, es trockenzufönen. Das kam alles so plötzlich, der Tod von Mrs. Collier und so. (Sie schob ihr Kopftuch etwas zurück, so daß ein dunkler Saum am Haaransatz sichtbar wurde.)

CAPOTE: «Ich tumber Tor! Ich glaubte immer, du wärst eine echte Blondine.»

MARILYN: «Das bin ich auch. Aber niemand ist *so* hundertprozentig echt. Weißt du was, du kannst mich mal!»

Capote ist ein Meister in der Darstellung der Instabilität des Verhaltens, der tragischen Banalität der Gefühle, denn er kennt sich selbst und überträgt den Zweifel an sich selbst auf den Zweifel am Verhalten der anderen. Er war ideal, genau der richtige, um ein Porträt von Marilyns Unsicherheit zu schaffen, einer Unsicherheit, die gegenüber Menschen wie Capote zum Spiel werden konnte, zur gemeinsam genossenen Ironie. Aber bei Falken wie den Kennedys machte sie diese Unsicherheit hilflos und ließ sie nackt dastehen, ganz nackt, auf verbrecherische Weise nackt. Nein. Es waren weder ihre Freunde noch ihre Feinde, die sie getötet haben. Aber alle zusammen halfen sie mit, daß sie sich das Leben nahm, und taten nicht mehr für sie, als ihr danach ein Höschen anzuziehen.

Als ich 1963 sofort nach dem Attentat auf Kennedy verhaftet und in dieser Irrenanstalt eingesperrt wurde, die sich vermutlich irgendwo in der Provinz Zaragoza (Spanien) befindet, geschah dies auf Wunsch einer breit angelegten Verschwörung, zu der die sichtbaren und unsichtbaren Köpfe der Geheimdienste und eine Reihe politischer und ökonomischer Mächte gehörten, die überzeugt waren, Kennedy sei ein im spanischen Bürgerkrieg rekrutierter KGB-Agent gewesen. Im ersten Moment überzeugten sie mich, daß es klüger war, für ein paar Jahre unterzutauchen, bis die Publizisten das Knäuel des Kennedy-Mordes so verwirrt hätten, daß niemand es wieder aufdröseln konnte. Dann erfanden sie, um meine Haft zu verlängern, immer neue Ausreden, die ich ihnen nie abnahm. Ich war von Anfang an der Meinung, daß man mich nicht hinter Gittern hält, weil ich Kennedy umgebracht habe, sondern wegen all der Dinge, die ich über den letzten Tag von Marilyn Monroe weiß; mehrere Autoren haben sich bereits an einer Rekonstruktion versucht, ohne jedoch die Fülle an Details zu kennen, die ich beisteuern könnte. Meine Kontakte zu alten KGB-Freunden aus Tarazona haben mir ermöglicht, über die gesamte Marilyn-Literatur auf dem laufenden zu bleiben, insbesondere darüber, was nach 1970 erschien, nach dem Tod der beiden Kennedys, die so maßgeblich an der Selbstzerstörung von Norma Jean mitwirkten. Mailer ahnt die komplexen Zusammenhänge der Sache; Anthony Summers geht in einem weniger literarischen, aber besser dokumentierten Ansatz noch weiter und deutet an, was schon alle Welt weiß – aber er tut es schriftlich: Marilyn Monroe sei im Beisein eines Quartetts gestorben, von dem mindestens zwei dem Kennedy-Clan angehört hätten.

Ich kann dies bestätigen. Die zwei Personen waren Peter Lawford und Robert Kennedy, dazu die beiden anderen Gelegenheitsprostituierten, die die beiden angeheuert hatten, um bei der depressiven Marilyn eine Orgie zu feiern. Im Verlauf der Orgie – ich verfolgte die Sache aus respektvoller Entfernung, hinter den Pitahanfstauden des *Not Swiss Motel* versteckt – explodierte Marilyn, und sie beschuldigte Robert Kennedy, sie sei von der ganzen Familie zur Hure gemacht worden, wie sie sie hier zur Hure machten, indem sie sie mit diesen Callgirls auf eine Stufe stellten. Es waren keine liebenswürdigen Floskeln, die aus den Mündern der beiden Männer kamen; das geht aus dem Tonbandmitschnitt hervor, den ich zu gegebener Zeit Allan Dulles aushändigte und von dem ich sicher bin, daß ihn Lyndon B. Johnson häufig anhörte, als er Präsident der Vereinigten Staaten geworden war. Abgesehen von anderen Nettigkeiten, sagten sie

Dinge, an die Marilyn gerade an diesem Abend nicht erinnert
werden wollte – daß sie selbst ein Callgirl sei und das Telefon nur
brauche, um zu erzählen, ob sie es im Bett oder auf dem Teppich
getrieben hätten. Lawford war noch grausamer und erinnerte sie
daran, daß sie selbst dem Journalisten Weatherby gebeichtet
habe: «Wissen Sie, wem ich immer die meiste Aufmerksamkeit
widmete? Weder den Fremden noch den Freunden, sondern dem
Telefon! Das ist mein bester Freund. Ich rufe gerne Freunde an,
vor allem nachts, wenn ich nicht schlafen kann. Ich male mir aus,
daß wir am nächsten Morgen gemeinsam aufstehen und im
Drugstore einkaufen gehen.» Und dann sagten sie ihr Obszöni-
täten aller Art über das, was sie erst im Bett und dann, am nächsten Morgen, mit ihr tun würden, wenn sie im Drugstore ein-
kauften.

Marilyn beschuldigte sie in einem Anfall von Verzweiflung,
sie würden sie neuerdings, um sie zu quälen, von Frauen anrufen
lassen, die ihr mit brutaler Gewalt drohten, wenn sie die Beziehung zu Bob Kennedy nicht abbreche. «Alte Fotze!» – «Laß
deine Finger von Bob, oder die Ratten fressen, was von deinem
angefaulten Herzen noch übrig ist.» Keiner hörte ihr zu. Marilyn
schloß sich in der Toilette ein und schluckte ein Röhrchen Nem-
butal. Nach Aussage ihres Psychiaters Dr. Greenson fand man
die Leiche am nächsten Tag im Schlafzimmer ihrer Wohnung; sie
lag auf dem Bett, halb nackt, den Telefonhörer in der Hand. Mit
wem sie zuletzt gesprochen hatte war Gegenstand von Nachforschungen, die niemand besonders ernst nahm – abgesehen von
jenen, die ihr telefonisch wiederholt den Tod angedroht hatten.
Marilyn fiel während der Orgie ins Koma, die anderen erschra-
ken, riefen einen Arzt, sie wurde per Hubschrauber in ein Krankenhaus gebracht, und dort starb sie. Damit begann die Inszenierung der Operation «Bob und seinen Schwager heraushalten»,
also die Rettung der Familie Kennedy. Das weiß ich deshalb so
genau, weil ich – nachdem ich die Ereignisse, in ständigem Kontakt mit Allan Dulles, aus nächster Nähe mitverfolgt hatte – in
dem Moment, als die Ärzte Marilyns Tod feststellten, ins Kran-
kenzimmer hereinplatzte, sehr zum Schrecken von Bob, der
ziemlich böse auf mich war. «Carvalho, was hast du hier zu

suchen!» Ich teilte ihm mit, daß Dulles über alles Bescheid wisse. Er erbleichte noch mehr, denn die beiden haßten sich und traktierten sich sogar zuweilen auf den Fluren des Weißen Hauses mit Nackenschlägen und Fußtritten. «Es geht uns jetzt darum», sagte ich, «Sie aus diesem Schlamassel herauszuholen, nicht, Sie noch tiefer hineinzustoßen!» Ich hatte bereits alles geplant. Wir legten Marilyns Leiche in den Lieferwagen einer Gebäudereinigungsfirma, der im Wohnviertel des Stars nicht weiter auffallen würde, und dann legten wir sie auf ihr Bett, wo man sie am nächsten Tag fand. Bevor wir gingen, schlug der Zyniker Lawford vor, ihr ein Höschen anzuziehen, denn es würde in der Öffentlichkeit keinen guten Eindruck machen, wenn sie nackt gefunden würde. Ich redete ihm die Sache aus. Höschen hätten bei ihr stets eine Hautallergie hervorgerufen. Das hatte sie oft genug betont. Bob gab mir recht, und es wurde nicht mehr darüber geredet.

Die Autopsie wurde Dr. Noguchi anvertraut, einem abenteuerlichen Gerichtsmediziner, der leicht zu überzeugen war, daß er mit einer hingepfuschten Autopsie von Marilyn unsterblichen Ruhm ernten würde, genauso unsterblich wie der seiner sonstigen Autopsien – Sharon Tate, William Holden, Natalie Wood, John Belushi… Beachten Sie das Datum! 1968 sollte es Noguchi sein, der den zerschossenen Kopf von Bob Kennedy untersuchte. Von Anfang an war es allen, inklusive der CIA und der Familie Kennedy wichtiger, die Sache zu vertuschen als aufzuklären, gab es doch dunkle und verdunkelnde Faktoren, als sei alles etwas überstürzt eingefädelt worden. Ich muß es doch wissen: Als ich die Szene verließ und, ein für allemal entschlossen, als sizilianisches Pferd in die Welt der Kennedys einzudringen, zu Dulles eilte, begannen die Leute, die um Marilyn herumstanden, sie anzukleiden. Sie zogen ihr für die Bestattung Höschen, Büstenhalter und ein Kleid an und schminkten sie (sie hatte verlangt, nach ihrem Tod geschminkt zu werden), wobei sie bemüht waren, das puppenhafte Image zu wahren und dafür zu sorgen, daß nichts von der Nacktheit dieses Mordes übrigblieb, den eine Menge Leute durch Gedanken, Worte, Taten und Unterlassungen begangen hatten, um alles vergessen zu können, was sie ihr verdankten, auch wenn es nur eine Fellatio war. Ich war scheinbar nur dienstlich anwesend, aber meine – ich wiederhole, nicht sexuelle – Fasziniertheit von der Monroe veranlaßte mich, diesen Zufall als einen der glücklichen Augenblicke zu betrachten, wo Beruf und Leben zusammenspielten, um mir eine Zehntelsekunde Glück und Erfüllung zu schenken. Marilyn hatte nun ihre Ruhe gefunden. Sie hatte dem Wahnsinn ein Schnippchen geschlagen, der sich ihrer Mutter und Großmutter bemächtigt hatte, und alle für immer scheitern lassen, die geglaubt hatten, sie zerstören zu können, aber in Zukunft nur noch in Abhängigkeit von der Beziehung zu ihr existieren würden.

Sie hat die Verschwörung nicht überlebt, und ich fürchte, ich werde es auch nicht schaffen. Als definitiven Beweis meiner langen Sammelleidenschaft schicke ich Ihnen die Titelbilder der verschiedenen Zeitschriften, die Marilyn als Lockvogel benutzten, und weise Sie darauf hin, daß eine Aufnahme davon, sie steckt irgendwo in einem der vier Pakete, die ich Ihnen schicke – von mir selbst gemacht wurde: das Gesicht der toten Marilyn, auf der Bahre in dem Krankenhaus, in das sie von ihren indirekten Mördern gebracht wurde. Lassen Sie die Aufnahme von Experten untersuchen, und wenn sie ihre verborgene Wahrheit bestätigen, haben sie auch meine Wahrheit bestätigt; dann werden Sie meiner Bitte nach Entlassung aus diesem sogenannten «Erholungsheim» nachkommen, das nichts anderes ist als eine Irrenanstalt. Doch ich kämpfe nicht nur um die Anerkennung meiner wirklichen Beziehung zu Marilyn, ich kämpfe auch um die Anerkennung meiner eigenen Persönlichkeit. Acht Jahre nach Beginn dieser Haft teilte mir einer meiner KGB-Leute aus Tarazona mit, daß ein verlogener Roman unter dem Titel *Ich tötete Kennedy* erschienen sei, in dem sich ein falscher Pepe Carvalho mit meinen Taten und Funktionen schmückt, denn *ich* bin der wirkliche Pepe Carvalho. Der Verfasser des Romans ist nach allem, was ich schon damals wußte und was die Jungfrau Maria kurz vor der Verleihung des Nadal-Preises Herrn Fernando Arrabal offenbarte, eine der finstersten Gestalten der Sowjetspionage in Spanien. Die sonderbare Verschwörung, der ich diese Zwangsjacke verdanke, vereint in sich komplexe Zusammenhänge, von denen den grauen Zellen der besten Analytiker schwindlig würde. Als

Fakt nenne ich mein letztes Gespräch mit dem Polizeiinspektor; er besuchte mich mit einer Miene, als sei es reine Routine, als sei ihm alles egal, ja, als sei er persönlich beleidigt, daß er mit dem Zug von Zaragoza hierherkommen mußte, und ich hatte von Anfang an keine Lust, mit ihm zu reden. Ihm genügte nicht, alle meine Erlebnisse in den Vereinigten Staaten in Zweifel zu ziehen, insbesondere den devianten Kontakt – andere interessierten ihn nicht – zu einer Marilyn, die in ihren Bildern ebenso unerreichbar war wie in ihren Geräuschen. Der unsägliche Inspektor besaß sogar die Frechheit zu bezweifeln, daß ich Pepe Carvalho bin.

«Na, dann erzählen Sie doch mal, woher Sie stammen!»

«Aus Tauste, Huesca», antwortete ich in einem Moment der Zerstreutheit, und darauf hatte ich für ihn nichts mehr zu sagen.

Puzzles

Hommage an Agatha Christie

Der Fall
der füsilierten Großmama

Biscuter war schlechter Laune. Carvalho erkannte die Stimmungslage seines Assistenten an der Art seines Singens. War er guten Mutes, hatte Biscuter die Stimme eines Huhnes mit zugedrückter Gurgel, und war seine Stimmung schlecht, sang er wie ein Huhn mit durchschnittener Gurgel. Carvalho war aus seinem Bau in Vallvidrera herabgekommen, um nachzufragen, welche Anrufe während seiner kurzen Abwesenheit hereingekommen waren. Er war den Spuren eines Löwenbändigers gefolgt, der mit dem Tresor des Zirkus, wo er arbeitete, das Weite gesucht hatte. Eine schmutzige Geschichte ohne jede Größe; der Dompteur hatte weniger Schulden gehabt als der Zirkus selbst und nach dem Knacken des Tresors feststellen müssen, daß dieser so gut wie leer war. Carvalho war seinerseits nicht in der Stimmung, die stummen Vorwürfe zu ertragen, die Biscuter während seiner Abwesenheit angehäuft hatte, und überließ ihn dem Geschirrklappern in der Kochecke seines Büros an den Ramblas. Er wollte über die Ramblas schlendern und das Labyrinth der alten Gassen durchstreifen, die von den Ramblas ausgehen, ein Gewirr schmutziger Pfade, wo er ein Jäger war, der jeden der von langweiligen Geschichten und kaputten Menschen strotzenden Winkel genau kannte. Kaum stand er auf der Straße, empfing er die Botschaft, daß alles beim alten geblieben war.

«Soll ich dich glücklich machen, Robert Redford?»

Es war derselbe wie immer. Ein ehemaliger Lastwagenfahrer, als perverse Puppe verkleidet und mit so billigem Puder geschminkt, daß seine Haut wie eine Weltkarte aussah, die ebenso viele Berge wie Abgründe zeigte.

«Ein andermal, Jane Fonda.»

«Nie sagst du ja, mein keusches Reh; du bist keusch wie der heilige Joseph.»

«Hier hast du fünfhundert Peseten. Hol dir was zu trinken, damit du mich vergessen kannst!»

«Trinken? Ich geh lieber und hol mir ein Baguette mit sauren Miesmuscheln; es ist nämlich vierundzwanzig Stunden her, daß ich nichts im Magen habe. Danke, o du Großzügiger!»

Ein Grüppchen Arbeitsloser verfolgte die Arbeit eines jungen Malers auf dem Pflaster der mittleren Promenade. Er malte ein Heiliges Herz Jesu, das eher Entsetzen als Mitleid einflößte, aber die Leute verfolgten das Hin und Her seiner Farbkreiden mit der magischen Gebanntheit, die jeder Schaffensprozeß erzeugt, sei der Schöpfer nun Steineklopfer oder Heiliges-Herz-Jesu-Maler. Nicht weit von dem Maler scharte ein angeblicher Fakir ebenfalls Publikum um sich; er drohte den Passanten, seine schlanke und schmutzige Nacktheit zu enthüllen, um sich auf einem Bett voller Glasscherben auszustrecken, währenddessen er ein Haarwuchsmittel anpries, das zuverlässiger sein sollte als die Einkommensteuererklärung der Königin von England. Carvalho kehrte den vielen Angeboten und Nachfragen den Rücken und hatte gerade beschlossen, zum Hafen zu gehen und seinen Blick im schmutzigen Wasser, der schmierigen, öligen Vorhut sauberer, weit entfernter Meere, zu erfrischen, als er eine Gestalt an seiner Seite wahrnahm. Als er sich umschaute, stellte er fest, daß eine Frau versuchte, mit ihm Schritt zu halten, und dabei Mut sammelte, um ihn anzusprechen. Sie war blond, eher vierzig als zehn Jahre alt – mit allen Vorteilen, die dies mit sich bringt – und zweifelsfrei Ausländerin, was Carvalho feststellte, als sie zu sprechen begann.

«Sie sind Señor Carvalho?»

«Und Sie sind nicht zufällig Stanley?»

Die Blondine war verwirrt, und ihre Wimpern flatterten mit einer Aufrichtigkeit, die die schönsten Blondinen nicht besitzen.

«Mein Name ist Brigitte, Brigitte Debray.»

«Haben Sie mich am Gang oder an den Ohren erkannt?»

Offensichtlich gehörte der Sinn für Humor nicht zu den auffälligsten Tugenden dieser Blondine, denn ihre Verwirrung wurde noch größer, und sie versuchte, sich zu rechtfertigen.

«Ich meldete mich bei Ihnen im Büro, als Sie gerade ausgegangen waren, und Ihr Sekretär beschrieb Sie mir, damit ich Sie erkenne, falls wir uns auf der Straße begegnen.»

Biscuter ließ keine Gelegenheit aus, seinen Rang zu erhöhen.

«Mein Sekretär ist ein Ausbund an Scharfsinn.»

«Ich muß mit Ihnen sprechen, aber nicht hier.»

«Gefällt Ihnen das Meer?»

«Ich liebe es.»

«Würden Sie gerne eine Schwalbe besteigen?»

«Ich verstehe nicht.»

«Folgen Sie mir, dann verstehen Sie, was ich meine.»

Carvalho nötigte die Blonde, mit ihm den unübersichtlichen Kreisverkehr um das Kolumbusdenkmal zu durchqueren; sie erreichten die Muelle de la Paz und gingen zur Anlegestelle der «Schwalben». Dabei handelt es sich um Barkassen, die die Mole mit dem Wellenbrecher verbinden und den Passagieren einen Eindruck vom Hafen von Barcelona verschaffen; sie fahren im Schutz oder unter der Bedrohung der riesigen Schiffe, die hier beladen, entladen oder abgewrackt werden, und gleiten vor einer Skyline von Silos und Lagerhallen durch undurchsichtige Fluten, die die überraschenden oder grausigen Geheimnisse jedes Hafens verbergen.

«Alle Häfen der Welt sind voller mysteriöser Leichen. Manche sind mit den Füßen an einen Zementblock gefesselt, andere sind selbst Zement.»

«Ist das nicht eine Legende aus New York, die in die ganze Welt exportiert wurde?»

«In jeder Legende steckt ein Körnchen Wahrheit.»

Die Barkasse hatte abgelegt, und obwohl die bloße Erscheinung der Frau für Carvalho genügt hätte, um sich angeregt zu fühlen, mußte er wissen, aus welchem realen Grund sie ihn angesprochen hatte. Also vergaß er die Attraktivität dieses ziemlich üppigen Körpers mitsamt dem Duft und der Wärme von Frau und Eau de Rochas und kam direkt zur Sache.

«Sind Sie auf der Jagd nach Männern?»

«Warum sagen Sie das?»

«Sind Sie auf allen Straßen Europas hinter arbeitslosen Passanten her?»

«Ich glaube, Sie haben ein falsches Bild von mir.»

Ganz offensichtlich hatte sie keinen Sinn für Humor.

«Ich frage Sie nach dem Grund Ihres Erscheinens, oder sagen wir, Ihres Besuchs.»

«Ah, verzeihen Sie bitte. Ich dachte, Sie wollten…»

«Von jetzt ab will ich mich ganz direkt ausdrücken. Also, zunächst einmal: Was wollen Sie von mir?»

«Vielleicht wird es Sie überraschen, was ich Ihnen jetzt sagen werde. Sie werden sicherlich nicht oft in so ungewöhnlichen Fällen konsultiert wie dem, für den ich Sie engagieren will. Ich hatte eine Großmutter.»

«Ich auch. Wer nicht?»

«Aber ich habe sie nie kennengelernt. Meine Großmutter starb 1915.»

«Mein Beileid.»

«Danke.»

«Und woran ist sie gestorben?»

«Exekutiert.»

Carvalho musterte sie nun mit noch größerer Aufmerksamkeit, als könne er aus ihrem Aussehen Rückschlüsse auf die Irrenanstalt ziehen, aus der sie entflohen war. Aber sie blieb dieselbe Blonde – einiges über dreißig, üppig, aber nicht zu üppig, nach Eau de Rochas duftend und in den Augen die kommunikative Unschuld dessen, der sich Witze dreimal erklären lassen muß. Also nahm Carvalho die Prämisse, so schlicht und ergreifend, wie sie war: die Großmutter der Dame war 1915 gestorben, an einer Exekution.

«Es geschah während des Ersten Weltkriegs.»

«Ihre Großmutter nannte sich nicht zufällig Mata Hari?»

«Unterbrechen Sie mich nicht, ich bitte Sie! Es fällt mir selbst schon schwer genug, die Geschichte als wahrscheinlich zu akzeptieren. Ich kenne die Geschichte schon mein Leben lang, und sie war für mich nie mehr als eine Art Märchen, eine Erzählung von längst vergangenen Dingen. Stellen Sie sich vor, meine Mutter kannte sie auch nicht, denn sie war kaum ein Jahr alt, als sie erschossen wurde. Aber der Schatten dieser Frau lastete auf ihrem Leben, und ich glaubte, mich davon befreit zu haben, bis ich volljährig wurde und nach und nach feststellte, daß sie mich verfolgt, daß sie ein lebender Schatten ist, der an mir zerrt und mich ständig um dasselbe bittet, jeden Tag mehr.»

«Was will dieser Schatten von Ihnen?»

«Die Wahrheit. Meine Mutter versuchte mir zu erklären, daß etwas Geheimnisvolles und Dunkles meine Großmutter vor das Exekutionskommando gebracht habe und daß ihr Vater stets daran geglaubt habe, daß sie unschuldig in etwas hineingeraten sei, das ihre Kräfte überstieg. Ich betone, daß ich diesen fixen Ideen meiner Mutter oder meines Großvaters, den ich kannte, nie viel Bedeutung beimaß, bis ich plötzlich feststellen mußte, daß die Geschichte meiner Großmutter, das, was ich ihren ‹Schatten› nenne, noch immer drohend auf meinem Leben liegt. Also, kurz und gut, ich habe einen Sohn, der jetzt das richtige Alter für den Militärdienst erreicht hat. Ja, wundern Sie sich nicht! Ich habe sehr jung geheiratet.»

Carvalho hatte sich nicht gewundert, gab aber vor, sprachlos zu sein angesichts der unverhältnismäßig jugendlichen Mutter.

«Ich habe zu früh geheiratet und mich zu spät scheiden lassen. Aber das tut jetzt nichts zur Sache. Tatsache ist, daß meinem Sohn, als er seinen Militärdienst antrat, indirekt das Stigma seiner Großmutter übertragen wurde. Sie wissen ja, wie es in diesen geschlossenen Welten zugeht. In Frankreich hat die Armee den Fall Dreyfus immer noch nicht verarbeitet und erst kürzlich die Aufstellung einer Dreyfus-Statue in einer Kaserne verboten. Mein Sohn hat unter den Folgen zu leiden. Er sieht sich von einem Klima des Mißtrauens und der Feindseligkeit umgeben, als gehöre er zu einer fluchbeladenen Rasse. Der Rasse der Spione.»

Sie nahm einen tiefen Zug Salzluft, wie um den Grund ihrer Lungen von Bitterkeit und unsichtbaren Spinnweben zu reinigen.

«Merkwürdig, wie lange man manchmal unbemerkt von etwas betroffen ist, bis es dann über einen hereinbricht. Die Geschichte ist ganz einfach. Meine Großmutter war, genau wie mein Großvater, in der Zeit vor dem Ersten Weltkrieg sehr deutschfreundlich. Er war Philosophieprofessor, und meine Großmutter war ebenfalls eine gebildete und sehr musikbegeisterte Frau. Es ist nicht verwunderlich, daß sie über Philosophie und Musik dazu kamen, Deutschland zu verehren. Sie wurden Mitglieder einer Organisation von Kriegsgegnern und traten gegen die deutschfeindliche Haltung auf, die in Frankreich seit dem Krieg von 1870 herrschte. Als es dann die Deutschen waren, die den Krieg begannen, blieb ihnen nichts anderes übrig, als zu verstummen. Aber meine Großmutter gab sich nicht damit zufrieden, stumm abzuwarten, bis die schlimmen Zeiten vorüber waren. Sie schloß sich einem mit Deutschland verbundenen Spionagering an.»

«Also stimmt es, daß sie eine Spionin war.»

«Ja. Aber die Schande, die uns verfolgt, resultiert nicht so sehr aus der Tatsache, daß sie aus, sagen wir mal, ideologischen Gründen eine Spionin war, sondern weil sie für einen Mord verantwortlich gemacht wurde. Ein Staatsverbrechen, das die Franzosen schaudern ließ. Die Regierung hatte einen hohen Beamten in den deutschen Spionagering eingeschleust; er wurde enttarnt, und schließlich bekam meine Großmutter den Befehl, ihn zu verführen und unschädlich zu machen. Dies hat sie stets zurückgewiesen. Es stimmt, sie hat ihn verführt, sie waren ein Liebespaar, und sie wußte auch, daß er ein falsches Spiel spielte, aber umgebracht hat sie ihn nicht.»

«Das waren Leute! Man mordete ohne viel Federlesens.»

«Zeiten historischer Not bringen Fanatiker und Taten hervor, derer wir in normalen Zeiten nicht fähig wären. Aber vielleicht verstehen Sie besser, worum es geht, wenn Sie die Hauptperson sehen.»

Sie öffnete eine jener Handtaschen, in denen Frauen ein gut Teil ihres Lebens nach unentbehrlichen Bestandteilen ihrer selbst suchen, eine Tasche wie ein Faß ohne Boden, wo nichts an dem Ort ist, wo es sein sollte, und in der Tat war ihr Rock nach fünfzehn Minuten ein Präsentierteller von allem, was sie in dieser Tasche bei sich hatte, bis auf die Fotos, die sie Carvalho zeigen wollte. Endlich stieß sie einen kleinen Freudenschrei aus, und in ihren Augen leuchtete eine Art innerer Glühbirne auf. Sie hatte das Versteck der Bilder aufgespürt: ein kleines Seitenfach außerhalb der Tasche. Fotos, alt und zitternd wegen der Rührung, die die Hände der Vorzeigerin ergriffen hatte. Während Carvalho jedes einzelne Bild ins Licht hielt, das durch das Seitenfenster der «Schwalbe» hereindrang, legte er im Geist ein Verzeichnis des Gesehenen an, als sollte sein Kopf in der Lage sein, die Collage später zu reproduzieren.

– Foto einer Dame mit aus der Form geratener, wenn auch immer noch ziemlich guter Figur, gekleidet wie die Prinzessin von irgendwas. Kein Zweifel, ein Karnevalsfoto der Großmutter.

– Gruppenbild mit Dame. Herren aus der Zeit zu Anfang unseres Jahrhunderts, und dieselbe Dame posiert zwischen ihnen, aber etwas erstaunt, als sei sie von der Momentaufnahme überrascht worden, obwohl es schwierig war, davon überrascht zu werden, bei der Art, wie in den ersten Jahren unseres Jahrhunderts fotografische Aufnahmen gemacht wurden. Der Blick der Dame war nach rechts gerichtet, auf einen großen blonden Mann, der sich als Teilnehmer der ersten oder zweiten olympischen Spiele kostümiert hatte.

«Das ist der Mann, in den sich meine Großmutter verliebte. Er trat als Yankee auf, war aber ein französischer Offizier, Sohn einer Nordamerikanerin und großer Musikliebhaber, deshalb gewann er das Vertrauen meiner Großmutter, denn er tat, als teile er ihre Leidenschaft für die große deutsche Musik des XIX. Jahrhunderts, besonders für Wagner.»

– Die dritte Fotografie war die kurioseste. Sie zeigte eine Art Tisch, auf dem verschiedene Gegenstände, in vollkommener Weise angeordnet, einen geheimen Code zu enthalten schienen: ein Revolver, ein Kompaß, ein Fernglas, ein Telefon, eine Taschenuhr, eine Lampe, ein Wimpel, ein Granatapfel und im Hintergrund des Arrangements eine Karte von Europa. Weit im Hintergrund sah man einen Kleiderständer mit zwei Militärmützen und ein Propagandaplakat aus jener Zeit.

Carvalho konzentrierte sich vor allem auf das dritte Bild, und ab und zu musterte er mißtrauisch das Gesicht der Frau, die es ihm zeigte, und sah nach, ob etwas Neues den gierigen Ausdruck abgelöst hatte, mit dem sie die sozusagen stummen Betrachtungen Carvalhos verfolgte.

«Ist das alles?»

«Nein. Es gelang mir, einen Überlebenden der Gruppe ausfindig zu machen.»

«Ist das ein Witz? Wo haben Sie die Person gefunden, in einem ägyptischen Grab, als Mumie?»

«Denken Sie daran, es waren junge Leute, die damals, im Jahr 1914, um die Zwanzig waren.»

«Das heißt, der Überlebende ist ungefähr hundert Jahre alt.»

«Richtig, und er befindet sich hier in Spanien. Er entging der Verhaftung im Jahr 1918, als es zur deutschen Niederlage kam, aber 1939 fing er an, wo er aufgehört hatte, er spionierte wieder für die Deutschen gegen die Alliierten, und als Deutschland ein zweites Mal besiegt wurde, entschied er sich für das Exil in Spanien. Hier fanden viele Zuflucht vor den Konsequenzen der Niederlage im Zweiten Weltkrieg. Es handelt sich um den Baron Colby. Er wohnt in einer seltsamen, versteckten Wohnung an der Costa Brava und liegt im Sterben. Ich habe lange gebraucht, um ihn zu finden, und er ist bereit, mich zu empfangen. Na ja, nicht mich, sondern uns.»

Die «Schwalbe» legte schon am Wellenbrecher an, und zusammen mit der Neuigkeit, daß er an die Costa Brava fahren sollte, erreichten Carvalho Schwaden von *mejillones a la marinera**; das typische Aroma, das man auf dem Wellenbrecher zu riechen pflegt, dank und aufgrund eines volkstümlichen Restaurants, das alle Argonauten der «Schwalben» mit *mejillones a la marinera* versorgt. Er hatte den Auftrag der Frau weder angenommen noch abgelehnt, unter anderem, weil es ein impliziter Auftrag war.

«Mir ist noch nicht klar, welche Rolle ich in dieser Geschichte spielen soll.»

«Ich will, daß Sie herausfinden, wer den Regierungsagenten wirklich umgebracht hat und warum meine Großmutter da hin-

---

* Miesmuscheln in Weißwein gekocht

eingezogen wurde. Nur so werden wir den düsteren Schatten tilgen, der seitdem auf der Familie lastet.»

Carvalho gab ihr eine eloquente Schilderung seiner Tarife und fügte hinzu, damit die Blonde sich keinen Illusionen hingab: «In Fällen aus dem realen Leben gilt ein Tarif, der den realen Lebenshaltungskosten angepaßt ist, aber in archäologischen Fällen wie dem, in dem Sie mich konsultieren, gilt eine höhere Summe. Ich bin Privatdetektiv, kein Archäologe.»

«Ich werde bezahlen, was Sie verlangen. Major Colby ist hier, in Katalonien, und Sie scheinen mir der richtige Mann zu sein, um die Wahrheit ans Licht zu bringen.»

Anderthalb Stunden später hatte Carvalho seine persönliche und berufliche Welt geordnet. Er hatte Biscuter mitgeteilt, daß er an die Costa Brava fahre, und dasselbe mit Charo getan, denn eine Ahnung sagte ihm, daß sich der Aufenthalt eventuell lange genug hinziehen würde, um Hotel, Zimmer und Bett mit der herrlichen Enkelin ihrer Großmutter und Tochter ihrer Mutter und Mutter eines Sohnes, der beim Militärdienst in Frankreich Probleme bekommen hatte, zu teilen. Er hatte diese Kleinigkeiten am Telefon geregelt, und sie näherten sich bereits der Küste, als er Brigitte vor eine grundsätzliche Entscheidung stellte.

«Entweder, wir essen vor der Begegnung mit Colby, was wohl unseren Geist beruhigen wird, vielleicht sogar allzusehr, oder wir essen danach, was bedeutet, daß wir riskieren, gar nichts und vor allem nichts Gutes zu essen zu bekommen.»

«Das überlasse ich ganz Ihnen.»

«Zufällig kommen wir durch La Bisbal, wo es noch ein Lokal im Stil der guten alten Zeit gibt, LA MARQUETA. Die Familie Savalls versorgt ihre Gäste gut, ohne allzuviel Zeremoniell, d. h. nur so viel, wie zu ausgezeichneter Hausmacher-Küche paßt.»

«Ich bin nicht anspruchsvoll, was die Küche betrifft.»

«Eine Französin, die in Fragen der Küche nicht anspruchsvoll ist, sollte ihre Nationalität verlieren.»

Aber er fuhr nicht fort in seiner Kritik, denn die Frau hatte weder Sinn für Humor, noch fühlte sie sich schuldig, nur weil sie einen Gaumen wie eine Luffagurke hatte. Als sie sich aber in Savalls' Landgasthaus niedergelassen hatten und eine Ungeheuerlichkeit nach der anderen auf dem Tisch erschien – Hausmacher-Wurstwaren vom Kaliber eines *cap de llom*, Gerichte mit dicken Bohnen und sogenannten *butifarras de perol**, Hähnchen mit Kaisergranat und Kalbfleisch mit Pilzen –, erwachte Brigittes Gaumen, und ihre Haut nahm diesen rosigen Ton an, der exzellente Nach-Tisch-Gespräche verspricht, denn er zeigt an, daß sich der Körper von seinen Korsetts und Einschnürungen befreit und bereit ist zu feiern, wie im Geiste also auch im Fleische.

Carvalho beklagte den Umstand, daß er ein tieferes Kennenlernen der Dame noch aufschieben mußte, und beschränkte sich, obgleich ebenso gerötet und erhitzt wie sie, darauf, es ihr an guter Laune gleichzutun, während sie die fehlenden Kilometer zu Colbys festungsartigem Wohnsitz zurücklegten; er lag in den Ausläufern des weißen Berges, der den Hafen von L'Estartit und die Ebene von Torroella de Montgrí beherrscht.

«Diesen Berg nennen die Einheimischen *l'anell del bisbe*, was soviel heißt wie ‹der Bischofsring›, denn wenn sie genau hinsehen, werden Sie feststellen, daß er wie ein liegender Bischof aussieht, mit Mitra und über dem Bauch gefalteten Händen, und an einer Hand ragt etwas wie ein Ring hervor. Es ist der Rest eines Schlosses, eines der vielen Schlösser, die die Invasionstruppen von Philipp V. in Katalonien zerstörten, damit das besiegte Land sich nicht mehr verteidigen konnte.»

«War das auch im Krieg Anno vierzehn?»

«Ja, aber Anno siebzehnhundertvierzehn, nicht neunzehnhundertvierzehn. Damals haben sich die Großmütter noch nicht mit Spionage beschäftigt, sondern Pullover gestrickt und *cap-i-pota con sanfaina*, unser Nationalgericht, gekocht.»

Etwas angeheitert mußte Carvalho schon sein, um sich zu derlei substanzlosen Bemerkungen hinreißen zu lassen, und die Dame mußte etwas fröhlicher geworden sein, denn sie brach in unangemessenes Gelächter aus und bedachte Carvalhos Arm mit einem liebevollen Streicheln, das einen wundervollen Sonnenuntergang verhieß. Schon hatten sie die versteckte Residenz erreicht, und an der Pforte empfing sie eine traurige Gestalt, ein mit

---

* katalanische Blutwurstspezialität aus der Gegend von Gerona

Haut überzogenes Skelett, das sich als Sohn des Barons von Colby vorstellte, obwohl er mit seinem Aussehen vorauszuschicken schien, er sei in Solidarität mit dem Vater gealtert. Der richtige Baron sah aus wie der Sohn, allerdings dem höheren Alter entsprechend mit zusätzlichen Hautfalten ausgestattet, die bei ihm gewachsen waren wie bei Bäumen die Jahresringe oder bei Beamten der Pensionsanspruch. Der Ältere der beiden ruhte auf einem Liegestuhl mit erhöhter Rückenlehne, damit er ruhen und zugleich mit den stechenden Augen, die sich hinter einem komplizierten Geflecht von Runzeln öffneten, beobachten konnte, was um ihn herum geschah. Als Brigitte sich vorstellte, nuschelte der Alte, sie sei ganz die Großmutter, was sich sofort als falsch erwies, wenn man das Foto mit der wirklichen Dame verglich. Und als sie zu der kritischen Frage kamen, wer den Regierungsagenten getötet habe, schien Colby jegliches Interesse an der Unterhaltung zu verlieren; Brigitte brachte kein Wort mehr aus ihm heraus. Das war der Zeitpunkt, zu dem sich Carvalho einschaltete. Er zog einen Stuhl heran, setzte sich neben das rechte Ohr des Alten, der ihn alarmiert und neugierig betrachtete, legte sich die Hände wie einen Schalltrichter um den Mund und begann in das sozusagen erzitternde Ohr dessen, was von dem Baron noch übrig war, hineinzurufen.

«Ich jage die Kriegsverbrecher der beiden Weltkriege und einiger Kriege des letzten Jahrhunderts! Wenn Sie nicht sprechen, liefere ich Sie den alliierten Behörden aus, und Sie bekommen ein Militärgerichtsverfahren!»

«Wird man mir dieses Haus wegnehmen?»

«Alles.»

«Was wollen Sie wissen?»

«Zunächst einmal erklären Sie mir, wer die Personen auf diesem Foto sind!»

Der Alte lieferte eine schnelle und lustlose Erklärung, wenn ihn auch zuweilen versteckte Unterschiede in seinen Urteilen verrieten und er das eine oder andere Konterfei genauer erklärte als die übrigen.

«Madame Bernadette de Delaunay, die Großmutter dieser Dame. Sie dürften bereits hinreichend über sie informiert sein.

Der große, blonde Junge ist Foster Tucker, der, wie sich herausstellte, ein Agent der Regierung war und von Bernadette ermordet wurde...»

«Das ist nicht wahr!» schrie Brigitte leidenschaftlich.

«So steht es aber in jedem Geschichtsbuch, meine Liebe!
Tucker war ein sehr fescher junger Mann; er trug stets eine
französische Militärmütze und den Hemdkragen offen, Sommer wie Winter, wie ein alter Seebär, dem kein Unwetter etwas
anhaben kann. Wir hatten vereinbart, uns stets ähnlich zu klei-
den, um uns besser zu erkennen, wenn wir uns in der Öffentlichkeit trafen. Tucker trug eine französische Militärmütze, ich
eine russische, François Gervais etwas, das er als Baskenmütze
bezeichnete, das aber eher wie ein Tablett aussah, und Dieter,
der vierte im Bunde, der älteste und gewissermaßen der Chef –
ein Österreicher, der die französische Staatsbürgerschaft angenommen hatte –, das war wirklich ein Schrank von Mann, er sah
aus wie ein Brauereipferd, und er trug einen Tirolerhut. Nach
den Grundregeln der Spionage durften wir nichts tragen, woran
uns jemand erkennen könnte, aber im Paris von 1914, 1915 oder
1917 wäre man dann am meisten aufgefallen, wenn man sich
ohne Kopfbedeckung gezeigt hätte. Trotz des Krieges war die
Stadt sehr kosmopolitisch, wir erlebten den Neubeginn des realen Internationalismus mit, der schließlich zum Ausbruch des
Zweiten Weltkrieges führen sollte. Paris war die Welt.»

Nun zog Carvalho aus der Tasche seines Jacketts die restlichen Fotos, die ihm Brigitte gegeben hatte, und legte sie dem
Alten einzeln vor. Die, auf denen Personen zu sehen waren,
zeigte er ihm länger, aber das Stilleben mit den vielen Gegenständen hielt er ihm nur kurz unter die Nase und zog es schnell
wieder zurück, obwohl der Alte mit der Hand danach greifen
wollte.

«Kannten Sie diese Bilder?»

«Die mit Personen ja, denn wir machten einige Aufnahmen,
bevor wir die Gruppe auflösten, mit einem Apparat, den Lulu
mitgebracht hatte; Lulu, das war der Kampfname von Bernadette. Das Foto von dem Tisch mit der Landkarte dürfte Bernadette nicht vor Ende der Versammlung gemacht haben.»

«In der Tat. Es fand sich unter ihren persönlichen Gegenständen.»

«Ich verstehe nicht, was an diesem Foto interessant sein sollte.»

«Um welche Uhrzeit wurde das Verbrechen begangen?»

«Laut Aussage der Gerichtsmediziner – allerdings waren damals die Methoden der kriminologischen Untersuchung noch nicht so hochentwickelt wie heute – um Mitternacht. Punkt zwölf Uhr, fast auf die Minute.»

«Auf der Uhr, die auf dem Foto zu sehen ist, kann man sehen, um welche Zeit es aufgenommen wurde. Halb zwölf.»

«Ja. Das muß gewesen sein, kurz bevor alle gingen.»

«Alle?»

«Ich glaubte, es seien alle gewesen, denn so war es vereinbart. Später erfuhr ich allerdings, daß es nicht so war. Als ich in einem herrlichen Renault den Ort verlassen wollte – es war das Auto, das ich in meinem Leben am meisten geliebt habe –, ließ ich den Chauffeur noch einmal anhalten, denn ich hatte den Widerschein eines Brandes gesehen; er ging von dem Haus aus, wo wir uns getroffen hatten.»

«Sie fuhren mit Chauffeur zum Spionieren?»

«Ein Colby verzichtet nie auf sein Personal.»

«Welche Erklärung gaben Sie dem Chauffeur?»

«Er nahm an, es sei ein, sagen wir mal, galantes Treffen. Vergessen Sie nicht, daß eine Dame dabei war.»

«Eine Dame für vier Herren.»

«Der arme Maurice, er kam kurz darauf bei einem Unfall mit eben diesem Auto ums Leben. Er hatte die Handbremse nicht richtig angezogen und wurde überrollt.»

«Erzählen Sie uns der Reihe nach, was in jener Nacht geschah!»

«Wir hatten eine heftige Diskussion über den Einsatz chemischer Kampfstoffe gehabt. Die Alliierten schrieben ihn den Deutschen zu und die Deutschen den Alliierten, aber es war unbestreitbar, daß die durchschlagendste Reaktion oder Aggression von der deutschen Seite ausgegangen war. Uns war bereits bekannt, daß Tucker ein Regierungsagent war, und wir alle nutz-

ten unsere Ablehnung der chemischen Waffen als Vorwand, um
mit der Spionage aufzuhören. Mir selbst war es schnurzegal, denn
Kriege gewinnt man, indem man tötet, und die wirksamste Waffe
verkürzt den Krieg. Aber wir hatten es so vereinbart, um den
französischen Nachrichtendienst irrezuführen. Wir verließen alle
den Versammlungsraum, nur Bernadette und Tucker blieben zurück, um sich, wie wir annahmen, zu verabschieden. Dann kam es
zu dem Brand, und ich erfuhr aus den Zeitungen von dem Prozeß.
Wir anderen Mitglieder der Gruppe waren zu diesem Zeitpunkt
alle untergetaucht, und nur Bernadette wurde verhaftet, denn sie
hatte sich für ihre Rendezvous mit Tucker unzuverlässiger Ab-
steigen bedient, Stundenhotels, und eine der «Wirtinnen» hatte
sie erkannt. Die offizielle Erklärung wurde von allen akzeptiert.
Bernadette hatte sich mit Tucker gestritten und ihn getötet. Dann
zündete sie das Haus an, um die Leiche und andere Spuren zu
vernichten, aber einige Anwohner waren zu früh zur Stelle. Tuk-
kers Leiche war vom Feuer noch nicht erreicht worden. Sie war
praktisch das einzige, was noch nicht vernichtet war.»

«Das war alles, oder?»

«Jawohl.»

Er schloß die Augen, Opfer einer Erschöpfung, die durch die
Situation hervorgerufen war, aber auch einer Erschöpfung, die
sich im Lauf seines über neunzigjährigen Lebens angesammelt
hatte. Ein seltsames Lächeln huschte über Carvalhos Gesicht,
während das schöne Gesicht seiner Klientin Enttäuschung zeigte.
Sie versuchte, dem Alten noch etwas zu erklären, aber sowohl der
Sohn als auch Carvalho selbst drängten sie, die Sache seinzulas-
sen.

«Alles, was wir wissen wollten, wissen wir bereits.»

Brigitte schluckte den Protest, der ihr auf die Lippen drängte,
hinunter, brach aber, als sie das Haus verlassen hatten, in Tränen
aus, und Carvalho mußte, um sie zu trösten, auf eine traditionelle
Methode zurückgreifen, derer er sich nur höchst selten bediente.
Er umarmte sie und murmelte leise Worte der Ermutigung, Be-
ruhigung, Ruhe und Geduld.

«Es war alles umsonst. Alles ist so unklar wie zuvor.»

«Irgend etwas sagt mir, daß das nicht richtig ist. Aber wir müssen der Sache Zeit lassen. Der Tag ist noch nicht vorbei, aber hier läßt sich gut sein. Ich lasse Ihnen die Wahl, ob wir nach Barcelona zurückkehren oder hier übernachten, in der Nähe dieser alten Mumie, für den Fall, daß sie uns eine neue Eingebung schickt.»

Brigitte ließ sich trösten und zuckte die Achseln. Es war ihr gleichgültig, aber die Hingabe ihres Körpers ließ erkennen, daß sie lieber mit Carvalho am Meer und in der Nähe der schwachen Hoffnung, die noch blieb, übernachten wollte, anstatt mit enttäuschten Hoffnungen nach Barcelona zurückzukehren.

Zunächst machten sie einen melancholischen Rundgang durch den Hafen von L'Estartit, um die Zeit, als die Touristenboote von den einsamen Buchten des Nordens, in der Nähe der Bucht von Rosas, zurückkehrten, aber auch aus südlicher Richtung; dort lag der lange Strand von Pals, wo die Antennen von Radio Liberty von einer andersartigen Spionage zeugten, einem Krieg von Gedanken und Informationen, der mit Hertzschen Wellen komplementär zum ideologischen Krieg der Menschen geführt wurde. Wie anders war der Rhythmus dieser Vergnügungsboote als der der Fischerboote, auf denen gearbeitet und der morgendliche Fang vorbereitet wurde, um auszulaufen und die Fischernte des Meeres einzubringen. Carvalho und seine Dame ließen sich von der trotz des herrlichen Sommertages melancholischen Abendstimmung anstecken, und es kam die Zeit der Vertraulichkeiten; sie erzählte von ihrer gescheiterten Ehe, der Familienschande und dem Vertrauen und der Hoffnung, die sie auf ihren Sohn setzte, das einzige, was sie mit der Zukunft verband und sie anspornte, sich gegen die Vergangenheit zu wehren. Carvalho hätte ebenfalls persönliche Geschichten zu erzählen gehabt, schwieg aber. Er lenkte das Gespräch auf die anekdotische Seite seiner Existenz als Privatdetektiv.

«Manchmal zünde ich sogar im Sommer ein Feuer in meinem Kamin an, um ein Buch zu verbrennen.»

«Bücher verbrennen? Wozu?»

«Ich habe mich früher zu sehr auf sie verlassen, und sie lehrten mich weder zu leben noch alt zu werden. Sie werden mich auch nicht vor dem Verfall und dem Tod retten.»

«Welches Buch hätten Sie heute verbrannt?»

«Wahrscheinlich einen Spionageroman. Ich glaube, ich habe noch eine alte Ausgabe von *Der Spion, der aus der Kälte kam*, oder einen alten Roman von Ambler, dem Vater des modernen Spionageromans.»

Die Stunde des Abendessens unterbrach ihr Tête-à-tête, und obwohl Brigitte vorgab, keinen Appetit zu haben, ließ sie sich von Carvalho überreden, ihm wenigstens als Zuschauerin bei seinem Essen Gesellschaft zu leisten. Er führte sie zu einem Restaurant, das sich EDÉN nannte und wo ein barockes Gericht von Meer und Land serviert wurde, in dem sich Fisch und Fleisch weder stritten noch bissen, sondern durch die *picada* miteinander versöhnt wurden, einer katalanischen Sauce, die zu Walfischfleisch ebensogut paßt wie zum Fleisch von Mitgliedern irgendwelcher Staatsräte, sogar zu einer Kombination beider Fleischsorten. Zunächst betrachtete Brigitte Carvalhos Appetit lustlos, fast kritisch, und verschloß sich seiner Philosophie vom Essen als der einzig richtigen Art, die Realität am Nasenring zu führen; nach einer gewissen Zeit begann sie jedoch, mit der Gabel kleine Häppchen von Carvalhos Teller zu naschen, erlag schließlich der Versuchung des Essens und des Trinkens, bis sie die gute Farbe wiedergewann, die sie nach dem Mittagessen verschönt hatte.

«Was für ein herrlicher Abend! Nur schade, daß wir mit leeren Händen dastehen.»

Carvalho ließ sie reden. In der Tat kannte er bereits die Lösung des Rätsels, wollte aber nichts überstürzt preisgeben, was zur Beendigung ihres Ausflugs führen könnte. Er wollte, daß der Tag glücklich endete, und dazu mußte er in einem harmonischen Akkord ausklingen, nicht in der hektischen Erregung, die die Enthüllung jeder Wahrheit hervorruft. Aus diesem Grund musterte er seine Klientin prüfend und versuchte sich vorzustellen, was geschehen würde, wenn er ihr die Wahrheit eröffnete, die ganze Wahrheit; er ließ sie mit dem Wein, dem Abend und einem weiteren Strandspaziergang heranreifen, bevor sie sich ins Hotel zurückzogen. Als er sah, daß er sie so weit hatte, wie er sie haben wollte, führte er Brigitte zu einer Straßenlaterne an der steilen Felswand, die zur nächtlichen Meeresbrandung abfiel, und zeigte ihr dort im Licht die Fotografie, die die großmütterliche Spionin vor über siebzig Jahren aufgenommen hatte.

«Die Wahrheit war immer hier. Sämtliche Informationen, die wir brauchen, sind auf diesem Bild versammelt.»

Brigitte schaute mit der ganzen Verwirrung, die ihr die menschliche Wärme der Situation erlaubte, zu Carvalho auf.

«Vergegenwärtige dir noch einmal die Geschichte, Brigitte! Die Spione kommen ein letztes Mal zusammen, um die Auflösung ihrer Gruppe zu beschließen. Ohne zu wissen warum, macht deine Großmutter ein Foto vom Schauplatz des letzten Aktes, des letzten taktischen Schachzugs. Ein Tisch mit einer Reihe von Gegenständen, darunter auch eine Uhr. Sieh dir die Uhr an. Was sagt sie dir?»

Brigitte betrachtete die Uhr besonders eingehend, um schließlich, entmutigt von ihrer eigenen Unfähigkeit, zu sagen: «Sie sagt mir das gleiche wie alle Uhren. Die Zeit.»

«Genau! Die Zeit. Die Zeit. Halb zwölf. Zunächst einmal schafft kein Verbrecher ein derart eindeutiges Beweisstück, bevor er das Verbrechen begeht, es sei denn, er tut es absichtlich, um irrezuführen. Aber das war nie die Absicht deiner Großmutter, denn sie vergaß das Foto und verwendete es nie. Dieses Foto hat jahrzehntelang auf dem Grund eurer Familientruhen geschlummert.»

«Soll das heißen, Sie sind sicher, daß meine Großmutter unschuldig war?»

«Was den Vorwurf der Spionage betrifft, nein. Das weißt du selbst. Was die Mordanklage betrifft, ja. Das beweist dieses Foto, und dazu mußt du die Information heranziehen, die uns die Mumie Colby gegeben hat. In jener Nacht provozierten sie unter dem Vorwand, gegen den kriegerischen Einsatz von Senfgas zu sein, eine Krise. Dann gehen alle, nur deine Großmutter bleibt, angeblich, um sich von Tucker zu verabschieden. Die anderen sehen sich nie wieder und erfahren aus den Zeitungen, daß Tucker ermordet wurde und deine Großmutter die ganze Zeche für die Spionageorgie bezahlt, die sie gefeiert haben. Keiner weiß, was nach der Auflösung der Versammlung geschah. Besser gesagt, zwei Personen wissen es, der Mörder und das Opfer. Und deine Großmutter weiß, was nicht geschah, sie weiß, daß sie ihn nicht umgebracht hat.»

«Wer dann? Wer war es?»

«Ich wiederhole: Erinnere dich noch einmal an das Gespräch mit der Mumie Colby und sieh dir dabei das Foto an! Aber es ist besser, wir gehen ins Hotel zurück und machen es uns bequem, dann erzähle ich dir im schönsten Licht und der angenehmsten Dunkelheit alles, was du nicht selbst errätst.»

Das taten sie. Bequem und freudig saßen sie auf dem Bett, und das Foto ging von Schoß zu Schoß, fast schon wie ein Spielzeug. Plötzlich nahm es Brigitte fest in die Hand und hielt es sich vor die Augen, die hartnäckig entschlossen und vermutlich wissend blickten.

«Ich glaube…»

«Was?»

Die Frau stieß einen erregten Schrei aus und schwenkte das Foto in der Luft, als wolle sie ihre Entdeckung beschwören oder erreichen, daß diese vor ihnen Gestalt annahm.

«Also, jetzt ist mir alles sonnenklar! Dieses Foto ist zugleich Tatzeuge und weiß, wer der Mörder ist!»

«Jetzt, wo du alles weißt, löschen wir am besten das Licht.»

So geschah es. Bevor sich ihre Körper mit der Kühnheit und gleichzeitigen Diskretion übereinanderlegten, für die Agatha Christie gesorgt hätte, wäre sie von literarischem Sex überzeugt gewesen, ertönte Carvalhos Erklärung wie eine Stimme aus dem Off.

«Colby und die Fotografie führen uns beide auf die Spur des wirklichen Mörders. Außer Colby ist keiner mehr am Leben, um zu erzählen, was wirklich geschah. Die Uhr zeigt den Zeitpunkt, zu dem das Foto aufgenommen wurde, halb zwölf. Tucker wurde um zwölf ermordet. Vom Zeitpunkt, als die Aufnahme gemacht wurde und alle, außer Tucker und Bernadette, das Lokal verließen, bis zur Tatzeit verging eine halbe Stunde. Aber es ist nicht bewiesen, daß alle das Lokal verlassen hatten. Wir haben nur Colbys Wort, aber auf dem Foto gibt es ein Element, das anzeigt, daß außer dem Regierungsagenten noch eine andere Person geblieben war. Die andere Mütze ist die von Colby selbst. Er wartete, unter dem Vorwand, noch einige Probleme mit Tucker klären zu müssen, bis alle gegangen waren, und nutzte die Gelegenheit, um ihn zu töten und einen Zeugen seiner gefährlichen Spionagetätigkeit zu beseitigen. Die Unvorsichtigkeit von Bernadette, die sich so gut wie öffentlich mit ihrem Liebhaber gezeigt hatte, machte sie später zum Sündenbock. Warum sagte sie nie, daß noch jemand mit Tucker zurückgeblieben war? Weil sie nie das Foto sah, das sie selbst gemacht und auf dem sie die Mützen des Mörders und seines Opfers verewigt hatte.»

Die Schatulle der drei Juwelen

Mit einem Butler befreundet zu sein kann nicht jeder von sich behaupten. Logischerweise haben Butler weder studiert, noch sind sie kosmopolitische Gestalten, die jeder beliebige auf einer Kreuzfahrt oder beim Glücksspiel auf einem Mississippidampfer kennenlernen kann. Die besten Butler haben dunkle Punkte in ihrem Lebenslauf, und dieser steckt voller Widersprüche, denen sie ihre Kenntnis der kleinen Dinge verdanken, die die Aura der Distinktion verleihen: von der korrekten Temperatur des Tees bis zum richtigen Glanz guter Schuhe oder dem sicheren Blick für den sozialen Status eines Besuchers. Der ideale Butler ist normalerweise ein ehemaliger Sträfling, der wegen Betrugs gesessen hat. Das wußte Carvalho aufgrund langjähriger Beobachtungen. Und sein Freund war keine Ausnahme. Er hatte ihn im Gefängnis kennengelernt, wo Carvalho aus politischen Gründen inhaftiert war, er dagegen, weil er eine Reihe «guter» Bürger mit einer Maschine hereingelegt hatte, die angeblich falsche Dollars drucken konnte. Der Trick war damals in aller Munde. Mit einer simplen «Olivetti», die er ein wenig umgebaut hatte, war es ihm gelungen, eine ganze Menge unvorsichtiger Gierhälse zu betrügen, indem er sie ihnen als ausgeklügelte Falschgeldmaschine verkaufte. Sicher, es war eine andere Zeit, die sechziger Jahre, aber nichts berechtigt zu dem Glauben, die Menschen seien in den sechziger Jahren dümmer gewesen als in den Achtzigern oder nach dem Jahr zweitausend.

Ein Mensch mit diesem Vorleben mußte zwangsläufig seine Tage als Butler beenden; allerdings nicht zwangsläufig in einem Haus, das ganz in der Nähe von Carvalhos Haus lag, in demselben Waldgebiet auf der Sierra de Collcerola, einer Löwenmähne über Barcelona gleich, deren höchsten Punkt der Berg Tibidabo bildet. Ebensowenig zwangsläufig, wenn auch sicherlich in Kriminalromanen gerne verwendet, war der Umstand, daß in einer Nacht mit Blitz und Donner die Besitzerin der Villa ermordet wurde, in der er als Butler arbeitete. Die Wirklichkeit imitiert die Kunst, selbst wenn das Kunstwerk ein Kriminalroman ist, und Pepe Carvalho dürfte dies nicht entgangen sein, als ihn das Telefon weckte und die Stimme des Butlers am anderen Ende noch alarmierender klang als das Schrillen des Telefons selbst.

«Komm schnell, Pepe! Sie werden mich hängen!»

«Ich wüßte gerne, wer Sie sind, Sie Todeskandidat!»

«Erkennst du meine Stimme nicht? Ich bin's, Maxi, Maximilian Fuentes. Dein Kumpel aus dem Knast. Der Butler.»

«Um vier Uhr morgens kannst du die Hebamme anrufen!»

«Komm schnell in das Haus, wo ich arbeite! Man hat die Besitzerin ermordet, sie wurde mit eingeschlagenem Schädel gefunden, und ich bin es, dem sie den Mord anhängen wollen!»

«Habt ihr die Polizei gerufen?»

«Nein. Ich brauche… wir brauchen dringend deine Hilfe; du sollst dir die Sache als erster ansehen.»

«Ihr braucht? Wer noch?»

«Ich erzähl dir gleich alles.»

Es regnete. Kein Mond stand am Himmel, das Wasser schoß die Straße herab, wenig einladend zu einer Ausfahrt, aber ein Freund ist ein Freund, und ein Kriminalroman im Stil Agatha Christies war für den so tief im Schwarzen Roman verwurzelten Pepe Carvalho eine Attraktion. Also stieg er ins Auto und fuhr zum jenseitigen Abhang des Berges, zur Avenida del Tibidabo und zur Villa der Witwe Riutort, der man den Schädel eingeschlagen hatte. An der Pforte des sonst so gepflegten und nun von Regen und Lehm verwüsteten Gartens erwartete ihn der

Butler. Er hatte sich einen Mantel über den Pyjama geworfen, einen Regenschirm aufgespannt, und der Regen durchweichte seine Pantoffeln, ohne daß er es zu bemerken schien. Er hatte jede Kaltblütigkeit verloren und befand sich in einem Zustand, in dem er nicht einmal fähig gewesen wäre, wirklichen Falschmünzern eine echte Fälscherpresse zu verkaufen. Carvalho wartete mit scharfsinnigen Fragen, bis sie im Trockenen waren, wohl wissend, daß man unmöglich scharfsinnige Fragen formulieren kann, während man im Wasser schwimmt oder einem Wolkenbruch ausgesetzt ist. Das Wasser ist ein schlechter Ratgeber für scharfsinnige Fragen... Aber sobald sie sich im Haus befanden, in einer Eingangshalle wie ein Tanzsaal für Maskenbälle der Jugendstilzeit, vergaß er seine scharfsinnigen Fragen wieder, denn dort warteten drei Personen, zwei Männer und eine Frau, übellauniger als eine Schmugglerbande, die gerade von der Polizei ertappt worden ist. Und so nervös, daß einer von ihnen nicht einmal warten konnte, bis sie einander vorgestellt wurden, sondern herausplatzte:

«Vor allem andern will ich dagegen protestiert haben, daß die Polizei so spät gerufen wird! Wir haben nichts zu verbergen, und später werden wir die Konsequenzen tragen müssen, wenn die Tatzeit feststeht und die lange Zeitdauer bis zur Benachrichtigung der Polizei auffällt.»

«Halt den Mund! Du hast keine Ahnung.»

Das Mädchen hatte gesprochen, aber nicht nur deshalb verdiente sie Aufmerksamkeit. Carvalho war Macho genug, um schon am bloßen Anblick von Frauen Gefallen zu finden, und nicht Macho genug, um sie dann lebenslänglich behalten zu wollen. Die Frau war vom Typ her ein Exmodel, das zugenommen hatte, mit dunkler, aber nicht zu dunkler Haut und unnachahmlich grünen Augen. Pfirsichhaut überzog die wohlgerundeten Wangen. Ihre beiden Familien- und Situationsgefährten waren auch nicht zu verachten, und Carvalho erfuhr, wer sie waren, als Maxi sie vorstellte.

«Señorita Delia und ihre Brüder, Sito Riutort und Alejandro Riutort Ciurell.»

Wie unterschiedlich Geschwister doch sind, und wie Vor- und

Familiennamen diese Unterschiede reflektieren! Delia hatte ihren Namen verdient, und Sito konnte nicht anders heißen als Sito, die Diminutivform von Alfonso; sie paßte genau zu dem als Rallyefahrer bekannten jungen Mann, der einmal bei dem Rennen Paris-Dakar den fünfhundertsten Platz belegt hatte, nachdem fünfhundert Teilnehmer abgesagt hatten. Was seinen Bruder betraf, Inhaber des Lehrstuhls für Epistemologie an der Universität Barcelona, so hatte er verdient, den Namen Alejandro zu tragen und stets mit beiden Familiennamen angeredet zu werden. Die Tote hatte zu Lebzeiten Adelaida Riutort geheißen und war die Schwester des Vaters der drei armen Waisen gewesen. Er war derjenige, der sich so über Carvalhos Einmischung geärgert hatte; ein Epistemologe, der genau aussah, wie Epistemologen aussehen. Das heißt, in einer Ansammlung von fünftausend Menschen hätte jeder auf ihn gezeigt und gesagt: «Schau mal, der da ist Epistemologe.» Das bemerkenswerteste Stück in der Empfangshalle war ein echter Jugendstilschirmständer mit drei Schirmen, einer wahrscheinlich weiblich und zwei vermutlich männlich. Carvalho fiel auf, daß die Haut des Mädchens feucht oder schlecht abgetrocknet war, wurde aber in seiner Betrachtung gestört, als Maxi ihn zum Zimmer der Hausherrin schob, um ihm Doña Adelaida zu zeigen; sie lag am Boden, um den Kopf eine Lache von Blut, das unter ihrer Wange hervorquoll.

«Man hat ihr die rechte Schläfe zertrümmert, mit diesem Kandelaber hier.»

Der Leuchter widersprach nicht. Leuchter in Häusern dieser Art pflegen stets darauf zu warten, daß sie benutzt werden, um der Hausherrin den Schädel einzuschlagen.

«Irgend jemand war hier und wollte etwas rauben; meine Tante erwachte, und er brachte sie zum Schweigen.»

Die Frau hatte ihre Meinung geäußert, und Maxis Stimme erwiderte schneidend: «Wenn ein Fremder ins Haus eingedrungen wäre, hätte der Dobermann angeschlagen!»

Man hielt also einen Dobermann. Unvermeidlich. Aber Carvalho mußte widersprechen, als der Epistemologe meinte:

«Das war die Tat eines Landstreichers.»

«Bei richtigen Mordfällen, bei einem Mord wie diesem hier,

spielt niemals ein Landstreicher mit! Das wäre zu einfach. Wenn der Dobermann nicht gebellt hat und noch am Leben ist…»

«Das ist er», warf Maxi ein.

«…dann ist der Mörder einer von Ihnen, und ich werde nicht verhindern können, daß die Polizei ihn entlarvt, es sei denn, Sie zerstückeln Ihre Tante und lassen die Reste verschwinden.»

Sie schauten einander an, aber keiner war bereit, mit der Zerstückelung zu beginnen, weshalb Maxi mit lauter Stimme die Gründe nannte, die sie veranlaßt hatten, sich an Carvalho zu wenden.

«Wir wollen der Polizei gegenübertreten, wenn wir unsere Gedanken etwas klarer haben, Pepe. Ich bin wegen Betrugs vorbestraft, aber hier sind zwei weitere Personen anwesend, die bei der Polizei aktenkundig sind. Der junge Herr Sito wird von Interpol wegen einiger Bagatelldelikte während der Rallye Rabat-Kilimandscharo gesucht, und Señorita Delia hat ein Verfahren wegen einer unbezahlten Rechnung von Chez Cartier.»

«Das Ganze war ein Mißverständnis.»

«Bei mir auch.»

Der Epistemologe war frei von Schuld; er hatte also seine Tugend demonstriert, indem er nach der Anwesenheit der Polizei verlangte. Carvalho untersuchte die Leiche und entdeckte ein goldenes Kettchen an ihrer Kehle.

«Sie trug nicht allzuviel Schmuck.»

«Sie war die knauserigste Person der Welt. Vor allem uns gegenüber.»

«Die Señora», warf Maxi ein, «war nicht bereit, verrückte Rallyes zu finanzieren oder Rechnungen von Pariser Boutiquen zu begleichen.»

«Sie weigerte sich, mir ein paar Semester an der Heidelberger Universität zu bezahlen.»

«Sie sagte», fuhr Maxi fort, «die Epistemologie subventioniere sich selbst. Das soll heißen, die Señora hatte ihre eigenen Kriterien, und zu diesen gehörte es nicht, Faulpelze durchzufüttern.»

Delia stürzte sich auf Maxi und schlug ihm ins Gesicht. Carvalhos Freund blieb Herr der Lage, strich sich über die geschlagene Wange und schenkte der Täterin ein Grinsen.

«Wohnen Sie schon immer hier?»

«Ich, ja.»

Der Epistemologe war schneller als die anderen.

«Ich lebte ab und zu eine Zeitlang hier.»

«Ich auch.»

«Darf man den Grund des jetzigen Zusammentreffens erfahren?»

«Die Señora feierte ihren siebzigsten Geburtstag und wollte die Angehörigen, die ihr noch geblieben waren, um sich versammelt sehen. Früher bereisten die Eltern der jungen Herrschaften mit der Señora und ihrem Mann die ganze Welt. Auf einer dieser Reisen kamen bei einem Unfall ihr Bruder mit Frau und ihr Mann ums Leben. Sie kümmerte sich dann um die Erziehung der Kinder und wollte sie jetzt bei sich haben. Ihre Gesundheit war angeschlagen, sie hatte gewisse Todesahnungen, und ich weiß nicht, ich weiß nicht, in letzter Zeit fand ich sie sehr eigenartig.»

«Die Leiche fand der Butler, nehme ich an.»

«Richtig, Pepe. Ich konnte wegen des Unwetters nicht schlafen. Plötzlich hörte ich ein seltsames Geräusch, es war kein Donner, sondern ein ganz besonderes Geräusch... Ich stand auf und entdeckte dieses Bild hier. Erst hatte ich gedacht, die Zugluft hätte etwas heruntergeworfen. Bei Gewittern zieht es durch alle Ritzen dieses Hauses. Mein erster Gedanke war, die anliegenden Zimmer zu kontrollieren, aber ich sah nicht ins Zimmer der Señora, denn ich hatte keine Veranlassung zu denken, daß dort etwas geschehen sein könnte. Aber ich hatte so ein Gefühl, eine merkwürdige Ahnung, deshalb kam ich hierher und sah, was du jetzt siehst.»

Carvalho musterte noch einmal gründlich, was sich seinen Blicken bot: die Leiche, das Goldkettchen im Halsausschnitt, ein verschnörkelter Tisch, darauf ein aufgeschlagenes Buch, eine Brille, das Telefon, ein Tintenfaß, ein Umschlag, eine umgestürzte Kaffeetasse und der Kandelaber.

«Du hast nichts berührt?»

«Nur das Telefon.»

«Das Telefon?»

«Der Hörer lag daneben, und ich mußte ihn auflegen, um dich anrufen zu können. Natürlich berührte ich ihn mit einem Tuch, um keine Fingerabdrücke zu verwischen oder meine eigenen hinzuzufügen.»

«War die Tote so gekleidet, wie sie jetzt ist?»

«Ja. Die Señora las gewöhnlich bis spät in die Nacht und trug dabei über der Straßenkleidung nur diesen seidenen Schlafrock – ein eigenartiges Stück, beinahe ein Kimono; sie brachte ihn von einer ihrer Reisen mit.»

«Der Hörer lag also daneben...» murmelte Carvalho. Er machte ein visuelles Inventar der Gegenstände auf diesem Tisch: die Kaffeekanne, die umgestürzte Kaffeetasse, das aufgeschlagene Buch, die Brille, der Leuchter, eine Uhr, ein Tintenfaß, eine kleine Schatulle, ein Stock... Sein Blick blieb an der Schatulle hängen.

«Was ist mit dieser Schatulle?»

«Es ist die Schatulle der drei Juwelen.»

«Ausgezeichneter Romantitel, aber ich verstehe nicht, was es damit auf sich hat.»

Delia ergriff das Wort und erzählte die Geschichte. «Wir waren noch ziemlich jung, als unsere Eltern starben. Alejandro ist der Älteste, dann komme ich, und Sito ist der Jüngste. In der ersten Zeit war unsere Tante sehr begeistert von uns; sie nannte uns ‹die drei Juwelen›, die das Schicksal ihr beschert habe, und fügte hinzu, sie habe, in genauer Entsprechung, für jeden von uns ein wertvolles Schmuckstück vorgesehen. ‹Wenn ich einmal tot bin›, sagte sie, ‹könnt ihr diese Schatulle öffnen; darin liegt für jeden von euch ein Schmuckstück, das euch den Schlüssel zu eurem Leben in die Hand geben und euer bestes Erbstück sein wird.›»

«Sie wissen nicht, was es ist, welchen Wert es hat?»

«Nein», antwortete Delia und sah ihm fest in die Augen.

«Sie haben nicht versucht, die Schatulle zu öffnen?»

«Das ist das letzte, was uns eingefallen wäre, bei dem ganzen Durcheinander hier!»

«Tatsächlich wissen wir nicht, wo der Schlüssel ist, und das Schloß ist ziemlich vertrackt.»

Der Epistemologe und Maxi hatten nacheinander gesprochen. Carvalho bedachte den Butler mit einem ironischen Blick, den dieser akzeptierte. Er war immer noch der alte Gauner. Es lag auf der Hand, daß er versucht hatte, den Schlüssel zu finden und nachzusehen, was in der Schatulle war, auch wenn keines der Juwelen für ihn bestimmt war.

«Die Zeit drängt!» mahnte Alejandro.

«Halt den Mund! Du machst mich nervös.»

«Das machst du mich schon die ganze Zeit!»

Die beiden Brüder bohrten sozusagen Nase an Nase die Blicke ineinander, die Fäuste geballt, das Kinn vorgereckt, aber es kam nicht so weit wie vorgesehen, denn jemand läutete an der Tür zum Garten, und alle erstarrten zu Stein.

«Da ist jemand im Garten!»

Delia sagte es fast schreiend, und alle saßen erwartungsvoll da und gafften, wie auf einem Standfoto, bis Maxi begriff, was los war, und zu lachen begann.

«Das ist Dolores, die Tagschwester. Sie kommt immer um diese Zeit. Es ist fast sieben.»

«Und was sagen wir ihr jetzt?»

Maxi forderte alle auf, den Tatort zu verlassen, und als sie sich auf dem Flur verteilt hatten, ging die Tür auf und eine schwere, dunkelhäutige Frau erschien, in einen ungeheuren Trenchcoat eingepackt; eine Hand hielt den Regenschirm, ein triefendes Schwert, die andere einen Schlüssel, und die Überraschung erfaßte ihren ganzen Körper, als sie das Empfangskomitee sah.

«Was ist los?»

Maxi trat auf sie zu, nahm ihren Arm, half ihr aus dem Trenchcoat und stellte ihren Schirm in den Schirmständer.

«Etwas Schreckliches ist geschehen.»

«Die Señora?»

«Ja.»

«Hat sich ihr Zustand verschlimmert?»

«Endgültig. Er hat sich endgültig verschlechtert.»

Entweder war sie eine starke Frau, oder die «Señora» bedeutete ihr kaum etwas, denn ihre Erschütterung war so mikroskopisch, daß man meinen konnte, die Nachricht hätte sie überhaupt nicht berührt.

«Maxi, kannst du uns bekannt machen?»

«Dolores, die Tagschwester. Der Gesundheitszustand der Señora war schlecht, und sie fand, er werde zusehends schlechter. Sie hatte eine Nacht- und eine Tagschwester.»

«Wo ist die Nachtschwester?»

«Sie hatte um Erlaubnis gebeten, freinehmen zu dürfen, um in ihr Dorf fahren zu können, wegen gesundheitlicher Probleme eines Angehörigen. Da Señorita Delia über Nacht hier war, und ihre Brüder ebenfalls, sah die Señora keine Notwendigkeit, sie hierzubehalten.»

«Gibt es in diesem Riesenhaus keine Dienstboten?»

«Dafür bin ich zuständig, Pepe, und eine Frau, die tagsüber saubermacht. Einmal in der Woche kommt eine weitere Zugehfrau, die ihr bei systematischen Putzaktionen behilflich ist. Aber heute nacht war außer mir keiner von den ‹Dienstboten› da, wie du sie nennst.»

«Darf ich die Tote sehen?»

Maxi, sozusagen zum Stammeshäuptling befördert, nickte, und die Krankenschwester ging voraus zu dem Zimmer, wo die Leiche lag, öffnete die Tür und blieb auf der Schwelle stehen. Als alle hinterhergekommen waren, trat sie ein, prüfte die Umgebung der Toten, kauerte an ihrer Seite nieder und prüfte mit der Fingerkuppe den Tonus der Haut.

«Sie ist bereits seit einigen Stunden tot.»

«Zwischen vier und fünf Stunden, wenn ich nicht irre. Und wir müssen den Zeitpunkt der Entdeckung rekonstruieren, denn wir haben immer noch nicht die Polizei gerufen.»

Zunächst schien die Schwester nicht verwundert, aber dann beschloß sie, erstaunt zu sein.

«Warum?»

«Mein Freund hier ist Privatdetektiv, und wir wollten seine Hilfe in Anspruch nehmen, bevor wir die Polizei rufen. Wir rechnen auf dein Verständnis, Dolores!»

«Ich war von Anfang an dafür, die Polizei zu rufen!»

Das warf Alejandro ein, aber keiner beachtete ihn.

«Ich dachte, es sei am besten, die Entdeckung der Toten auf den Moment deiner Ankunft zu legen. Es ist der Beginn deiner Schicht, auch wenn du heute etwas früher als üblich gekommen bist, und du entdeckst die Leiche bei deiner Ankunft. Das muß jedem einleuchten.»

Dolores senkte den Kopf, ohne zu zeigen, ob sie einverstanden war oder nicht. Carvalho verfolgte ihre Bewegung, und seine Augen stießen wieder auf das Goldkettchen am Hals der Verblichenen. Einer Ahnung folgend, beugte er sich nun seinerseits zu der Toten hinab, nahm das Kettchen zwischen die Finger und zog daran, bis er sah, was mit dieser Kette angekettet war. Eine hauchdünne, aus Gold getriebene Kugel, in deren Inneren etwas klimperte, als Carvalho danach griff. Er tastete die Oberfläche mit den Fingern ab, bis er eine winzige Feder entdeckte. Als er sie drückte, teilte sich die Kugel in zwei Hälften und ein kleines Schlüsselchen aus rostfreiem Stahl kam zum Vorschein. Nur Carvalho und Dolores konnten ihn sehen, und Dolores rief: «Der Schlüssel!»

Carvalho nahm das winzige Ding vorsichtig heraus und begriff sofort, wozu es diente. Er erhob sich und näherte sich der kleinen Schatulle, um den Schlüssel ins Schloß zu stecken. Bevor er sie öffnen konnte, ertönte hinter ihm die schneidende Stimme Delias.

«Moment mal! Was geht Sie eigentlich ein Geheimnis an, das uns allen gehört?»

Carvalho wandte sich lächelnd um, breitete die Arme aus und zeigte ihnen den Schlüssel.

«Meine Hand ist unbefleckt. Dagegen weiß ich nicht, wie viele unbefleckte Hände bei Ihnen zu finden sind. Ich lag friedlich schlafend in meinem Bett und wurde gegen meinen Willen hierhergerufen.»

«Meiner Meinung nach ist der Inhalt dieser Schatulle ein Familiengeheimnis.»

Das war Sito, und Carvalho dachte: Sieh an, das erste Mal, daß er seine Meinung sagt. Aber es war vergebens, denn Maxi schaltete sich ein, und was er vorschlug, wurde durch allgemeines Schweigen gebilligt.

«Öffne sie, Pepe! Wir haben dich hinzugezogen, und du hast ein Recht darauf, das Geheimnis zu erfahren.»

Carvalho öffnete die Schatulle, und fand, obwohl die anderen hastig näher traten, Zeit genug, sich des Inhalts zu bemächtigen und ihn zu verbergen; dann ergriff Delia die Schatulle und stieß einen Fluch aus, als sie feststellte, daß sie leer war. Es war kein diskreter Fluch, sondern der eines Lastwagenfahrers, der viele Stunden lang die Straße zwischen den Armen und vor den Augen gehabt hatte.

«Nichts!»

«Nichts?»

Dieses frustrierte «Nichts!» ging im Zimmer von Mund zu Mund, und kein Mund ließ es aus, nicht einmal der von Maxi oder der Krankenschwester. Alle fühlten sich getäuscht und ärgerten sich. Da streckte Carvalho seine Hände aus, und auf den Handflächen lagen drei Bleistifte und ein Stück Papier.

«Das war in der Schatulle.»

«Drei Bleistifte?»

«Sonst nichts?»

«Sind sie aus Gold?»

«Sind sie mit Brillanten besetzt?»

«Haben Sie genau nachgesehen?»

Sie waren wie enttäuschte Kinder, und erst Maxi stellte die zu erwartende vernünftige Frage.

«Was steht auf dem Papier, das du in der Hand hältst?»

Carvalho wollte ihm den Zettel geben, aber Delia riß ihn ihm böse aus der Hand und las zunächst stumm, wobei ihre schönen Gesichtszüge immer mehr entgleisten, bis darin ebensoviel Wut wie Haß stand:

«Liebe Neffen, liebe Nichte! Eure Eltern, Euer Onkel und ich reisten, wie Ihr wißt, ständig durch die Welt. Wir, mein Mann und ich, waren kinderlos geblieben und teilten deshalb mit Euren Eltern die Sorge um Eure Zukunft. Sie waren besorgt, weil Euer Leben so leicht war, denn sie befürchteten, daß aus dieser Leichtigkeit Faulheit und später Unsicherheit entstehen würden. Männer und Frauen, die etwas aufgebaut haben, konnten dies tun, weil sie einen schöpferischen Drang in sich fühlten, und sie hatten stets ein unbeschriebenes Blatt vor sich und das Bedürfnis, ihre Zukunftsprojekte darauf schriftlich oder in Form einer Zeichnung festzuhalten; deshalb hinterlasse ich Euch die drei

Stifte, einen für jeden. Möge er Euch helfen, Zukunftsprojekte
zu entwickeln!»

«Dieses alte Ekel!»

Sito hatte zum zweitenmal gesprochen; er sprach wenig,
wußte aber, wann was zu sagen war.

«Die ganzen Jahre umsonst gewartet!»

Delias Stimme klang verbittert.

«Und ich kann mich nicht in die Südsee absetzen!»

Das war der Epistemologe gewesen.

«Was haben Sie denn in der Südsee zu suchen?»

Carvalho konnte seine Neugier nicht zügeln.

«Meinen Sie, ich will mein Leben lang Philosophie unterrich-
ten? Ich habe es satt, ein Bücherwurm zu sein. Ich will leben, in
direktem, hautnahem Kontakt mit der Natur, und diese Allergie
loswerden, ich bin schon allergisch gegen den ganzen Kultur-
muff. Kultur ist gleichbedeutend mit Muff.»

«Unser Weiser mal wieder. Das intelligente Ekel Vicente. Und
was soll ich sagen? Ich kann auch nicht mein Leben lang Model
bleiben, höchstens noch Model für ältere Kundinnen, und ständig in Panik, ein Gramm zuviel zu wiegen oder wegen einer Jün-
geren sitzengelassen zu werden. Ich habe noch fünf oder sechs
gute Jahre vor mir, und was dann?»

«Also, ich kann den Traum meines Lebens begraben. Einmal
Paris–Dakar, mit dem richtigen Team, das ist der Gipfel für jeden Rallyefahrer, aber die alte Hexe hat mir alles kaputtgemacht.
Was hat sie bloß mit dem ganzen Geld angestellt? Es muß doch
ein Testament geben. Wenigstens ein Pflichtteil steht uns zu. Wir
werden schon noch was rausholen!»

Der Butler und die Krankenschwester schienen auch nicht
gerade beglückt; Carvalho überließ die Leute ihrer Rat- und
Orientierungslosigkeit und ging zur Toilette. Die ganze Zuvor-
kommenheit, die Maxi bis jetzt an den Tag gelegt hatte, war wie
weggeblasen, und er zeigte ihm nur mürrisch den Weg dorthin.
Carvalho trat ein und schloß die Tür hinter sich, griff in die Jak-
kentasche und holte einen Umschlag heraus, den er dort versteckt
hatte und an dem das Siegel eines Notars baumelte. Er öffnete
ihn, nahm eine Art Testamentsentwurf heraus, las ihn durch und

konnte dabei das erste Mal seit langer Zeit wieder lächeln. Er steckte das Blatt Papier in seinen Umschlag und den Umschlag in seine Tasche zurück, und als er die Tür öffnete, stürzte sich Maxi beinahe auf ihn.

«Was war noch in der Schatulle, Pepe?»

«Wieso glaubst du, daß noch etwas darin war?»

«Ich habe zwar abgebaut, aber so schlecht bin ich noch nicht. Meine Augen sehen noch ziemlich gut, und ich habe genau gesehen, wie du dir etwas erst in den Ärmel und dann in die Tasche gesteckt hast!»

«Ich überlege noch, ob ich es dir zeige oder nicht.»

«Du bist hier, weil ich dich gerufen habe!»

«Auf jeden Fall kann ich der Polizei alles erklären, sogar die Uhrzeit, zu der die alte Dame wirklich umgebracht wurde.»

«Du bist schon über eine Stunde Komplize.»

«Meine Beziehung zur Polizei ist konfliktreich genug, um mir diese Freiheit zu gestatten. Aber bevor ich eine Entscheidung treffe, möchte ich noch einmal mit diesen Kindern sprechen.»

«Mit den armen Waisen?»

«Jawohl, mit den armen Waisen, der armen Krankenschwester und dem armen Butler, also mit dir.»

Carvalho ging voran, zurück zum Schlafzimmer, wo immer noch alle versammelt waren, mitsamt der Leiche, und Maxi folgte ihm wohl oder übel.

«Du hast mich verraten, Pepe.»

«Ich bin Profi, vergiß das nicht, Maxi!»

Sie betraten das Schlafzimmer, wo der Eindruck allgemeiner Niederlage herrschte. Carvalho räusperte sich, und jedem war klar, daß er Ruhe und Aufmerksamkeit verlangte, aber Ruhe herrschte bereits, und die Aufmerksamkeit stellte sich ein, als Carvalho seine Absichten enthüllte.

«Eine Frau ist mit einem Leuchter erschlagen worden, in den ersten Morgenstunden, und zwar von jemandem, der sich im Hause befand, denn wenn jemand von draußen eingedrungen wäre, hätte der Dobermann angeschlagen.»

«Nicht nur das, es gibt auch eine Alarmanlage, die nachts hier im Haus eingeschaltet wird. Das Haus ist sehr groß, und es gäbe genug Möglichkeiten, den Hund unschädlich zu machen und sich einzuschleichen.»

«Maxis Information bestätigt, was ich sagte. Jemand hat diese Frau umgebracht, und dieser Jemand war bereits im Hause.»

«Aber das ist doch absurd.» Der Professor schaltete sich ein. «Wieso hätte der Mörder eine solche Eindeutigkeit riskieren sollen? Warum sich hier mit seinem eigenen Verbrechen einschließen? Die Logik sagt, er hätte einen Ort und eine Zeit gewählt, die ihm mehr Alibis erlaubt hätten.»

«Ganz richtig. Aber der Mörder konnte von der Annahme ausgehen, zumindest nicht verdächtiger dazustehen als alle anderen, denn hier atmet man nicht gerade Liebe zu der alten Señora. Jeder wartete darauf, daß sie sterben würde, um zu sehen, was bei der Verteilung des Erbes für ihn abfiel.»

«Drei Stifte», bemerkte Delia bitter.

«Und auch noch Bleistifte», fügte Sito hinzu, der anscheinend Buntstifte bevorzugte.

«Ich möchte Ihre Meinungen hören. Genau eine Viertelstunde lang, denn danach führt kein Weg mehr daran vorbei, daß wir die Polizei rufen, und ich werde mich dann aus dem Staub machen. Als Gegenleistung dafür, daß Sie mich unauffällig verschwinden lassen, werde ich Ihnen den Fall lösen; dann können Sie, Mörder und Unschuldige, sich alles zurechtlegen, damit Sie hinterher so oder so dastehen. Wen halten Sie für den Mörder, Delia?»

Ohne nachzudenken, zeigte sie auf Sito. «Der da.»

«Ich? Wieso ausgerechnet ich?»

«Weil du sie nicht ausstehen konntest, weil du ein launisches Kind bist und schon immer niedere Instinkte hattest. Denk an die Katze, die du erwürgt hast, als wir klein waren!»

«Wer hat noch nie eine Grausamkeit begangen, die er später bereute? Und du? Was ist mit dir? Du hast immer abfällig von ihr geredet, sie sei eine Hexe, eine geizige Alte, eine Schlampe... Wie oft hast du ihr den Tod gewünscht!»

«Wer hat das nicht in diesem Hause?»

Carvalho beobachtete nicht nur, wie die beiden aufgebrachten Geschwister aufeinander losgingen, sondern auch, was die anderen Anwesenden taten. Maxi und Dolores, die Tagschwester, teilten sich in die Zuschauerrolle, wirkten müde, aber unbeteiligt an dem Streit. Der Professor verlangte, endlich an die Reihe zu kommen, wie ein Sänger seinen Einsatz von einem Dirigenten fordert, der die Ouvertüre über Gebühr ausdehnt. Als er sich eben in die Diskussion seiner Geschwister stürzen wollte, zog Carvalho seine Aufmerksamkeit auf sich.

«Und Sie, Professor? Wer könnte Ihrer Meinung nach der Mörder sein?»

«Sie.»

Sein Finger ließ keinen Spielraum für Zweifel: er zeigte ebenso entschlossen auf seine Schwester wie der Zeigefinger der Kolumbusstatue nach Amerika.

«Warum ich?»

«Weil es das Verbrechen einer Frau ist. Nur das kalte und berechnende Gehirn einer Frau ist in der Lage, die Ermordung einer kranken alten Frau zu planen, so verlockend ihr Geld auch sein mag; außerdem ist zu bedenken, daß die Polizei von Anfang an dazu neigen wird, die Täterschaft eines Mannes anzunehmen. Die Polizei geht von dem konventionellen Erkenntnisschema aus: Brutalität = Kraft und Kraft = Mann. Es ist wiederum evident, daß die Tatwaffe von einer Frau ausgewählt wurde. Ein leichter Leuchter. Durchschlagend und tödlich, aber leicht, für eine weibliche Muskulatur wie geschaffen.»

Der Philosoph war in Carvalhos Achtung gestiegen. Sein Gedankengang war vernünftig, so vernünftig, daß Delia alle Muskeln anspannte, um sich auf ihren Bruder zu stürzen und in seinem Gesicht die Spuren von vier Krallen zu hinterlassen, vier blutige Linien. Maxi mußte eingreifen, um einen Boxkampf zu verhindern, denn der Professor hatte bereits die Brille abgelegt und sich wie ein Boxer von ehedem geduckt, um den Angriff seiner Schwester zu erwidern. Delia schrie wie eine Wahnsinnige.

«Ich habe eine bessere Idee, und der Mörder bist du, du Duckmäuser! Du bist auch nicht gerade ein Muskelprotz! Der Leuchter ist auch für dich wie geschaffen!»

Die Wut diktierte die Beschimpfungen und Verdächtigungen der Geschwister untereinander, und Carvalho dachte melancholisch über den Verlust der Unschuld nach, diesen Übergang von der Kindheit zu den Schrecken des Erwachsenenalters, auf den man vielleicht nicht vorbereitet war. Die verstorbenen Eltern dieser Kinder hatten sich nicht ohne Grund Sorgen um ihre Zukunft gemacht, und die drastische Therapiemaßnahme der Tante, ihnen nichts als drei Stifte zu hinterlassen, kam vielleicht zu spät. Auf jeden Fall war das Spektakel selbst für Carvalho peinlich, und er brach es ab, indem er die Aufmerksamkeit im Raum auf andere Personen lenkte.

«Sie beide finde ich allzu schweigsam, dabei wüßte ich zum Beispiel gerne Ihre Meinung, Señora Dolores!»

«Señorita.»

«Señorita Dolores.»

«Nennen Sie mich einfach Lola.»

«Lola.»

«Also, ich bin sozusagen eine Außenstehende. Ich habe keinen Grund, mich in Familienangelegenheiten zu mischen.»

«Wie kamen Sie zu dieser Arbeit?»

«Maxi. Maxi bot sie mir an.»

«Sie und Maxi kannten sich bereits?»

«Maxi war… ist mit meinem Bruder befreundet.»

«Hatte die Señora Vertrauen zu Ihnen?»

«Das Vertrauen, das man eben zu einer Krankenschwester hat. Ja und nein.»

«Chronisch Kranke haben nachts größere Angst. Sie fürchten immer, der Tod würde nachts kommen.»

«Ja, das ist richtig.»

«Sie wußten nichts von dem Geheimnis des Schlüssels?»

«Nein, ich hätte nicht gedacht, daß die Kugel hohl ist.»

«Und Sie haben keine Vorstellung, wer der Täter sein könnte?»

«Nein.»

«Und du, Maxi?»

Der Butler hob eine Braue und schien ehrlich erstaunt über Carvalhos Frage.

«Auch wenn du es nicht glaubst, Pepe, aber es gibt einen Kodex für Butler, und ich halte mich daran. Ein Butler darf nie-

mals einen Verdacht äußern gegenüber den Leuten, bei denen er
dient!»

«Sehr löblich. Wirklich rührend. Na gut. Es gibt Verbrechen
und Dimensionen von Verbrechen, die verlangen eine bestimmte
Inszenierung, wenn das Geheimnis gelüftet wird. Eine Gewitter-
nacht, ein Butler, eine alte Dame, ein nicht weniger altes Haus,
drei erbgierige Verwandte, das Versprechen von drei Juwelen...
Nur ein Element fehlt die ganze Zeit, und es wirkt unglaubwürdig, daß niemand daran gedacht hat.»

«Das Testament.»

Der Philosoph hatte gesprochen, und sein Kurs an Carvalhos
Börse war weiter gestiegen.

«Sie sagen es. Es fehlt und fehlt doch nicht.»

Carvalho steckte die Hand in die Tasche und zog sie mit dem
Umschlag wieder heraus.

«Hier ist etwas, das wie eine Kopie des Testaments aussieht.»

Mehr als eine Hand schoß in die Luft, wie um hastig die Entfernung zu Carvalho zu überwinden. Der Detektiv wich einen
Schritt zurück und funkelte sie herausfordernd an.

«Maxi, ruf die Polizei! Bis sie eintrifft, sage ich euch, wer der
Mörder ist, und dann gehe ich nach Hause und lege mich ein
wenig aufs Ohr, ich hab's bitter nötig. Oder soll Dolores, die
Krankenschwester, anrufen?»

«Das wäre das Nächstliegende, nicht wahr?»

«Vielleicht hast du recht.»

Ohne sich lange bitten zu lassen, ging Dolores zum Telefon,
griff zum Hörer und wählte die Nummer, die ihr Maxi diktierte,
nachdem er das Telefonbuch zu Rate gezogen hatte. Carvalho
lauschte, wie Dolores mit fester Stimme eine kurze und knappe
Zusammenfassung der Ereignisse vortrug.

«Polizei? Kommen Sie so schnell wie möglich! Ich habe soeben die Leiche der Señora Riutort gefunden, in ihrer Villa, Avenida del Tibidabo 69. Ich bin die Krankenschwester, die Tagschwester.»

Nun begann Carvalho ihnen zu erläutern, wer der Mörder
war.

«Maxi hat alles eingefädelt. Er ist es, der die Leiche entdeckt, nachdem er das Geräusch des stürzenden Körpers gehört hat, ausgerechnet in einer Nacht, in der es ständig blitzt und donnert. Er arrangiert, daß der Zeitpunkt der angeblichen Entdeckung der Leiche verschoben wird, um Dolores, seine Komplizin, ins Spiel zu bringen. Erinnern Sie sich, daß Dolores, sobald sie das Haus betreten und die Nachricht vom Tod der Señora Riutort vernommen hat, direkt ins Schlafzimmer ging, ohne zu fragen, wo die Leiche sei! Und sie läßt sich widerspruchslos von Maxi Vorschriften machen – was sie tun soll, wann sie die Polizei rufen soll etc. etc. Dolores ist eine Marionette, die Maxi einsetzt, um den Verdacht auf drei hier anwesende Angehörige zu lenken, deren testamentarische Gelüste zur Genüge bekannt sind; das Testament sagt uns aber, daß die Neffen und die Nichte kaum davon profitieren und daß die alte Dame fast alles ihren Krankenschwestern vermacht hat, den Menschen, die ihr in schwierigen Momenten wirklich zur Seite standen. Sowohl Maxi als auch seine Komplizin kannten das Testament, denn die Krankenschwester hatte das Geheimnis des Schlüssels und der ‹Schatulle der drei Juwelen› entdeckt. Was die Polizei von diesen Dingen herausfinden wird, steht auf einem anderen Blatt. Das ist jetzt Ihre Sache.»

Maxi erbot sich, ihn zur Tür zu bringen.

«Wenn du weg bist, versuche ich mich mit den Herrschaften zu einigen. Es gibt eine Menge zu teilen.»

Es hatte aufgehört zu regnen. Draußen im Garten schaute sich Carvalho zu Maxis Verwunderung suchend um.

«Kann ich dir behilflich sein?»

«Was ist mit dem Dobermann? Umgebracht habt ihr ihn nicht. Er hat auch nicht gebellt, weder als ich kam noch jetzt… und auch nicht, als Lola kam.»

«Er hat heute seine freie Nacht. Die kleine Hündin der Familie Gautier Sistachs ist läufig, und die Señora hat ihr erlaubt, eine Nacht außer Haus zu verbringen. Drei Häuser weiter oben.»

Wegen einer Schlampe

Worte haben ihren Besitzer, hatte Carvalho vor Zeiten in einem Buch gelesen; es war lange her, seit er noch Bücher gelesen und ihnen so viel Bedeutung beigemessen hatte, daß er sich ihre gelungensten Sätze einprägte. Vielleicht erinnerte er sich deshalb an diese Behauptung, weil er sie richtig fand, obwohl von Zeit zu Zeit die Ausnahme die Regel bestätigte. So hätte beispielsweise der Mann, den er in seinem Büro vor sich hatte, nicht sagen dürfen, was er gerade gesagt hatte: «Wegen einer Schlampe.»

Ein Fabrikant feiner Wäsche, etwas über fünfzig und so gut gekleidet, daß er sich, in Einzelheiten zerlegt, in jedem Modeteil der besten Illustrierten sehen lassen konnte, durfte einfach nicht sagen: «Wegen einer Schlampe.»

Vor allem nicht mit einem Akzent, der dem Tango gehörte, selbst wenn der Satz wirklichen Schmerz ausdrückte, sogar einen so achtenswerten Kummer wie den, einen Sohn verloren zu haben wegen…

«Wegen einer Schlampe.»

Der «Fall des Fabrikantensohnes» war in ein paar Zeilen unterzubringen, wie jede Handlung: Industriellensohn findet «Mutter» – milchreich, ozeanisch blond, willig und insbesondere mit einem gewissen Hang zum Ganzkörperakt; der Rest ist Unterschlagung, Flucht, Verzweiflung, Feigheit und Selbstmord.

«Wegen einer Schlampe. Ich will, daß Sie sie finden, Carvalho! Mein Sohn war völlig willensschwach, leicht zu beeinflussen, viel zu gutmütig. Ich habe mich nicht übermäßig um ihn gekümmert, außerdem bin ich Witwer. Er lebte sein eigenes Leben, und nicht immer in bester Gesellschaft. Aber als er diese… Dame kennenlernte, hat er sich verändert. Er wurde aufsässig, ja aggressiv, stets bemüht, das Gegenteil von dem zu tun, was ich von ihm

erwartete, und kam mir plötzlich mit einer Menge unausgegore-
ner Vorwürfe. Es war so unerfreulich, mit ihm zu sprechen, daß
ich selbst die alltäglichsten Begegnungen vermied, sogar ein ge-
meinsames Abendessen oder eine Begegnung beim Frühstück.
Er war mein Feind geworden. Und eines Morgens – ich erinnere
mich, als sei es gestern gewesen – komme ich ins Büro, und das
Team meiner Mitarbeiter erwartet mich mit Grabesmiene. Sie
hatten eine Unterschlagung von zwanzig Millionen Peseten entdeckt, und alles wies darauf hin, daß mein Sohn der Täter war.
Ich hatte ihm nach dem Tod seiner Mutter, für den Fall, daß ich
auf Reisen war, bestimmte Entscheidungsvollmachten übertragen. Zwanzig Millionen, was sind schon zwanzig Millionen?»

Biscuter lauschte leicht empört dem Monolog des Industriellen, wobei seine Empörung eher der Geringschätzung der zwanzig Millionen als der tiefen Unmoral der Geschichte galt.

«Es war eine grundsätzliche Frage; und ich beauftragte eine
private Detektei, der Sache nachzugehen! Ich wollte nicht die
Polizei einschalten und hatte mir sogar vorgenommen, meinem
Sohn gegenüber so zu tun, als hätte ich keine Ahnung. Als wüßte
ich von nichts. Aber es war umsonst. An jenem Abend war er
bereits nicht mehr zu Hause. Er war mit improvisiertem Gepäck
abgereist, und erst nach Tagen erfuhr ich, daß er sich mit einer
Frau in Santo Domingo aufhielt. Ich wollte ihn ihren Klauen
entreißen – nicht um mein Geld, sondern um meinen Sohn zu-
rückzubekommen. Vielleicht war meine Verfolgungsaktion
übertrieben. Sie fühlten sich ertappt und umzingelt. Sie bekam
kalte Füße und verließ meinen Sohn. Er war so schwach… Auf
einer Insel vor der Küste von Nicaragua, wo er Zuflucht gesucht
hatte, brachte er sich um. Ein Paradies, um zu sterben. Ich
komme soeben von dort, und jetzt will ich diese Frau finden.»

«Ist Ihnen die alte Detektei nicht mehr gut genug?»

«Nein.»

«Darf man wissen, warum?»

«Nein. Keinesfalls. Ich will sogar, daß Sie diese frühere Nach-
forschung unter allen Umständen vergessen. Sie werden aktiv,
als wüßten Sie von nichts, und Sie brauchen mir nicht mehr zu
sagen als: ‹Señor Frigola, sie ist es, das ist sie.›»

«Was machen Sie dann?»

«Dann bezahle ich Ihnen noch einmal soviel, wie Sie jetzt bekommen.»

Damit legte er einen Scheck über dreihundertfünfzigtausend Peseten auf den Tisch.

Carvalho ließ ihn noch am selben Morgen auf seinem Konto gutschreiben und begann, Zukunftspläne zu schmieden. Wenn er einmal zwei Millionen beisammen hätte, würde er sie fest anlegen. Er hatte sich immer gewünscht, fest angelegtes Geld zu besitzen, ungeachtet der Rendite, nur um das Gefühl zu genießen, sich ab und zu sagen zu können: Mein Geld ist fest angelegt. An dem Tag, an dem er ein derartiges Selbstgespräch führen könnte, würde er aufhören, ein Bohemien zu sein, auch wenn die Rendite nur reichte, um sich drei Flaschen Kcnokando Gran Reserva pro Jahr leisten zu können. Er würde bis ans Ende seiner Tage mit Kcnokando versorgt sein, und wenn man ihn nach der Entdekkung seiner einsamen und traurigen Leiche in seinem Haus in Vallvidrera sezierte, würde der Nachruf in der *Vanguardia* nicht um die anerkennende Feststellung herumkommen: die Leiche war hervorragend imprägniert. Angespornt von diesem Ziel, endlich im Besitz eines Lebensprojekts, suchte er die Schlampe mit einem Einsatz, der ihn an seine besten und unschuldigsten Zeiten als Privatdetektiv erinnerte. Die fragliche Dame hatte sich von einem Piloten getrennt, um die Geliebte eines Nobelschuhimporteurs zu werden, bevor sie endgültig beschloß, ihr Leben zu leben, indem sie von den verschiedenen Vermögen naschte, die in ihre Reichweite kamen; einige davon gehörten Filmregisseuren, die ihr nie die ersehnte Chance boten und ihr nur Hermelincapes umhängten, statt eines ganzen Mantels. Ihre Affäre mit dem jungen Frigola war nicht einmal in den Nachrichten aus der guten oder schlechten Gesellschaft erwähnt worden, und angesichts der Instrumentalisierungskünste der Frau war Carvalho überrascht, daß sie ihn sogar auf seiner Flucht begleitet hatte. Es gab zwei Möglichkeiten – entweder hatte Frigola junior noch einen Teil des Geldes besessen, oder es war ihr nicht nur um Geld gegangen. Solche Dinge gibt es, sagte sich Carvalho immer wieder, entschlossen, gegen seine eigene Ungläubigkeit und gegen das

kulturelle Vorurteil anzukämpfen, von dem alle derartigen Geschichten über treulose Frauen inspiriert sind. *Die Kamelien-
dame* beruhte schließlich auf Tatsachen. Doch die Spur der
Dame verlor sich in Santo Domingo; sie war dem jungen Mann
nicht zum Schauplatz seines Selbstmords gefolgt, sondern nach
Miami weitergefahren, wo sie nicht einfach in einem beliebigen
Hotel abstieg, sondern im FONTAINEBLEAU der Hilton-Kette,
um dann ihre Reise nach New Orleans und Las Vegas fortzuset-
zen. Was tut eine solche Frau, wenn sie inmitten eines romantischen Salto mortale in der Luft hängengelassen wird und den
Wunsch verspürt, wenigstens auf den Boden der Normalität zurückzukehren, den sie der Verlockung des Sprungs geopfert hat?
Zurück, zurück in die letzten normalen Arme, die sie beschützt
haben, und deshalb ging Carvalho die Liste der aufeinanderfol-
genden Sponsoren durch, die Beatriz Maluendas in Barcelona
aufgetan hatte, und zog einen Kreis um ihren letzten Gönner:
den Fernsehproduzenten Lucho Gálvez, einen reichen argentini-
schen Weinproduzenten aus Mendoza, der sich der Filmkultur
verschrieben hatte, um ein Berlusconi des südlichen Südamerika
zu werden. So kam es, daß Carvalho Beatriz Maluendas in einer
Suite im Stadtteil Pedralbes aufspürte, wohin sie sich samt
Dienstpersonal zurückgezogen hatte, um ihre Wunden zu lek-
ken, ab und zu ein «Beauty Center» der Luxusklasse zu besuchen, Einkäufe zu machen oder mit dem Produzenten in den
besten Restaurants der Stadt zu speisen. Es genügte, mit den
Leuten, die für die Reservationen zuständig waren, zu vereinba-
ren, daß sie ihn benachrichtigten, wenn Señor Lucho Gálvez erwartet wurde; so erfuhr er eines Abends, daß dieser im Restaurant
CHEZ PANTOJA einen Tisch für zwei Personen reserviert hatte.

«Sind Sie sicher, daß er mit ihr kommt?»

«Wenn er mit so wenigen Leuten kommt, dann nur mit ihr;
andernfalls werden Sie zumindest ein ausgezeichnetes Essen genossen haben. CHEZ PANTOJA ist eines der seltenen Lokale, die
ein ausgewogenes Verhältnis von Nouvelle cuisine und Autorenküche bieten.»

Señor Frigola ließ sich auf das Abenteuer ein, wenn auch in-
nerlich etwas unangenehm berührt durch die Frivolität der Tat-

sache, daß ihn, falls das obskure Objekt seiner Begierde nicht erscheinen sollte, keine weitere Entschädigung als ein gutes Essen erwartete. Als er das Lokal betrat, wo Carvalho bereits wartend an einem der Tische saß, bemühte er sich, die gesuchte Frau zu erkennen, und sein Blick hüpfte von Paar zu Paar. Carvalho ließ ihn auf eigene Faust ermitteln und flüsterte erst, als er ihm genügend verwirrt und hilflos erschien: «Dritter Tisch links vom Eingang.»

Die blonde Dame hatte eine milchweiße Haut, die glänzte, als sei sie mit der Milch der imposanten Brüste gefirnißt, die momentan auf dem Tischtuch des Pantoja auslagen, während sie sich mit der einen Hand Luft zufächelte und mit der anderen die Adern auf dem Handrücken ihres männlichen Begleiters nachzeichnete – eine Zärtlichkeit, die an eine Krankenschwester oder eine Vampirin denken ließ.

«Ist sie das?»

«Ja.»

«Unglaublich, daß sie eine Mörderin ist. Seltsam, so schön und so abstoßend.»

«Ich sehe nichts Abstoßendes an ihr.»

«Schauen Sie doch, wie sie diesen tiefroten Wein schlürft... als sei es...»

«Es ist ein einheimischer Cabernet-Sauvignon. In Katalonien wird seit neuestem immer mehr Chardonnay und Cabernet-Sauvignon angebaut. Wir sind Zeugen einer echten Geschmacksrevolution.»

«Ich finde es frivol, sich in dieser Situation über Weine zu unterhalten.»

«Irgend jemand sagte einmal, das Tiefgründigste am Menschen sei die Haut. Übrigens besitzt der Cabernet-Sauvignon eine tiefgründige Geschichte, deren Wurzeln in die Region Bordeaux zurückreichen, in die Anbaugebiete Medoc und Graves. Diese Rebe ergibt einen sehr tanninreichen Wein von angenehmer Härte, solange er jung ist; wenn er älter wird, entwickelt er ein Veilchenbouquet. Was möchten Sie essen?»

«Irgend etwas.»

Von diesem Moment an konnten die Beziehungen zwischen

Carvalho und Frigola nicht mehr allzugut gedeihen. «Irgend etwas» hätte ein Mann sagen dürfen, der nicht zur Kultiviertheit verpflichtet war, oder auch eine Frau, die sich einer gewissen Heuchelei bediente, wie sie manche Frauen in Restaurants einsetzen, damit es nicht auffällt, daß sie gerne essen und daß sie gerne viel essen. Aber ein so reicher und eleganter Mann wie der Fabrikant Frigola konnte nicht einfach «irgend etwas» sagen.

«Wenn ich bedenke, daß diese Frau meinen Sohn umgebracht hat...»

Das ist so nicht richtig, dachte Carvalho. Aber selbst Fabrikanten feiner Wäsche haben das Recht, Metaphern zu kreieren. Angesichts der höflichen Ungeduld des *maître* stellte Carvalho ein für seine Begriffe leichtes Menü zusammen: eine Pastete mit Kalbsbries und Pilzen nach der Art von Irizar und Klippfisch mit Roquefort, eine von vornherein sehr salzige Kombination, die jedoch die Neugier des Detektivs reizte. Die Ansprüche des gelangweilten Industriellen an den Wein waren ebensowenig von Bildung getrübt; er hatte sich eher vorgenommen, die metaphorische Mörderin seines Sohnes zu beobachten als ein gutes Essen zu genießen. Dafür stellte ihm der *maître* ein Menü zusammen, das einen magengeschwürgeplagten Astronauten entzückt hätte, und der gramgebeugte Vater erging sich in melancholischer Sehnsucht nach dem, was hätte sein können und nicht war.

«Vielen Dank, Carvalho, daß Sie den Fall abgeschlossen haben. Hier ist sie. Als es mit Ferrán bergab ging – was ich leider zu spät bemerkte –, sagte ich mir: *Cherchez la femme*. Mein Sohn hätte auf jedem Gebiet die Nummer Eins sein können, aber er war gerade aus dem Ei geschlüpft und hatte keine Ahnung von Frauen. Vor allem nicht von Frauen wie dieser.»

«Wie alt war der Junge?»

«Siebenundzwanzig.»

«Alt genug, um die Frauen hinlänglich zu kennen.»

«Wir gehören zu einer anderen Generation, Carvalho; wir sind weniger behütet aufgewachsen. Aber unsere Kinder wissen von allem zuviel, nur nicht von etwas so Fundamentalem wie dem Leben.»

Der Sohn hätte sicherlich eine bessere Speisenfolge ausgewählt, überlegte Carvalho, hin und her gerissen zwischen Mitleid und Abscheu. Er gestand sich selbst ein, daß der Abscheu überwog. Dieser verflog erst, als er sah, mit welcher Kennerschaft die Dame ihr Menü zusammenstellte: warmer Salat mit Ziegenkäse, Schweinsfuß-Crêpes mit heller Sauce und dampfgegarter Steinbutt mit einer Tunke von Venusmuscheln. Die Frau hatte Periskopaugen, und während sie sich ihrem Essen widmete, fing sie die Blicke von dem Tisch auf, an dem die beiden Männer saßen: der eine gepflegt, der andere ungewollt nachlässig. Sie interessierte sich mehr für den Gepflegten und spielte das Spiel der Blicke, die sich zufällig begegnen, mit dem Hersteller feiner Wäsche. Nach flüchtigen und wie unabsichtlichen Blickkontakten schaute die Frau plötzlich tief in die Augen des gramgebeugten Vaters.

«Haben Sie das gesehen, Carvalho? Sie schlägt nicht einmal die Augen nieder.»

«Das scheint Ihnen doch zu gefallen.»

«Wie können Sie so etwas glauben und es mir auch noch ins Gesicht sagen?»

«Objektive Wahrheiten sind wahre Objektivitäten, Señor Frigola. Sie weiß nicht, daß Sie der Vater Ihres Sohnes sind, und tut nichts anderes, als Sie von ferne zu bewundern.»

«Sind Sie sicher, daß sie mich nicht erkannt hat?»

«Wenn sie Sie erkannt hätte, würde sie Sie nicht so ansehen.»

«Stimmt. Und dabei hat mich diese Frau schon eine Menge Geld gekostet und etwas, das mehr wert ist als alles Geld der Welt.»

«An Ihrer Stelle würde ich einen Annäherungsversuch wagen.»

Frigola fuhr auf.

«Was veranlaßt Sie zu glauben, ich sei an Annäherungsversuchen interessiert?»

«Alles. Meine Ermittlungen wären völlig sinnlos, wenn Sie nicht den Wunsch hätten, sich ins Leben dieser Frau einzumischen. Das ‹Wozu› gehört nicht in mein Ressort. Rache. Liebe.»

«Carvalho! Der Körper meines Sohnes ist noch warm!»

«Aber Ihrer ist wärmer. Hören Sie, Frigola, ich habe meinen Auftrag erfüllt... Bezahlen Sie das Essen und schicken Sie mir bald die vereinbarte Summe!»

«Ich habe noch eine Bitte.»

«Lassen Sie sie hören!»

«Würden Sie mich mit ihr bekannt machen?»

Carvalho schaute erst Frigola, dann das Paar prüfend an. Sie wäre leicht anzusprechen, aber sie war nicht allein. Seine Prüfung galt ihrem Begleiter. Weinproduzenten sind normalerweise arrogant, aber empfindlich in ihrem Winzerstolz, ihrem zwangsläufig anonymen Alchimistenstolz.

«Warten wir bis zum Dessert!»

Als die letzten Dessertlöffel lustlos zum Munde gingen, erhob sich Carvalho und ging zum Tisch der Dame und des Wein- und Fernsehproduzenten.

«Verzeihen Sie meine Aufdringlichkeit, aber Sie kamen mir gleich so bekannt vor, Señor Gálvez. Ich las kürzlich einen sehr interessanten Artikel über Sie, eine Reportage über Ihre Arbeit als Winzer in Mendoza; ich glaube, wir verdanken Ihnen den ausgezeichneten Château Gálvez 1982, und da war noch ein Artikel über Ihre Tätigkeit als Produzent...»

Gálvez erhob sich, um ihm die Hand zu drücken. «Meine Begleiterin, Señorita Maluendas.»

«Sie sind bestimmt Filmstar...»

«Aber nein, nicht doch...» widersprach die Frau, die sich kaum das Lachen verbeißen konnte.

«Sie wird es bestimmt werden!» versicherte Gálvez mit dem Nachdruck von anderthalb Flaschen Cabernet-Sauvignon Raimat und zwei Gläschen katalanischem Calvados.

«Das Geschäft eines Fernsehproduzenten muß in der Zeit der Privatsender doch besonders interessant sein! Was für ein Glück, Sie kennenlernen zu dürfen! Mein Freund würde sich ebenfalls glücklich schätzen, Sie zu begrüßen.»

«Kommen Sie, trinken Sie ein Glas mit uns!»

Carvalho kehrte an den Tisch zurück und flüsterte dem überraschten Frigola zu: «Wie gefällt Ihnen der Name Sistacs?»

«Das ist mein zweiter Familienname!»

«Gerade deshalb. Ich werde Sie als Señor Sistacs vorstellen, Industrieller und potentieller Investor im Film- und Fernsehgeschäft. Er ist Produzent. Wie finden Sie das Theater?»

«In geschäftlicher Hinsicht sehr gut.»

«Ich habe es nicht anders erwartet.»

Und tatsächlich, sein Rollenspiel war Hohe Schule, trainiert bei Tausenden von Geschäftsessen mit guten, schlechten und falschen Partnern. Beim fünften Glas der geeisten Grappa aus Léon erhielt Carvalho zwei warnende Stiche von seiner Leber oder der Gallenblase und beschloß, das Abendessen als beendet zu betrachten. Er verabschiedete sich von der fröhlichen Runde, redete Señor Sistacs zu, ohne ihn weiterzumachen, und bemerkte, er verbleibe in der Hoffnung, bald von ihm Nachricht zu bekommen. Die bekam er zwei Tage später im Büro in Form eines Schecks über fünfhunderttausend Peseten, einiges mehr als die erwarteten dreihundert- oder dreihundertfünfzigtausend. Als er das Geld längst eingezahlt hatte und in andere Fälle vertieft war, dachte er kaum mehr an Frigola, er vergaß ihn immer mehr, nur wenn er zur Sparkasse ging, um Geld abzuheben, anstatt einzuzahlen, mußte er zwangsläufig an ihn denken, verdankte er doch ein gut Teil seiner Reserven dem gramgebeugten Vater – und damit indirekt dieser «Schlampe».

Der Sommer verging – eine Jahreszeit, in der Barcelona, Katalonien, ja ganz Spanien jedesmal aufhört zu existieren, auch wenn der Schein trügerisch ist und die Kulissen den Eindruck erwecken, alles sei in bester Ordnung. Aber die Menschen sind abwesend, sie befinden sich an einem schwer lokalisierbaren Ort, den manche «inneres Exil» nennen, andere, Gebildetere, das «Schangrila», das jeder von uns in sich trägt. Kaum feierte der Herbst im dürren Laub der nackten Ramblas Premiere, trug die Zeitung – welche spielt keine Rolle – Carvalho die Neuigkeit vom Fund der Leiche des Argentiniers Lucho Gálvez aus Mendoza zu, eines angesehenen Großwinzers und Geschäftsmanns, der an verschiedenen Projekten der privaten Fernsehproduktion beteiligt war. Jemand hatte ihm einen Schlag in den Nacken versetzt, und der war ihm so schlecht bekommen, daß er gestorben war, ohne zuvor noch den Namen seines Mörders oder seiner

Mörderin nennen zu können. Die Polizei hatte die Personen vernommen, die dem illustren Einwohner Barcelonas nahestanden, und im Zusammenhang damit B. M. S. für einige Stunden festgehalten, die die ständige Begleiterin des Industriellen gewesen war. Dabei konnte es sich um niemand anderen handeln als um Beatriz Maluendas; das S. mußte von ihrer Mutter stammen, was Carvalho nicht entschlüsseln konnte, denn der Familienname ihrer Mutter war in keiner der Notizen vermerkt, die er von der damaligen Ermittlung noch besaß. Biscuter war sehr beeindruckt von dem Fall, denn alles Argentinische ging ihm sehr nahe, er kannte auch etliche Tangos auswendig, besonders *La Cieguita*, und jedesmal, wenn er ihn sang, brach er in Tränen aus, selbst wenn er gerade beim Kochen war. Noch näher ging ihm die Sache, als er erfuhr, daß Carvalho im Leben der Protagonisten eine Rolle gespielt hatte.

«Erinnerst du dich noch an diesen Vater, der von Gram gebeugt war, weil sein Sohn sich wegen einer Schlampe das Leben genommen hatte?»

«Dieser Typ, der behauptete, zwanzig Millionen seien ein Klacks?»

«Genau.»

«Ist er der Tote?»

«Nein. Aber vielleicht bald.»

Nachts, zu Hause in Vallvidrera, wollte Carvalho seine Schlaflosigkeit bekämpfen, indem er das erste Kaminfeuer des Herbstes entfachte; als Brandsatz nahm er einen Band der *Enciclopedia Espasa*, ein eindeutiges Symptom, daß sein Groll tief saß, denn enzyklopädische Werke verbrannte er nur, wenn sein Gemütszustand dem heillosesten Nihilismus sehr nahekam. Da ihn das Feuer trotz der eingeäscherten Menge an Bildung und Wissen nicht schläfrig machte, schaltete er das Fernsehen ein und sah in einer Sendung des katalanischen Kanals, wie eine Zeugin im Fall des Argentiniers, dem man das Genick gebrochen hatte, den Gerichtssaal verließ. Es war Beatriz, getarnt mit einem seidenen Kopftuch und dunkler Brille, und in einer gewissen Entfernung sah man Señor Frigola, der sich zwar mit dem Körper, nicht aber mit den Augen im Hintergrund hielt.

Carvalho war mit der Untersuchung beschäftigt, welche reale Gefahr hinter den anonymen Briefen stand, die ein renommierter Fußballverein der Stadt bekommen hatte; jemand drohte dem kürzlich verpflichteten englischen Mittelstürmer: «Der Mittelstürmer wird ermordet werden, wenn es Abend wird.» Daher hatte der Detektiv weder Zeit noch Lust, sich ungerufen in andere Fälle einzumischen. Außerdem steckte sein Geschäft in einer Krise, denn Bromuro, sein Schuhe putzender Gewährsmann, war krank, bedenklich krank, und er war seiner Verbindung zur Unterwelt beraubt. Aber obwohl er sich ständig sagte, daß ihn der Tod des Argentiniers nichts angehe, mußte er immer wieder an die verstohlene Anwesenheit des gramgebeugten Frigola in jener Fernsehreportage denken, bis er schließlich während einer Arbeitspause in dem Büro anrief, wo der gramgebeugte Vater seine Geschäfte dirigierte. Señor Frigola sei nicht da. Erst als er die Sache äußerst dringlich machte und die Sekretärin an seine alte Verbindung zu ihrem Chef erinnerte, gab sie preis, daß er zum Tennisspiel im Club Roncesvalles war. Der Club lag mehr oder weniger an seinem Nachhauseweg. Carvalho bog also, Lustlosigkeit oder Improvisationswillen vortäuschend, von der Hauptstraße ab und lenkte sein Auto auf die ungeteerten Lehmwege zu dem Raum und der Zeit, die der körperlichen Ertüchtigung der leitenden Angestellten der Stadt gewidmet waren. Er war nicht Mitglied, und sein Äußeres ließ nicht annehmen, daß er es je dazu bringen würde, weshalb er wiederholt den Namen und quasi die anatomischen Daten von Señor Frigola beschwören mußte, um eingelassen zu werden. Er spielte auf einem der zwanzig Plätze des Clubs, natürlich nicht allein. Er schwang den Schläger mit sichtlicher Gewandtheit, die er allerdings bremste, um sein Als-ob-Spiel der Mittelmäßigkeit seiner Partnerin anzupassen. Auf der anderen Seite des Netzes mühte sich die Señorita Maluendas, den Ball zu treffen, konzentriert wie ein Schulmädchen bei den ersten tennistischen Schönschreibübungen. Sie war kontrolliert dick, und die blonden, mit einem Band gebändigten Haare wippten wie der Helmbusch einer Amazone. Frigola spielte zärtlich-rücksichtsvoll, und Beatriz schlug mit verzweifelter Hartnäckigkeit daneben. Als die Partie zu Ende war, tat Frigola, als sei er müde, obwohl in Wirklichkeit sie es war, die nicht mehr konnte; ihr mangelte es an doppelt soviel Luft, wie dieser privilegierte Winkel des Collcerola-Gebirges zu bieten hatte. Ihr Balljunge öffnete einen tragbaren Kühlschrank, aus dem er eine Thermoskanne und zwei Martinigläser nebst einer Dose Oliven hervorzauberte. Es war ein Werbespot, so gut wie ein Werbespot. Und sie erstarrten wie Darsteller eines Werbespots, die beim letzten, ultimativen Lächeln überrascht werden, als sie Carvalho entdeckten, der auf sie zukam und in einiger Entfernung stehenblieb, wie um nicht von ihrer Werbehappiness angesteckt zu werden.

«Ich war gerade in der Gegend.»

Die Frau hatte ihn nicht erkannt, aber Frigola hatte eine ganze Sammlung höchst besorgniserregender Fotografien im Kopf. Ein unentschuldbares Vergessen vorschützend, zog er Carvalho zum anderen Ende des Platzes.

«Was ist los?»

«Neulich erfuhr ich, was geschehen ist, und sah Sie beide aus dem Gerichtssaal kommen.»

«Es würde sehr lange dauern, alles zu erklären, aber ich sehe auch nicht recht, warum ich Ihnen eine Erklärung schulden sollte.»

«Sind Sie nicht in Schwierigkeiten?»

«Überhaupt nicht.»

«Das Blatt wendet sich öfter, als man denkt.»

«Fühlen Sie sich unterbezahlt? Wenn Sie eine Erklärung brauchen, damit Sie uns in Ruhe lassen, so kann ich Ihnen sagen, daß Sie sich in Beatriz gründlich geirrt haben. Sie ist eine wundervolle Frau, die ihre ganze immense Liebe meinem Sohn geschenkt hat; sie versuchte sogar, ihn davon abzuhalten, als er in die Kasse griff, und folgte ihm bis zum Rand des Abgrunds. Es war ganz logisch, sehr menschlich, daß sie ihn in jenem Moment allein ließ. Sie ist erfüllt von Liebe, aber im Gegensatz zu meinem Sohn liebt sie das Leben, nicht den Selbstmord.»

«Und der Argentinier?»

«Das war alles, was ich Ihnen sagen wollte. Verfolgen Sie den

Fall in den Zeitungen. Oder wollen Sie mehr Geld herausschlagen?»

«Ich bin ein neugieriger Mensch, kein Erpresser. Aber wenn du mich brauchst, ruf mich an! Papa.»

Er ließ ihn mit einer Mischung von Angst und Empörung im Mund stehen. Zu Hause angekommen, sagte er sich, der Fall sei abgeschlossen. Jeder Mensch hat das Recht, seine eigene Art der Zerstörung zu wählen, und nicht immer gesteht man es ihm zu. Es gelang ihm, das Ganze zu vergessen, bis der Name Frigola im Zusammenhang mit der Ermordung des TV-Winzers in der Presse erwähnt wurde und die «Schlampe» eines Morgens in seinem Büro auftauchte und in Tränen ausbrach, wobei sie eine unerwartete hydraulische Kapazität an den Tag legte, die allerdings in Anbetracht ihres Übermaßes in allen Dingen leicht zu erklären war. Diese Frau war eine Heimat. Eine ungeheure Heimat, in der alles im Überfluß vorhanden war.

«Pancho weiß nichts davon. Er wollte nicht, daß ich mich an Sie wende, aber ich tat es trotzdem, weil ich weiß, daß ihm Gefahr droht.»

«Wer ist Pancho?»

«Frigola, Pancho Frigola, mein zukünftiger Mann. Er hat mir erzählt, was ihn mit Ihnen verbindet, und zwar schon früher, als er mir eröffnete, daß er Frigola und nicht Sistacs heißt und der Vater von... Ach, ich fange gleich wieder an zu weinen... Damals hat er mir schon von Ihnen erzählt, und ich weiß, welche Rolle Sie bei unserer schönen Begegnung spielten. Er wußte, daß ich die letzte Liebe seines Sohnes gewesen war, und wollte mich kennenlernen, mich zu der Seinen machen, um seinen Sohn wiederzubekommen.»

«Wie schön.»

«Ja, es ist schön, weil mit Pancho alles schön wird. Aber jetzt hat er Probleme.»

Das war nicht der oberflächliche Geruch von Haut, sondern von Fleisch, als seien ihre Körper, ihr vielfacher Körper, mit Eau de Rochas imprägniert; aber bevor sie ging, mußte sie noch einen Nadelstich von Carvalho erdulden.

«Wie machen Sie das eigentlich?»

«Was?»

«Daß Ihre Männer ständig sich selbst oder andere umbringen. Sie sind eine *femme fatale*.»

«Was Sie nicht sagen!»

Aber die Bezeichnung hatte ihr gefallen, und ihr Lachen tänzelte, als sie Carvalhos Büro verließ; er hatte sie noch gebeten, auf der Hut zu sein, es könnten unangenehme Dinge auf Pancho zukommen. Am folgenden Tag bekam der Detektiv einen Anruf von Frigola, der ihn dringend sprechen wollte. Er bestellte ihn in eine übelriechende Hamburger-Bar im Zentrum, wobei er ihn mit dem ultimativen Argument unter Druck setzte: «Es könnte mein letzter Akt als freier Mensch sein.» Und da war er, Frigola, bestens gekleidet für den Akt, sich der Justiz zu stellen. Sein Anwalt wartete in respektvoller Entfernung; er mußte in einer Stunde vor Gericht erscheinen, um eine Aussage zu machen, und aufgrund dieser Aussage würde er inhaftiert werden. Vielleicht auf Kaution…

«Aber mein Schicksal ist besiegelt. Und bevor das Unwetter über mich hereinbricht, möchte ich Sie bitten, mir Ihr Wort zu geben, daß Sie alles, was wir miteinander zu tun hatten, als Berufsgeheimnis betrachten und schweigen werden. Beatriz erzählte mir von ihrem Besuch bei Ihnen, und ich habe sie getadelt, aber ich muß anerkennen, daß sie sich von der besten Absicht leiten ließ. Sie liebt mich mit derselben Liebe, die ich für sie empfinde, und sie wollte mich retten. Ich werde meine Schuld gestehen. Dieser Mann war ein Schuft. Er war im Begriff, Beatriz zu zerstören, aber sie, die Ärmste, sie ist wie der Sandelbaum und beschenkt mit ihrem Duft noch die Axt, die sie fällt.»

Mein Gott, dich hat es wirklich schlimm erwischt, Frigola, dachte er, sagte es aber nicht. Carvalho erzählte ihm nicht einmal seine Version der Geschichte und versuchte auch nicht, ihm das Argument entgegenzuhalten, daß ein moralischer Mord schlimmer sei als ein wirklicher. Er verfolgte den Fall in den Zeitungen. Es kam zum Prozeß, und Frigola wurde gegen eine ungeheure Kaution freigelassen. Verurteilt, aber mehr belastet mit mildernden Umständen als mit Ketten, und dann verschwand er von der ethischen und ästhetischen Landkarte der Aktualität und der Gedankenwelt Carvalhos.

Eines Abends im Jahr 1992, in dem Klima von Spannung und Euphorie, das den Olympischen Spielen vorausging, wollte Carvalho essen, um zu vergessen, wie andere trinken, um dasselbe zu erreichen. CHEZ PANTOJA war immer noch, was es einmal war, und nichts ist so dankbar und gewohnheitsfixiert wie ein Gaumen mit dem Gedächtnis eines Elefanten. Dort sah er sie, an einem benachbarten Tisch; sie saß in Gesellschaft eines alten Mannes von sportlichem Aussehen, was bekanntlich die schlechtesten Alten und die schlechtesten Sportler sind. Kein Zweifel, es war einer, der zu irgendeinem Olympischen Komitee gute Beziehungen hatte. Diese Rasse von Stutzern mit Foulards und Regattabräune, die die Olympischen Komitees bevölkerten. Weit, sehr weit entfernt von ihren Mördern und Selbstmördern, hatte Beatriz Maluendas ein wenig zugenommen, aber sie war immer noch eine wundervoll üppige Schönheit. Und auch diesmal war ihre Speisefolge kein Mißgriff: *Mousse de vieiras à la citronette**, Kaninchen mit Basilikum und eine Génoise von Walderdbeeren – eine komplette Hommage der schönsten Erinnerungen an Monsieur Girardet. Und als sie das Glas Chablis hob, mit dem sie ihren ersten Gang begoß, überblickte Beatriz die übrigen Tische des Lokals mit Jägerinnenblick, und als sie Carvalhos Blick begegnete, wurde ihr Lächeln breiter, es erweiterte sich zellulär, und sie prostete ihm zu. Carvalho erwiderte die Geste. Sie war eine hinreißende Schlampe, und der Nacken des Individuums, das mit ihr speiste, war der Nacken eines Idioten. Carvalho durchschaute inzwischen jeden Nacken auf den ersten Blick.

---

* Mouse von Jakobsmuscheln *à la citronette*

Barbara Taylor Bradford
Bewahrt den Traum *Roman*
(rororo 12794 und als
gebundene Ausgabe im
Wunderlich Verlag)
Eine bewegende Familien-
saga: die Erfolgsautorin erzählt mit Charme und Ein-
fühlungsvermögen vor allem
die Geschichte zweier Frauen,
die sich ihren Platz in einer
männlichen Welt erkämpfen.
Und greifen nach den Sternen
Roman
(rororo 13064)
Wer Liebe sät *Roman*
(rororo 12865 und als
gebundene Ausgabe im
Wunderlich Verlag)

Barbara Chase-Riboud
Die Frau aus Virginia *Roman*
(rororo 5574)
Die mitreißende Liebesge-
schichte des amerikanischen
Präsidenten Thomas Jefferson
und der schönen Mulattin
Sally Hemings.

Marga Berck
Sommer in Lesmona
(rororo 1818)
Diese Briefe der Jahrhundert-
wende, geschrieben von
einem jungen Mädchen aus
reichem Hanseatenhaus,
fügen sich zusammen zu
einem meisterhaften Roman
zum unerschöpflichen Thema
erste Liebe.

Diane Pearson
Der Sommer der Barschinskys
Roman
(rororo 12540)
Die Erfolgsautorin von
«Csárdás» hat mit diesem
Roman wieder eines jener
seltenen Bücher geschrieben,
die eigentlich keine letzte Seite
haben dürften.

MARTI LEIMBACH

Wen die Götter lieben

Das Buch zum Film «ENTSCHEIDUNG AUS LIEBE -
Die Geschichte von Hilary und Victor»

rororo

Dorothy Dunnett
Die Farben des Reichtums
*Der Aufstieg des Hauses
Niccolò. Roman*
656 Seiten. Gebunden im
Wunderlich Verlag und als
rororo 12855
«Spionagethriller, Liebesge-
schichte, spannendes Lehr-
buch (wie lebten die Men-
schen vor 500 Jahren?) -
einer der schönsten histo-
rischen Romane seit
langem.» *Brigitte*
Der Frühling des Widders
*Die Machtentfaltung des
Hauseses Niccolò. Roman*
640 Seiten. Gebunden im
Wunderlich Verlag
Das Spiel der Skorpione
*Niccolò und der Kampf um
Zypern. Roman*
784 Seiten. Gebunden im
Wunderlich Verlag

Marti Leimbach
Wen die Götter lieben *Roman*
272 Seiten. Gebunden im
Wunderlich Verlag und als
rororo 13000
Das Buch zum Film
«Entscheidung aus Liebe».
Die Geschichte von Hilary
und Viktor.

Bruce Chatwin
In Patagonien *Reise in ein fernes Land*
(rororo 12836)
Bruce Chatwin hat auf einer langen Reise dieses malerisch schöne, wilde Land am Ende der Welt erkundet.

Jimmy Burns
Jenseits des silbernen Flusses
Begegnungen in Südamerika
(rororo12643)
Fünf Jahre lang lebte Jimmy Burns in Buenos Aires und bereiste Argentinien, Brasilien, Peru, Ecuador, Bolivien und Chile.
Burns war 1988 Preisträger des Somerset Maugham-Award.

Amos Elon
Jerusalem *Innenansichten einer Spiegelstadt*
(rororo 12652)

Eddy L. Harris
Mississippi Solo *Mit dem Kanu von Minnesota nach New Orleans*
(rororo 12646)

Katie Kickman
Im Tal des Zauberers *Innenansichten aus Bhutan*
(rororo 12651)
Es gibt nur noch wenige Gegenden auf der Erde, die Geheimnisse geblieben sind, und eine davon ist Bhutan. Als eine der ersten Europäerinnen gelang es Katie Hickman, das Land im Himalaya und das wilde Bergvolk der Bragpas zu besuchen.

Ursula von Kardorff
Adieu Paris *Streifzüge durch die Stadt der Bohème*
(rororo 13159)

Bruce Chatwin
In Patagonien
Reise in ein fernes Land

John Krich
Wo, bitte, liegt Nirwana? *Eine Reise durch Asien*
(rororo 12642)

John David Morley
Grammatik des Lächelns
Japanische Innenansichten
(rororo 12641)

Charles Nicholl
Treffpunkt Café «Fruchtpalast»
Erlebnisse in Kolumbien
(rororo 12582)
«Eines der spannendsten Reisebücher überhaupt – und brillant geschrieben!» *New York Times*
Im Goldenen Dreieck *Eine Reise in Thailand und Burma*
(rororo 13173)

Stuart Stevens
Spuren im heißen Sand
Abenteuer in Afrika
(rororo 12647)

Theodore Zeldin
«Ich liebe das Leben, und das Leben liebt mich» *Was es heißt, Franzose zu sein*
(rororo 12644)

Abenteuer

Mario Puzo
Der Pate *Roman*
(rororo 1442)
Ein atemberaubender
Gangsterroman aus der New
Yorker Unterwelt, der zum
aufsehenerregenden Bestseller
wurde. Ein Presseurteil: «Ein
Roman wie ein Vulkan. Ein
einziger Ausbruch von
Vitalität, Intelligenz und
Gewalttätigkeit, von
Freundschaft, Treue und
Verrat, von grausamen
Morden, großen Geschäften,
Sex und Liebe.»

Mamma Lucia *Roman*
(rororo 1528)
Animalisch in ihrer Sanftmut,
aufopfernd in ihrer Fürsorge,
streng und wachsam in ihrer
Liebe – das ist Lucia Santa
Angeluzzi-Corbo, Mamma
Lucia, die im italienischen
Viertel von New York um das
tägliche Brot ihrer sechs
Kinder kämpft.

Rudolf Braunburg
Hongkong International *Roman*
(rororo 12820)
Ein aufregender Roman aus
der Welt der Flieger und
Passagiere vom Bestseller-
autor und früheren Flug-
kapitän Rudolf Braunburg.

Rückenflug *Roman*
rororo 12333)
Während der Trainingstage
beim internationalen Kunst-
fliegertreffen stimmt sich der
bekannte Journalist Achim
Reimers auf die spannungs-
geladene Atmosphäre ein und
macht auf seinen Streifzügen
merkwürdige Beobachtungen.
Bald muß er erkennen, daß er
sich ahnungslos in einem
gefährlichen Spionagenetz
verfangen hat.

Josef Martin Bauer
So weit die Füße tragen
(rororo 1667)
Ein Kriegsgefangener auf der
Flucht von Sibirien durch den
Ural und Kaukasas bis nach
Persien. «Diese Odyssee
durch Steppe und Eis, durch
die Maschen der Wächter und
Häscher dauerte volle drei
Jahre – wohl einer der
aufregendsten und zugleich
einsamsten Alleingänge, die
die Geschichte des individuel-
len Abenteuers kennt.»
Saarländischer Rundfunk

James Dickey
Flußfahrt *Roman*
(rororo 12722)
Harmols wie ein Pfadfinder-
unternehmen beginnt der
Wochenendausflug von vier
gutsituierten Duchschnitts-
bürgern - schon am näch-
sten Tag jedoch verwandelt
sich die Kanufahrt in einen
Alptraum...
Unter dem Titel «Beim
Sterben ist jeder der erste»
verfilmt mit Burt Reynolds.

rororo Unterhaltung

Dorothy Dunnett
Die Farben des Reichtums Der
Aufstieg des Hauses Niccolò
Roman
(rororo 12855)
«Dieser rasante Roman aus
der Renaissance ist ein
kunstvoll aufgebauter,
abenteuerreicher Schmöker
über den Aufstieg eines armen
Färberlehrlings aus Brügge
zum international anerkann-
ten Handelsherrn – einer der
schönsten historischen
Romane seit langem.» Brigitte

Josef Nyáry
Ich, Aras, habe erlebt... *Ein
Roman aus archaischer Zeit*
(rororo 5420)
Aus historischen Tatsachen
und alten Legenden erzählt
dieser Roman das abenteuerliche Schicksal des Diomedes,
König von Argos und Held
vor Trojas Mauern.

Pauline Gedge
Pharao *Roman*
(rororo 12335)
«Das heiße Klima, der
allgegenwärtige Nil und die
faszinierend fremdartigen
Rituale prägen die Atmosphäre diese farbenfrohen Romans
der Autorin des Welterfolgs
‹Die Herrin vom Nil›.» The
New York Times

Pierre Montlaur
Imhotep. Arzt der Pharaonen
Roman
(rororo 12792)
Ägypten, 2600 Jahre vor
Beginn unserer Zeitrechnung.
Die Zeit der Sphinx und der
Pharaonen. Und die Zeit des
legendären Arztes und
Baumeisters Imhotep. Ein
prachtvolles Zeit- und
Sittengemälde der frühen
Hochkultur des Niltals.

T. Coraghessan Boyle
Wassermusik *Roman*
(rororo 12580)
Ein wüster, unverschämter,
barocker Kultroman über die
Entdeckungsreisen des
Schotten Mungo Park nach
Afrika um 1800. «Eine
Scheherazade, in der auch
schon mal ein Krokodil Harfe
spielt, weil ihm nach
Verspeisen des Harfinisten
das Instrument in den Zähnen
klemmt, oder ein ärgerlich
gewordener Kumpan fein
verschnürt wie ein Kapaun
den Menschenfressern
geschenkt wird. Eine
unendliche Schnurre.» Fritz
J. Raddatz in «Die Zeit»

John Hooker
Wind und Sterne *Roman*
(rororo 12725)
Der abenteuerliche Roman
über den großen Seefahrer
und Entdecker James Cook.

Roald Dahl
Roald Dahl's Buch der Schauergeschichten
(rororo 12629)
Die Zimmertemperatur sinkt? Nach Meinung des Experten Harry Price («Spukhäuser in England») ist das ein sicheres Anzeichen dafür, daß ein Gespenst im Raum ist. - Wer aber könnte ein besserer Führer durch die schaurige Welt der Geister sein als Roald Dahl, dessen literarische «Wechselbäder zwischen Gruseln und Schmunzeln» (Hessischer Rundfunk) bereits Millionen Lesern wohlige Schauer über den Rücken laufen ließen?

John Collier
Mitternachtsblaue Geschichten
(rororo 1559)
Diese fünfzehn merkwürdigen Geschichten sind Glanzstücke durchtriebenen Einfallsreichtums, funkelnden Witzes und teuflischer Pointen.
«Mit den mitternachtsblauen Geschichten versüßt Collier die Lesestunden im fahlen Schein der Nachttischlampe... Zwischen Henry Slezar und Roald Dahl hat auch John Collier mit seinen doppelbödigen Geschichten einen festen Platz im Bücherregal.»
Berliner Morgenpost

Denk nichts Böses *Dreizehn neue mitternachtsblaue Geschichten*
(rororo 5751)
«Es gehört zu Colliers Talent, den Leser am Schluß seiner unterhaltsamen Kurzgeschichten jedesmal zu verblüffen.»
Hessische Allgemeine

Harry Kressing
Der Koch *Roman*
(rororo 12300)
Wer Kochrezepte sucht, der wird sie in diesem Buch nicht finden. Was jene Gestalt, die sich in dem Städtchen Cobb als Koch verdingt, unter den Mitgliedern zweier Familien mit ihren Künsten anrichtet, das darf mit Fug als Satanswerk bezeichnet werden. Dabei beginnt alles ganz harmlos...
«Ein Musterstück schwarzer Unterhaltung!»
Die Zeit

John Updike
Die Hexen von Eastwick
(rororo 12366)
Updikes amüsanten Roman
über Schwarze Magie, eine
amerikanische Kleinstadt und
drei geschiedene Frauen hat
George Miller mit Cher,
Susan Sarandron, Michelle
Pfeiffer und Jack Nicholson
verfilmt.

Hubert Selby
Letzte Ausfahrt Brooklyn
(rororo 1469)
Produzent: Bernd Eichinger
Regie: Uli Edel
Musik: Mark Knopfler

Alberto Moravia
Ich und Er
(rororo 1666)
Ein Mann in den Fallstricken
seines übermächtigen
Sexuallebens – erfolgreich
verfilmt von Doris Doerrie.

Paul Bowles
Himmel über der Wüste
(rororo 5789)
«Ein erstklassiger Abenteuer-
roman von einem wirklich
erstklassigen Schriftsteller.»
Tennessee Williams
Ein grandioser Film von
Bernardo Bertolucci mit John
Malkovich und Debra Winger

John Irving
Garp und wie er die Welt sah
(rororo 5042)
Irvings Bestseller in der
Verfilmung von George Roy
Hill.

Alice Walker
Die Farbe Lila
(rororo neue frau 5427)
Ein Steven Spielberg-Film mit
der überragenden Whoopi
Goldberg.

John Updike
Die **Hexen** von
Eastwick

Henry Miller
Stille Tage in Clichy
(rororo 5161)
Claude Chabrol hat diesen
Klassiker in ein Film-
kunstwerk verwandelt.

Oliver Sacks
Awakenings – Zeit des Erwachens
(rororo 8878)
Ein fesselndes Buch – ein
mitreißender Film mit Robert
de Niro.

Ruth Rendell
Dämon hinter Spitzenstores
(rororo thriller 2677)
Rendells atemberaubender
Thriller wurde jetzt unter dem
Titel «Der Mann nebenan»
mit Anthony Perkins in der
Hauptrolle verfilmt.

Marti Leimbach
Wen die Götter lieben
(rororo 13000)
Das Buch zum Film «Ent-
scheidung aus Liebe» mit
Julia Roberts und Campbell
Scott in den Hauptrollen.